KB159723

책방,
나라
사랑

강정아 장편소설

책방, 나라 사랑

강

차 례

이야기

누구에게나 삶은 정확하지 않은 어느 때로부터 시작된다. 머리가 비상한 사람은 두세 살 적 일도 생각난다던데, 그래도 일이 년은 빈다. 나머지 삶 역시 드문드문 뇌의 어느 곳에 저장될 뿐이다.

'모두 민소매 차림이고 실내는 조금 어두운 느낌이다. 언니와 엄마가 검고 둥근 밥상을 두고 밥을 먹고 있는데, 나 혼자 일어서 있다. 밥상의 한가운데에는 붉은 꽃잎이 겹겹이 펼쳐진 커다란 꽃 모양 장식이 있다. 등 뒤쪽 벽에 젊은 군인의 사진과 내 키만 한 괘종시계가 걸려 있다. 괘종시계의 흔들이 추가 쉼 없이 왔다 갔다 하며 찰칵찰칵 소리를 내고 있다. 꽤 화가 난 듯, 나는 씩씩댄다.'

내가 기억하는 생애 첫 장면이다. 네 살쯤이려나.

하려던 일을 제지당했을 것이다. 숟가락을 들기도 전에 소시지 반찬을 집어 먹으려다가 엄마에게 야단을 맞았다든지, 그랬을 것이다. 밥상을 밀치고 자리에서 일어났던 것 같다.

사건의 전후 맥락은 어슴푸레하게 지워진 데 반해 그때 몸과 마음에서 일어난 갈등은 또렷하게 남아 있다. 이러면 안 돼, 라는 생각과 그 생각에 반하는 행동, 그 행동에 대한 후회가 동시에 소용돌이쳤다. 한순간에 다 망쳐버린 것이다. 엄마는 나를 용서하지 않을 것이고, 원래의 자리로 돌아갈 방법은 없었다. 엄마와 언니는 아랑곳없이 달그락달그락 소리를 내며 밥을 먹고 있었다.

나는 쿵쿵 발을 굴리며 있는 힘껏 소리 내어 울기 시작했다. 엄마 쪽은 가망이 없었다. 울면서, 언니를 향해 간절한 눈길을 보냈다. 언니가 엄마의 눈치를 살피다가 소시지 반찬을 젓가락으로 집어서 나에게 내밀었다. 소시지 따위 먹고 싶은 마음은 남아 있지 않았다. 그러나 선택의 여지가 없었다. 그것을 받아먹음과 동시에 언니의 품에 뛰어들어 격렬히 울었다. 콧물이 언니의 어깨에 묻었다. 울면서도 소시지를 꼭꼭 씹어 삼켰다. 엄마에게 단지 소시지를 먹고 싶었을 뿐이라는 것을 보여주어야 했다.

—시끄럽다. 그만 울고, 밥 먹어라.

살았다. 또 엄마의 비위를 건드리지는 말아야 했다. 서둘러 울음을 멈추기 위해 숨을 참았다가 크게 내뱉었다. 몸이 저절로 부르르 떨렸다. 언니의 품에서 떨어져 내 자리에 앉았다. 딸꾹질을 하는 나에게 언니가 물을 주었다.

그 이야기를 했을 때, 두 사람은 어리둥절하다는 반응을 보였다. 좋은 일도 많았는데 하필 그런 걸 기억하냐며 억울해했다. 나에게는 존재하는 기억이 엄마와 언니에게는 없었다. 대신에 엄마는 우리가 한때 동백꽃 장식이 있는 자개 밥상에서 밥을 먹었다는 사실을 확인해주었다. 참 좋은 거였는데, 무거워서 몇 번 쓰지도 못하고 그 뒤로는 쭉 식탁에서 먹었는데 기억력이 좋긴 하네, 라고 말했다. 비싸고 좋은 것이지만 쓸모가 없는 물건은 그 접이식 상 말고도 우리 집에 많이 있었다. 그러고 보니 정시마다 댕, 댕 턱없이 크게 울렸던 그 괘종시계는 언제 멈추었는지 모르겠다.

생애 첫 기억으로 각인된 그 장면은 나라는 인간 혹은 내 삶의 은유일지도 모른다고 나는 종종 생각했다. 돌이켜보면 나는 평생의 대부분을 골이 난 채 두 사람 주위를 배회하면서 살아왔다.

엄마가 돌아오지 않을 작정으로 언니를 데리고 나갔던 날 밤에도 그 장면이 생각났다. 두 사람 없이 혼자 남았다는 것을 깨닫자 제일 먼저 나를 덮친 것은 공포였다. 너무 무서워서 덜덜덜 떨렸다. 나는 혼자 남았으며 다시는 돌이킬 수 없으리라는 생각이 굳건한 사실처럼 느껴졌다. 한바탕 울고 난 후, 내게 소시지를 건네주던 언니의 얼굴이 떠올랐다. 결국 나는 홀로 남겨지도록 예정되어 있는 길을 따라왔을 뿐인가, 싶었다.

아무리 복잡하게 보여도 처음부터 들어가는 곳과 나오는 곳이 정해져 있는 미로 찾기 게임판 안에서 살아온 것만 같았다. 몇 번이나 막다른 길 끝에서 우왕좌왕하다 겨우 나오는 곳을 찾아냈다고 생각했지만 그곳의 풍경은 생애 첫 기억의 풍경과 다르지 않았다. 두 사람은 함께 저기에 있었고, 악을 쓰고 울어도 내 쪽을 바라봐주지 않았다. 그 밤, 나는 울면서 엄마와 언니가 언젠가 내가 박차고 나갔던 자리로 나를 다시 불러 앉혀주기를 기도했다.

고난이 예정되어 있던 순간 내가 가진 조건과 주변 인물의 성향을 고려해 위기를 넘기는 영악함을 네 살의 나는 어디에서 배웠을까. 기억에 없는 수많은 날들도 그렇게 살았을까.

인생은 마치 옛날 기록영화 필름처럼, 장면들의 불연속적인 편집으로 이루어져 있다. 플롯이 잘 짜인 성장소설을 읽듯 내 삶을 처음부터 끝까지 유심히 지켜본 이가 있다 해도 주제나 방향성을 가진 연속적인 시간의 흐름으로 이해하기는 어려울 것이다. 지나온 시간을 돌아보면 명분도 없고 일관성도 없이 기웃기웃 살아온 흔적들만 듬성듬성하다.

기억에서 누락된 시간의 공백 속으로 다른 사람들의 이야기가 들어온다. 공백의 일부는 그것들로 얼마간 메워진다. 어떤 이야기는 하도 많이 들어서 꼭 내 기억 같다. 그렇다 해도 그것은 사실 혹은 진실이 아니라 타인이 하는 '이야기'일 뿐이다. 이야기에는 그 이야기를 하는 사람의 속내와 경향이 섞여 들어가 있다.

스스로 기억하는 일이라 해도 그것에 대해 다 아는 것은 아니다. 내 시간은 다른 사람들의 시간과 겹쳐져 있다. 사건은 그 겹쳐진 시간 위에서 생겨난다. 내 삶에 매우 중요했던 사건 대부분은 타인에 의해 결정이 나고 펼쳐졌다. 나에게 흘러들어온 그 삶들이 각각 어디에서 시작되었고 어떻게 사라지다가 무슨 이유로 나와 겹쳐진 것인지 다 헤아리는 것은 불가능하다. 과거에 일어난 일은 바꾸어볼 도리나 기회도 없다. 선택은 각자의 몫이라고들 하지만 내가 선택할 수 있는 여지는 많지 않았다. 내 삶은 온전히 나만의 것이 아니다. 거꾸로 나의 시간 역시 다른 사람의 삶에 닿았을 것이다. 목적도 없고 방향성도 없이 살았으면서 내가 다른 사람에게 영향을 끼쳤다고 생각하면 조금 미안하다. 딴에는 다른 이의 삶에 간섭하지 않으려고 주의해왔다. 하지만 몇 번쯤은 악의적으로 남의 삶에 끼어들어 휘저어놓고 도망치기도 했다.

어쨌거나 어린 시절의 나는 어제에서 오늘을 거쳐 내일로 흐르는 질서정연하고 연속적인 시간에 꽤 집착했다. 엄마와 언니가 지난 이야기를 할 때면 바짝 귀를 세웠다. 그러다 보면 끊어진 시간의 선을 잇기에 딱 맞는 이야기가 나올 때가 있었다. 그럴 때는 잃어버린 줄 알았던 퍼즐 조각을 엉뚱한 장소에서 발견했을 때처럼 기분이 좋았다. 두 사람은 어느새 옆에 다가와 숨죽인 채 귀를 기울이고 있는 나를 보고 웃곤 했다. 너는 무슨 이야기인 줄 알고나 듣고 있는 거야?

내가 존재하지 않았거나 살았어도 기억나지 않는 시간에 대해 들은 것들을 종합하면, 나는 어느 해 늦여름, 남쪽의 작은 항구도시에서 태어났다. 봄이 시작될 즈음에는 거리에 즐비한 아름드리나무에서 꽃잎이 함박눈처럼 내려와 쌓이는 곳이었다. 그곳에는 나라에서 제일 큰 해군기지가 있었다.

오빠와 언니와 나는 모두 그곳에서 차례대로 태어났다. 엄마는 특히 언니와 내가 아버지를 빼닮았다고 했다. 한탄하는 척했지만 그렇게 말할 때 엄마는 야릇한 눈길로 아버지의 사진을 흘겨보았다. 칭찬을 바라는 사람처럼. 우리뿐 아니라 아버지와 아버지 쪽 집안사람 대부분이 거기에서 나고 살았다. 내가 모르는 어느 곳에 나와 닮은 사람들이 가득 살고 있다고 상상하면 징그러웠다. 엄마는 그곳에서 조금 떨어진 어촌에서 태어나 자랐고, 중학교를 졸업한 후에 아버지의 일가친척 중 한 사람이 운영하는 운수회사에서 경리를 보다가 아버지에게 시집을 왔다.

언니는 내가 태어난 날을 기억하고 있었다. 몇 번이고 언니에게 그날의 이야기를 해달라고 졸랐다. 만날 하는 이야기를 그렇게 또 듣고 싶으냐 하면서도 언니는 순순히 내 요구를 들어주었다. 이야기를 하다가 엄마의 배꼽이라든지, 코스모스

라든지, 그런 것을 빼먹고 넘어가면 나는, 배꼽에서 나오는 줄 알았잖아, 라거나 코스모스 이야기도 해야지, 하고 지적을 했다. 그러면 언니는, 그것 봐, 다 알면서 왜 자꾸 해달래, 하고 웃었다.

언니는 엄마 배 속에 아기가 있다는 이야기를 들었지만 엄마의 배가 터질 듯 커지기 전까지는 믿지 않았다고 했다. 엄마의 배 속에서 무언가 살고 있다는 것도, 그게 밖으로 나와서 함께 살게 된다는 것도 거짓말 같았다. 산파를 맡은 이웃 할머니는 똥이 나오는 것처럼 아래쪽 어딘가에서 아기가 나온다고 했지만 그야말로 말도 안 되는 말이었다. 언니는 엄마의 배꼽 매듭이 풀리고 커다란 구멍이 생겨 그곳으로 아기가 나오는 모습을 상상했다. 그것 말고는 인간 아기 하나가 나올 정도의 빈틈이 사람의 몸에는 없으니까. 그러던 어느 날 학교에 갔다가 왔더니 아침까지 세상에 없던 내가 정말로 있었다.

—너무너무 신기했어. 살아 있는 아기라는 것이 믿기지 않을 만큼 작았어. 눈을 꼭 감고, 입도 꼭 다물고, 깨알만 한 작은 두 콧구멍으로 숨을 쉬고 있었지. 그렇게 숨만 쉬는 것도 굉장히 힘들다는 듯이 아기는 작은 두 주먹을 꼭 쥐고 온몸에 힘을 주고 있었어.

학교에서 집으로 난 길가에 코스모스가 막 피어나던 때였다. 매일 지나다니던 길이었는데 이상하게도 그날은 그 꽃들이 너무 예쁘게 보였다. 언니의 어깨에 닿을 정도로 키가 큰

코스모스들이 바람에 한들한들하는 것을 보자 길가에 핀 꽃을 꺾으면 안 된다고 배웠지만 참지 못했다. 진분홍색 코스모스 한 송이를 꺾어 쥐고 집으로 돌아왔을 때, 이웃집 할머니가 안방에서 나오면서, 네 동생 나왔다, 하고 말했다.

날도 더운데 불을 지핀 안방은 후끈후끈했다. 엄마가 땀에 젖어 누워 있었고 그 옆에 강보에 싸인 아기가 있었다. 아기를 본 순간, 다른 생각들은 모두 새하얗게 날아가버렸다고 했다. 언니는 손에 쥔 코스모스도 잊어먹고 아기 옆으로 다가와 앉았는데 엄마가 화를 냈다. 아기한테 그런 거 주면 안 된다며. 깜짝 놀라 쥐고 있던 손을 펼쳐보았더니 진분홍 꽃은 벌써 시들어서 고개를 늘어뜨리고 있었다. 그렇게 금방 생기를 잃어버릴 줄은 몰랐다.

언니는 얼른 현관으로 나가 시든 꽃을 던져버리고 아기 옆으로 돌아왔다. 그리고 정확히는 알 수 없는 감정에 휩싸여 울었다. 그때 넌 이름도 없었어. 그냥 아기였어, 아기. 울먹이면서 언니는 엄마에게 남자야, 여자야? 물었다고 했다.

나중에 언니는 던져버린 코스모스가 신발장 옆에서 납작하게 말라 죽은 것을 보았다.

—아직 한동안 더 예쁘게 살 수 있었는데.

언니는 방금 꽃을 꺾어서 버린 사람처럼 그 부분에 도달할 때마다 번번이 미안해했다. 언니는 그때 일곱 살이었고 1학년이었다.

'일곱 살의 지능'이 의미하는 것은 무엇일까? 일곱 살에 내가 어땠는지는 잘 생각나지 않는다. 그 나이는 과거라는 커다란 시간의 뭉치 속에 섞여 있다.

아버지는 해군 장교였는데 내가 태어난 지 두 달 만에 죽었다. 셋째가 태어났다고 부대에 소식을 남겼으나 통 연락이 없다가 끝내 작은 상자에 담겨 돌아왔다. 그러니까 아버지와 나는 한 번도 만난 적이 없다는 이야기였다. 아버지의 죽음에 대해 엄마는 사고였다는 것 말고는 아는 것이 없었다. 어떤 사고였고 어떤 경로로 수습되었는지 아무도 성의 있게 설명해주지 않았다. 언니와 엄마가 그 일을 두고 언쟁을 한 적이 있었다. 무슨 일이 있었는지 왜 알아보지 않았냐고 언니가 따져 묻자 엄마는 당황했다. 군인은 그런 것이라고, 전쟁터가 아니어도 알 수 없는 이유로 죽기도 하는 것이라고 주장했다. 그렇다고 하면 그런 것이지 나라에서 그렇다는데 의문을 품고 따질 일이냐며 반문했다. 나는 언니와 엄마가 싸울까 봐 언니가 없을 때만 엄마에게 그때 이야기를 물었다.

아버지가 죽자 나라에서 보상금이 나왔고, 장례가 끝나자 시어머니가 큰집 사람들과 함께 들이닥쳐 보상금을 챙기고 당시에 열 살이던 오빠까지 강제로 데려가버렸다. 큰집에 아들이 없어서 큰아버지 호적에 이름을 올려두었던 것이 화근이 되어 급기야 완전히 빼앗겨버렸다고 했다. 엄마는 아버지의 삼 년 탈상도 하지 못하고 쫓기듯 그곳을 떠났다.

그 도시를 떠나온 이야기를 할 때 엄마의 표정은 소돔과 고모라를 등진 선량한 롯을 연상시켰다. 나는 롯의 이야기를 텔레비전의 성탄절 특선 영화로 봐서 알고 있었다. 뒤돌아보지 말라는 하느님의 명령을 어겼다고 여자 두 명이 소금으로 변하는 장면에 충격을 받아서 잊히지 않았다. 착한 사람들이었는데 어째서 하느님은 그런 희한한 조건을 걸어서 그 여자들을 벌하는지 이해할 수 없었다. 만약 우리 가족이 그런 시험에 들었다면 궁금한 것을 잘 참지 못하는 나는 소금 기둥이 되었을 것이다.

—어떻게 그래? 자식이 물건도 아니잖아.

소금 기둥과 거의 맞먹는 이야기에 놀라 물어보면 엄마는 엉뚱한 대답을 했다.

—얼른 나도 아들을 하나 더 낳으려고 했지. 결국 딸이 나왔지만. 그래도 나는 너 낳은 걸 후회한 적 없다. 아들이 생긴다는 날을 받아와도 네 아버지가 도무지 합방 날짜를 못 맞추는 걸 난들 어쩌겠니?

나의 질문과 엄마의 대답은 엄마와 아버지의 합방 날짜처럼 잘 들어맞지 않았다.

—병원에서는 자궁이 약해서 또 아이를 가지면 위험하다고 했는데 내가 꼭 우겨서 너를 낳았지. 지나가던 스님이 배 속

에 든 아이는 분명히 아들이라고 했거든. 임신한 줄도 모르고 있었는데 말이다. 그다음 날부터 바로 입덧을 시작해서 이건 진짜다 싶었지 뭐야. 병원에 가면 수술하자고 들까 봐 아이 받은 경험이 많은 할머니를 불러서 집에서 낳았지. 결국 딸이 나오고 말았지만.

엄마는 한숨을 쉬었다. 스님은 또 어디로부터 와서 어디로 갔다는 것인지. 그런 식이어서, 소돔과 고모라에 남아 있는 사람들에 대해서는 캐물을 의욕이 생기지 않았다. 그들과 관련한 질문에 돌아오는 엄마의 대답은 항상 내가 아들이 아니라 딸이었다는 결론으로 수렴했다.

물건처럼 큰집에 빼앗긴 오빠는 방학에 우리 집에 와서 며칠씩 있다가 갔다. 집에 오면 만화책을 산더미처럼 빌려와서 하루 종일 뒹굴거리다가 밥때마다 엄청난 양을 먹어 치웠다. 엄마는 흐뭇한 얼굴로 큰집에서 먹는 밥보다 맛있는지를 물었다. 오빠가 잘 먹는 반찬들을 잔뜩 만들어서 싸놓으면 돌아갈 때 가져가네 마네 둘이서 실랑이를 했다.

오빠는 만화책이나 텔레비전을 보는 것 이외의 일에는 심드렁했고 열 살이나 어린 나를 어색해했다. 무슨 질문을 해도 단답형이라 다른 것을 상상하거나 덧붙일 여지를 주지 않았다. 엄마와 떨어져 큰집에서 사는 처지에 대해서도 별 의견이 없었고 지난번에 했던 이야기를 또 해달라는 말에는 대꾸조차 없었다. 그나마 아버지에 대해서는 몇 가지 이야기를 해주었다. 거수경례하는 법을 가르쳐주었고, 온 가족이 외식을 하러 나갔을 때 군인들이 아버지에게 굽실거려서 으쓱했다고. 부대 시설을 견학시켜준 적도 있었다고 귀찮아 죽겠다는 표정으로 말했다.

여러 가지 이유로 나는 내가 태어난 도시에 대해 편협한 몇 가지 이미지를 가지게 되었다. 검은 바다 위에 무기를 장착한 커다란 군함이 정박해 있고, 강씨 성을 가진 비슷비슷한 얼굴의 사람들이 모여 사는 괴상한 그곳은, 사람이 죽어 관에 담겨 나오고 자식을 물건처럼 빼앗아 가는 곳이었다. 소돔과 고모라의 악인들이 회개도 없이 살고 있는 그 땅이 불로 심판받지 않은 것이야말로 신이 존재하지 않는다는 유력한 증거였다.

정작 나에게 그런 이미지를 각인시킨 엄마는 아련한 눈빛으로 그곳에 대해 이야기하곤 했다. 햇볕이 부서지는 푸른 바다는 성을 내는 적 없이 고요하기만 했고, 봄마다 온 거리에 꽃눈이 흩날려 축제가 열렸다고. 가을이면 붉은 별꽃들이 닥지닥지 피어나는 언덕 아래, 젊은 군인과 뾰족구두를 신은 처녀가 나란히 걸어가는 모습을 쉽게 볼 수 있었다고.

—엄마는 거기가 좋아?

언젠가 내가 물었을 때, 엄마가 대답했다.

—좋지, 고향이니까. 거기서 네 아버지도 만나고 내 새끼들도 다 거기서 났으니까 아무렴, 좋지.

우리 집

예전에 우리는 넓고 큰 집에서 살았다. 그 뒤로 '우리 집'이라고 할 만한 곳에서 살아본 적이 없어서인지 그 집에 대한 기억은 일종의 향수처럼 마음 한구석에 숨어 있다가 문득 떠오르곤 했다. 내 기억이 닿는 첫날부터 나는 엄마, 언니와 함께 그 집에서 살고 있었다. 엄마는 소금 기둥 시험을 무사히 통과해 소돔과 고모라를 빠져나왔고 아버지의 부하였던 어떤 사람의 조언에 따라 남은 재산 모두를 털어 부어서 허허벌판에 우리 집을 지었다.

버스 정류장에서 우리 집까지는 어른 걸음으로 십오 분 정도가 걸렸다. 버스가 다니는 큰길에서 이차선 아스팔트 길로 접어들면 길가에 삼사층짜리 상가건물이 촘촘했다. 아스팔트 길은 좌우로 뻗은 길과 만나 삼거리로 이어졌다. 삼거리슈퍼의 왼편에는 시장과 학교, 아파트와 일반 주택이 모여 있는 동네가 있었다. 오른편은 드문드문 가로등만 서 있는 오르막이었다. 그 오르막 가장 높은 언덕배기에 우리 집이 있었다. 주변에는 아무것도 없었다. 우리 집을 정점으로 더 오른편 내리막길로는 수년째 공사 중인 몇 개의 건물이 있었고 그보다 더 아랫동네에는 삼거리슈퍼 왼쪽 동네와 마찬가지로 사람들이 모여 살았다.

엄마가 땅을 사고 우리 집을 지었을 때는 삼거리슈퍼도 없었고 오른편 왼편 할 것도 없이 그 일대가 전부 밭이거나 황무지였다. 두 정거장쯤 떨어진 초등학교 주변에 대단지 아파트 단지가 올라가고, 복개천 주변에 시장이 생기고, 학원과 음식점과 주택가가 들어서는 데는 몇 년 걸리지 않았다. 그러나 개발의 바람은 삼거리슈퍼에서 오른편으로 진격하지 못하고 마술처럼 멈추어 섰다. 우리 집은 우리가 그 집을 떠나던 날까지 사람들이 모여 사는 곳과는 외떨어진 반대편 언덕에 홀로 있었다. 누가 보더라도 엄마가 의도한 결과는 아니었다.

커서, 또래의 사람들로부터 부모님이 고향을 떠나 도시로 와서 고생 끝에 집 한 칸을 장만해 살다가 주택가가 형성되면 비싼 값에 팔고 다시 땅값이 싼 다른 동네로 이사를 하는 방식으로 재산을 모았다는 이야기를 더러 들었다. 그들의 성공 사례에는 오로지 돈을 버는 데 한평생을 바친 성실한 아버지와 부동산 투자에 밝고 배포가 큰 어머니가 등장했다.

그러나 우리 집에는 아버지가 없었고, 엄마는 때때로 은행에서 대출을 받아오는 일 말고는 생계를 위해 뚜렷이 하는 일이 없었다. 엄마는 처음부터 그 집을 팔기 위해서가 아니라 소장하기 위해 지은 사람처럼 우리 집을 자랑스러워했고 사람들이 바글바글 모여 사는 아랫동네를 폄하하고 멀리했다.

유치원에 가기 전까지는 집 밖으로 나갈 일이 별로 없었다. 엄마 손을 잡고 시장과 놀이터를 다녀오거나 버스를 타고 놀이공원 같은 곳에 갔다 오기도 했지만 우리 집이 유별난지 몰랐다. 유치원도 셔틀버스를 타고 왔다 갔다 한 것이 다였으니 초등학교에 다니게 되어서나 우리 집을 밖에서 바라보기 시작했다. 가끔 아랫동네 학교 앞 문방구나 시장에 가면 상인들은 내가 어디에서 누구와 살고 있는지 다 알고 있었다. 그들은 우리 집을 가리켜 '언덕 위의 하얀 집'이라고 불렀다. 당시의 아이들 사이에서 정신병원이라는 뜻으로 통용되는 말이었으나 실제로 언덕 위의 하얀 집이었기 때문에 언덕 위의 하얀 집이 아니라고 할 수도 없었다.

엄마는 아랫동네 아이들 대부분이 다니는 학교와는 반대쪽에 있는 사립학교에 나를 입학시켰다. 그게 어려운 일이었는지는 모르겠지만 입학이 결정된 날 엄마는 내 두 손을 잡고 빙글빙글 돌며 좋아했다. 언니가 졸업한 학교였다. 언니는 공부도 체육도 노래도 그림도 글짓기도 잘했기 때문에 그 학교에서 유명했다. 하루가 멀다 하고 제목도 다양한 상을 받아왔다. 졸업할 때는 졸업생 대표로 답사를 낭독했다. 그 학교에 입학했을 때 몇몇 선생이 나를 알아보고 아무개 동생이냐며 귀여워해주었다.

초등학교에 들어간 후 처음 얼마간은 엄마와 함께 학교를 오갔다. 엄마의 동행이 끊기고 나서 우리 집이 외따로 떨어져 있다는 것을 실감했다. 삼거리슈퍼에서 우리 집까지 난 길은 포장되지 않은 흙길이었다. 아무리 조심히 걸어도 작고 가벼운 흙이 폴폴 날아올라 운동화를 더럽혔다. 고개를 숙이고 오르막길을 걷다가 얼마나 왔나 고개를 들어보면 커다란 머리통을 한 해바라기 무더기 뒤로 흰 담벼락이 보였다.

담은 튼튼하고 높아서 밖에서는 집 안이 보이지 않았다. 담벽을 따라 고개를 젖히면 이층 창문 끝부분부터 지붕까지만 겨우 보였다. 하얀 시멘트로 꽁꽁 발라놓은 우리 집 마당에는 아무것도 자라지 못했다. 대신 엄마는 우리 땅도 아닌 왼편 공터에 해바라기 씨를 뿌려서 여름이면 내 키보다 높고 커다란 해바라기가 두런두런 자랐다. 해바라기들은 가뜩이나 사람들의 시선을 끌었던 그 집에 더욱 눈길이 가게 만들었다.

흙먼지가 날리는 언덕길을 약간의 고독과 잡다한 상상 속에서 걷다 보면 어느새 대문 앞에 다다라 있었다. 자가용도 없었고 엄마는 운전을 할 줄 몰랐지만 우리 집의 진입로는 휑하니 넓어서 대문을 좌우로 활짝 열면 큰 트럭도 마당으로 들어올 수 있을 정도였다. 육중한 나무 대문은 우리가 그 집을 떠나던 날 외에는 한 번도 활짝 열린 적이 없었다. 우리는 대문에 달린 조그마한 쪽문만 썼다. 대문 앞에 서면 고독과 상상 속의 이야기들은 금세 날아가버렸고 나는 조바심을 치며 초인종을 눌렀다. 집에 얼른 들어가고 싶었다. 초인종을 누르면 누군지 물어볼 필요도 없다는 듯 응, 하는 엄마의 목소리와 거의 동시에 두터운 나무로 된 쪽문이 지잉 철커덕 소리를 내며 열렸다. 그 문 안쪽에 발을 들여놓는 순간부터 마음이 가벼워졌다. 마치 하루가 시작되는 기분이었다. 그곳에는 하얀 행주를 들고 느긋한 몸짓으로 난초와 집을 돌보는 엄마가 있었다.

거실 한쪽 벽면과 창가에는 엄마가 다 죽어가는 것을 살려냈다며 자랑스러워하는 난초 화분들이 줄지어 놓여 있었다. 지나치게 화려하고 선명한 색의 꽃만 피우는 그 식물들에게 나는 관심이 없었다. 일층 거실 벽 중앙에는 아버지의 사진이 있었다. 아버지가 월남에 파병되기 직전에 찍은 흑백사진이었다. 눌러쓴 정복 모자의 챙이 만들어내는 그늘의 면적조차 계산된 듯, 각이 뚝뚝 흐르는 그 사진 속 인물은 언제 보아도 낯설었다. 인물의 성격이나 기분, 계절이나 장소 같은 것이 전혀 반영되지 않은 그 사진은 각종 신분증명서와 이력서 따위에 붙어 있다가 영정으로 쓰였다. 마치 처음부터 영정으로 쓰기 위해 찍은 듯한 분위기를 풍기는 그 사진을 보면 사람이 살다가 채 늙기도 전에 죽는 것은 쓸쓸한 일이라는 생각이 들었다. 그 사진을 찍었을 때, 아버지는 스물세 살이었다. 사진은 세월이 지날수록 그 속의 얼굴을 더 해쓱하고 어리게 만들었다.

반면에 살아 있는 엄마의 얼굴은 스펀지처럼 세월을 빨아들였다. 엄마는 내 친구들의 엄마보다 비교적 나이가 많았다. 수북한 머리카락을 느슨하게 뒤로 넘겨 검은 리본 핀으로 고정한 스타일에다 한복이나 긴치마를 즐겨 입었기 때문에 더 나이가 들어 보였다. 어떤 아이는 나에게 왜 너희 엄마는 할머니야? 하고 묻기도 했다. 엄마의 자개 화장대 위 은색 액자에는 신식 결혼식 사진이 있었다. 거추장스러운 옷과 장식을 잔뜩 뒤집어쓴 흑백사진 속 신랑 신부는 무언가에 잔뜩 화가 난 표정을 하고 있었다. 신랑은 어차피 기억에 없으니 그렇다쳐도 신부의 얼굴 역시 도무지 엄마 같지는 않았다. 한참을 보고 있으면 엄마인가 싶기도 한 정도였다. 젊은 엄마의 얼굴은 차갑고 무뚝뚝해 보였다. 나는 예전의 엄마보다 지금의 엄마가 더 예쁘다고 생각했고 할머니 같다는 생각은 한 번도 하지 않았다.

우리 집에는 방이 많았다. 아래위층에 세 개씩 모두 여섯 개의 방이 있었다. 일층에는 무슨 용도로 만든 것인지 모를 작은 쪽방도 두 개가 더 있었다. 그 많은 방을 채우기에 우리 세 식구의 세간은 작았다. 살림의 절반 이상은 엄마 방과 언니 방에 있었고 나머지는 일층 부엌과 거실에 놓여서 다른 방들은 거의 비어 있었다. 나는 엄마 방에서 자기도 하고, 언니 방에서 자기도 하고, 이 방 저 방 들락거리면서 살았다.

언니는 자주 친구들을 집에 데리고 왔다. 한두 명도 아니고 예닐곱 명씩 와서 이 방 저 방 차지하고 놀았다. 피아노 주위에 모여 노래를 부르고, 마당에서 고무줄뛰기를 하고, 편을 나누어서 전쟁놀이를 했다. 언니들 틈새에 끼어 놀면 신이 나서 죽을 것 같았다. 몸에 힘이 하나도 남지 않을 정도로 신나게 놀고 나면 그 뒤에 찾아오는 고요와 평화에 흠뻑 젖을 수 있었다. 밤이 되면 책상 앞에 앉아 공부를 하는 언니 주변에서 일기를 쓰고 동화책 같은 것을 보다가 잠이 들었다. 잠이 올락 말락 할 때, 텔레비전의 음악 소리가 들려오면 아기처럼 엄마가 보고 싶어서 안방으로 건너갔다. 엄마는 언제나 펴놓은 이불을 들어 올리며 나를 반겼다. 불 꺼진 마룻바닥은 간헐적으로 쩍쩍 원인을 알 수 없는 소리를 냈다.

언니가 고등학교에 들어가고 나서는 친구들을 데리고 와서 떠들썩하게 노는 날이 없어졌다. 나도 언니처럼 친구들을 집으로 데려온 적이 몇 번 있었다. 그러나 내 친구들은 매년 그렇게 많이 생기지도 않았고, 언니의 친구들처럼 각자 하고 싶은 것을 하면서 즐겁게 놀지도 않았다. 나는 혼자 노는 여러 가지 방법들을 터득했다. 숙제를 하고, 텔레비전을 보고, 언니가 어릴 때 읽었던 동화책들을 읽고, 수십 개의 인형들을 죄다 꺼내어 옷을 갈아입히다 보면 언니는 돌아왔다.

엄마와 나는 각자 할 일을 하고, 텔레비전을 보다가 언니가 돌아오면 드디어 냉장고를 열어 맛있는 것을 해 먹고, 하루 동안 있었던 일들을 이야기하고, 먼 훗날의 계획을 세웠다. 우리 셋은 억지로 떨어져 있던 한 몸의 팔다리였다는 듯 저절로 붙어서 움직이고 소리를 내고 손뼉을 마주쳤다.

우리 집의 대장은 언니였다. 엄마는 앞날을 대비하거나 난관을 헤쳐나가는 데에는 소질이 없었다. 엄마는 무슨 일이든, 가령 저녁에 먹을 찌개에 두부를 넣을 것인지 버섯을 넣을 것인지조차 언니에게 물어보았다. 언니의 입맛에 맞추려고 그러는 것이 아니라, 그 모든 결정을 언니를 통해 듣고서야 안심하고 행동했다.

학교에 가기 전에 나는 언니에게서 한글과 셈법과 구구단을 배웠다. 소풍 가기 전날 간식을 사러 갈 때도, 반 친구의 생일 초대를 받아 선물을 사러 갈 때도 언니와 함께였다. 언니는 방학이 끝나갈 무렵 밀린 숙제 때문에 근심에 쌓여 있을 때 간단한 것부터 하나하나 하라고 일러주고, 『탐구생활』에 나오는 까다로운 실험 과제를 해결해주었다. 지나간 일기 쓰기도, 하기 싫은 글짓기나 포스터 그리기 숙제도 언니가 하란 대로 하다 보면 어느새 집중이 되고 마침내 끝이 났다. 우산을 챙겨 가라고 언니가 말하고 나면 아침에 맑았던 하늘이 점점 흐려져 비가 왔다. 갑자기 비가 쏟아지는 날, 언니가 나를 마중하러 학교에 찾아오면 모든 선생님들이 언니를 알아보고 대견해했다. 언니가 옆에 있으면 안심이었고, 우쭐한 기분이 들었다.

내게 비유와 상징을 가르쳐준 이 역시 언니였다. 열 살 생일날, 언니는 나에게 자물쇠가 달린 일기장을 선물로 주었다. 두툼한 표지에는 머리가 길고 야윈 한 소녀가 강을 향해 뒷모습으로 서 있는 수채화풍 그림이 인쇄되어 있었다. 갈대와 민들레 같은 가늘고 작은 풀꽃들이 소녀 주위에 흩어져 있었다. 일기장 갈피에 또박또박한 정자체로 쓴 긴 편지가 들어 있었다.

'지영아, 이 세상 모든 것들은 빛을 좇게 되어 있고, 빛에 닿으면 그림자가 생겨. 그림자는 뒤따르는 것이야. 빛이 등 뒤에 있을 때는 그림자가 앞에 서게 되지. 무언가에 떠밀려 살다 보면 네 그림자가 네 앞에 있는 걸 보게 될 때가 있을 거야. 그럴 때는 단호하게 뒤돌아서야 해. 그쪽이 빛의 방향이야. 어떤 사람이 훌륭한 삶을 살았는지 그렇지 않았는지는 자기의 그림자를 어떻게 다스렸는가에 달려 있어.'

그때 언니는 고등학생이었다. 언니는 어느 외국 사람이 쓴 소설책에서 그림자에 관해 읽었다고 했다. 착하고 똑똑했던 소녀가 그림자를 몰래 키우다가 결국 그림자에 잡아먹혔다. 소녀의 부모님은 그런 줄도 모르고 그림자를 소녀인 줄 알고 보호하려다 그들조차 그림자에게 당하게 되는 이야기였다.

—줄거리만 들으면 오싹하지만, 읽다 보면 많은 걸 느끼게

돼, 나중에 너도 읽어봐.

언니가 말했다.

자물쇠가 달린 일기장은 아끼기만 하다가 열쇠를 잃어버려서 백지상태로 봉인되었다.

언니의 말은 언제나 만연체였다. 수많은 수식어와 비유어, 묘사와 설명을 한 뒤에야 결론이 나왔다. 어떤 때는 속뜻을 정확히 알아듣지 못했지만 나에게는 언니의 말이 옳다는 믿음이 있었다. 나는 언니를 따라잡고 싶었다. 그러나 나보다 일곱 살이 많은 언니는 내가 아무리 흉내를 내고 따라가려고 해도, 늘 그만큼 더 커져 있었다.

나처럼 언니가 없었던 언니에게는 다른 지침 같은 것이 필요했으리라. 언니는 그것들을 주로 죽은 사람들의 책에서 가져왔다. 언니의 책상머리에는 '인내는 쓰지만 열매는 달다', '할 수 없어서 하지 못하는 것이 아니라 하지 않아서 할 수 없는 것이다', '과거에 네가 한 일이 아니라 하지 않은 일이 미래의 너를 공격할 것이다' 같은 정언적 명제들이 덕지덕지 붙어 있었다. 밑도 끝도 없이 단호한 그런 종류의 말들을 보면 숙연해졌다. 책상머리에 붙어 있던 메모가 새 문장으로 바뀔 때마다 그것들을 내 수첩에 베껴 적었다. 친구들에게 편지를 쓸 때, 그 문장들을 말미에 적어 넣고 느낌표를 찍으면 만족스러웠다.

많은 시간이 지난 뒤에, 그 집에서 행복했던 사람은 나 혼자였던 것이 아닐까, 생각했다. 내 세계는 작아서 엄마와 언니만으로도 차고 넘쳤지만, 그 집은 우리 가족의 한계를 보여주는 하나의 증거이기도 했다.

엄마가 행주를 들고 하루 종일 집 안팎을 닦아도 집은 낡아갔고, 우리는 가난해졌다. 군인의 아내로 시집의 통제 아래 살아온 엄마는 집안을 꾸미고 좋은 것을 사고 우리를 사립학교에 보낼 줄만 알았지 가정을 꾸려갈 만한 능력도 의지도 부족했다. 유족연금 덕에 천천히 가난해질 수 있었을 것이다. 엄마는 우리 집에서 사는 동안 아버지의 보살핌을 받는 조신한 아내의 역할을 고집했다. 나중에는 대부분의 연금이 대출이자와 원금 상환에 들어갔다. 말 그대로 집에 쌀이 떨어질 때까지 버티다 초등학교를 졸업하던 해에 우리는 그 집을 떠났다.

엄마가 아무런 시도도 하지 않은 것은 아니었다. 보험회사에 출근하게 되었다고 외식을 하러 간 적이 있었다. 공기청정기 외판을 한 적도 있었고, 고향 친구가 차린 한식당에도 얼마 동안 나갔다. 새로운 일을 시작할 때는 사기가 충천했다. 그만둘 때에는 언제 그만두었는지 모르게 그만두었고 몸살을 앓았다. 일을 시작했다가 그만둘 때마다 벌어온 돈보다 쓴 돈이 더 많았다. 보험회사를 그만두었을 때 엄마의 자개 화장대 서랍에는 보험증서가 차고 넘쳤다. 방마다 공기청정기를 두고도 남아돌아서 박스를 뜯지 않은 공기청정기가 열 대는 넘었을 때, 엄마는 공기청정기 외판을 그만두었다. 나는 작은 히터처럼 생긴 그 기계를 우리 집 말고 다른 곳에서는 본 적이 없었다. 그 기계가 보이지도 않는 공기를 어떻게 깨끗하게 만든다는 건지 황당했다. 스위치를 올릴 때마다 웽 소리를 내고 몸을 떨었지만 그런 대단한 기능을 하는 것 같지는 않았다. 한식당에는 나간 지 일주일 만에 몸살로 앓아눕더니 결국 친구이자 식당 주인인 아주머니와 싸우고 그만두었다. 그 뒤로 몇 달 동안 엄마는 손목과 어깨가 아프다며 한의원에 다녔다.

나는 우리가 가난하다는 것을 알지 못했다. 다른 아이들이 다 다니는 피아노학원이나 주산학원에 나를 보내지 않는 것은 언니가 있기 때문이라고 생각했다. 대학에 원서를 내고 온 언니가 밥도 먹지 않고 하루 종일 방에서 나오지 않았을 때도 그 이유를 몰랐다. 언니는 며칠 동안 엄마와 이야기도 하지 않았다. 엄마는 언니의 눈치를 보느라 더욱 조용히 움직였다. 언니를 귀찮게 하지 말라며 공연히 가만있는 나에게 반복해서 주의를 주었다. 언니가 자신의 꿈이나 적성과는 관계없이 졸업만 하면 취직이 되는 학과에 가기로 결정한 것이 못내 속상해서 그랬다는 것을 나중에 들었다.

원래부터 우리 집의 대장이었지만 대학에 들어간 다음부터 언니는 명실상부한 우리 집 가장이 되었다. 고민을 끝낸 언니는 씩씩하게 우리를 이끌기 시작했다. 과외 아르바이트를 해서 월급을 받으면 나에게 용돈을 주었다. 먹어본 적 없는 간식을 사 오고, 엄마에게 스카프와 머리핀을 선물했다.

대학생이 된 언니에게는 전과 다른 활기가 흘렀다. 처음에 그것은 알아채기 힘든 미묘한 변화였다. 원서를 내고 온 뒤, 사흘씩이나 굶으며 우울해하던 모습은 간데없었다. 교복을 입을 때는 치마가 그렇게 싫다더니 대학에 들어가서는 꽃무늬가 어지럽게 찍힌 치마만 사 입었다. 매일 아침 스프레이를 칙칙 뿌려 앞머리를 닭 볏처럼 세워 올리는 데 공을 들였다. 마음껏 꾸미기를 마친 언니는 어떻게 보면 도로 어려진 것도 같았고, 어떻게 보면 어른이 된 것 같기도 했다. 대학 생활의 즐거움에 대해 이것저것 이야기를 했다. 언니의 이야기를 듣고 있으면 언니는 그 대학에서 제일 예쁘고 인기 있는 여학생이었다. 만나는 모든 남자들이 언니를 보기만 하면 반했다.

초등학교 졸업식 날에는 바람이 많이 불었다. 사진을 찍을 때마다 눈을 감았다. 엄마는 아끼는 한복을 입었지만, 길고 검은 모피코트에 가려서 보이지 않았다. 미용실에서 빳빳하게 세워준 머리 스타일이 어색했다. 언니 쪽은 더 웃겼다. 이제 막 화장을 시작한 언니의 얼굴색은 일본 기생처럼 새하얗고 입술이 새빨갰다. 앞머리를 엄마보다 높게 세워 올려 고정했는데 뒷머리는 바람에 날려 엉망이 되어서 균형이 맞지 않았다. 어깨에 뽕이 지나치게 많이 들어간 재킷 때문인지 상체가 몹시 커 보여서 언니는 가분수 같았다.

졸업식과 떠들썩한 기념촬영을 마친 후 우리는 택시를 타고 번화가로 나가서 경양식집에 갔다. 엄마와 나는 포크와 나이프 사용법을 언니에게 배워가며 돈가스라고 하는 난생처음 보는 음식을 먹었다. 돼지고기는 질색이라던 엄마가 그게 돼지고기 튀긴 것인 줄 몰랐다는 사실을 나중에 고백했을 때, 우리는 배를 두들기며 깔깔 웃었다. 걸어서 근처의 공원을 산책하고 또 그때까지는 아직 우리가 사는 도시를 상징했던 높은 탑이 다 들어오는 위치에서 기념사진을 찍었다.

하루 종일 세찬 바람을 맞고 다니느라 지친 상태로 집에 돌아왔다. 엄마는 좀 누워야겠다며 안방으로 들어갔고, 언니가 나를 마루에 앉혔다. 짙은 마호가니가 깔려 있는 마루였다. 정면 벽에는 젊은 군인의 사진과 멈춰 선 괘종시계가 걸려 있었다. 짧은 겨울 해가 빠르게 떨어져 담벼락 끝에 간신히 한 자락 걸려 있었다.

—영아, 실은 우리 집 형편이 무척 안 좋아. 우리 이사 가야 해. 우리가 살고 있는 이 집과는 비교도 안 되는 아주아주 안 좋은 집이야.

이사를 결정한 것은 언니였다. 이미 모든 절차가 진행되고 있었고, 이사를 갈 집도 정해져 있었다. 오래전에 아버지와 알던 사람의 친구의 친구의 집 지하 주차장을 개조한 집이라고 했다. 우리 집은 인근에 큰 아파트 단지가 들어오기로 예정되어 있어서 아주 헐값으로 팔리지는 않았다. 하지만 빚을 갚고 시내 한복판에 작은 가게를 세내고 권리금과 물건값을 치르기에 모자랐다.

—언니가 휴학을 하고 돈을 벌어볼까도 생각했어. 지금부터 돈을 벌어 우리 집을 일으킬 수 있다면 언니는 그것도 좋다고 생각해. 하지만 대학을 포기하면 내가 할 수 있는 일도 별로 없어. 그러면 우린 앞으로 평생 힘들게 살면서도 서로에게 부담만 될 거야. 당분간은 엄마가 일을 하기로 했어. 언니가 대학만 졸업하면 금방 돈을 벌어서 다시 좋은 집으로 이사도 하고 네가 하고 싶은 것도 마음껏 할 수 있게 해줄 거야. 영아, 어디에서 사는가 하는 건 사실 중요하지 않아. 제일 좋은 건 사람 안에 있어. 네 영혼, 네 이상, 네 마음속에 있는 것이 근사하면 다른 건 자연스레 개의치 않게 돼. 강지영은 엄마와 언니를 믿고 지금처럼 잘 따라오는 거야, 할 수 있지?

언니는 공을 들여 이야기했다. 어느 대목에선가 울컥 감정이 올라왔다. 우리가 가난하다는 것을 알게 되어서가 아니었다. 어렸지만 알 수 있었다. 나는 언니와 엄마에게 보호받고 있었다. 그것이 불현듯 황송하고 대단한 일 같았다. 눈물이 날 것 같아서 소리 내어 말하지 못했지만 나는 벌써 언니가 생각하는 것 이상으로 자랐다는 것을 알려주고 싶었다. 속으로 다짐했다. 훌륭하게 커서 나도 언니를 도와 엄마를 호강시켜주고 우리 집을 일으켜 세우겠다고.

우리의 새 출발은 비장했다. 나는 지금까지와는 다른 각오로 열심히 살아가겠다고 결심했다. 마음속에서 뜨거운 것이 차올랐다. 우리는 한 팀이었다. 우리 팀은 오래되고 튼튼한 요새를 떠나 지금까지 한 번도 가본 적 없던 곳으로 가야 했다. 껍데기가 아닌 진짜가 있는 곳으로. 우리는 사람들이 바글바글 모여 사는 동네로 이사를 했다.

언니와 나, 엄마와 나, 그리고 내가 혼자 서 있기도 한 그날의 모든 사진에는 눈을 감은 내가 상장과 트로피와 꽃다발을 두 팔 가득 안고 있었다. 그날의 사진들에 눈길이 가면 언니는 손으로 얼굴을 가리며 부끄러워했다.

—아니야, 세월이 많이 지나서 그래. 그때는 이렇게 해야 멋쟁이였어.

내가 말해주어도 언니는 슬그머니 다른 사진으로 그 사진들을 가렸다. 언니가 다른 사진으로 가려놓으면 나는 다시 그 사진들이 잘 보이도록 돌려놓았다. 우리 이때 진짜 행복했단 말이야, 하고 내가 말하면 언니는 연민이 담긴 표정으로 나를 바라보았다.

지하 셋방

오래전에 아버지와 알고 지냈던 사람의 친구의 친구의 집 지하 주차장을 개조한 집은 우리 집에서 그다지 멀지 않았다. 그러나 막상 그 집 앞에 섰을 때 지하 셋방과 우리 집의 거리는 다시는 닿을 수 없을 것처럼 멀게 느껴졌다. 가난한 사람들만 모여 사는 동네였다면 조금은 나았을지 모르겠다. 그 집은 정원이 있는 마당과 주차장을 갖춘 이층짜리 단독주택들이 줄 맞춰 들어서 있던 골목에 이물질처럼 숨어 있었다. 만약 그것을 공평하게 하나의 집이라고 인정해준다면, 그랬다.

감옥의 철창처럼 생긴 지하 셋집의 출입문은 바깥 세계로부터 아무것도 차단해주지 못했다. 문에는 커다란 자물쇠가 달려 있었다. 문을 잠그지 않으면 누군가 사는 집이라고 생각하지 못한 인근 남자 중학교 아이들이 들어와서 담배를 피우는 일이 더러 생겼다. 드나들기 위해 철제 자물쇠를 열고 잠글 때마다 교도관도 없는 교도소에 죄 없이 갇히는 기분이었다.

언니가 없었다면, 엄마와 나는 그 집에서 살아갈 용기를 낼 수 없었을 것이다. 언니는 책상머리에 붙어 있던 명언들처럼 말했다. 어디에 살고 있느냐보다 어떤 미래를 꿈꾸고 그것을 위해 무엇을 하고 있는가가 더 중요하다고. 언니에 따르면 그 집을 부끄러워하는 것이 더 부끄러운 일이었기에 나는 마음과 달리 전혀 부끄럽지 않은 것처럼 행동했다.

우리가 쓸 수 있는 방은 두 개였다. 작은방 하나는 당분간 쓰지 않을 물건들로 가득 차버려서 오빠가 오면 간신히 누울 수 있는 공간밖에 남지 않았다. 피아노와 장식장 같은 큰 짐들은 미리 처분했고 엄마가 애지중지하던 화분들도 대부분 다른 집으로 보냈는데 그래도 짐이 많았다. 언젠가 꼭 쓰일 거라고 엄마가 고르고 골라 들고 온 물건들은 대부분 한 번도 쓸 일이 없었다. 그중에는 박스를 뜯지 않은 공기청정기도 두 개나 있었다. 군대다 취업이다 해서 오빠가 올 일은 거의 없었고 사람 하나 누울 자리도 서서히 없어졌다.

나머지 하나의 방에서 우리 셋은 함께 생활했다. 한방에서 나란히 잠자리에 들고 같이 일어났다. 엄마가 보는 연속극을 언니도 볼 수밖에 없었다. 책상이 하나뿐이어서 언니가 읽다 덮어놓은 책을 나도 읽게 되었다. 장을 보고 밑반찬을 만들고 빨래를 하는 일은 언니가 맡았다. 나는 그런 언니를 졸졸 따라다녔다. 밤에 셋이 일렬로 누워 이런저런 이야기를 하다 보면 불을 끄고 나서도 한참 동안 잠이 오지 않았다. 대체로 엄마가 제일 먼저 잠들었다. 언니와 나는 점점 커지는 엄마의 숨소리를 함께 들었다. 우리는 여전히 한 몸의 팔다리같이 각자 다른 방향으로 뻗어 있었지만 서로 꼭 붙어살았다.

주인집 정원으로 난 높은 창문 밖으로 지나다니는 사람들의 발이 보였다. 햇빛이 들어오는 유일한 구멍이었기에 밤에만 가리개를 내렸다.

—걱정하지 마, 어차피 낮에는 바깥에서 우리 방을 볼 수 없어. 밝은 쪽에서는 어두운 쪽이 안 보여. 어두운 곳에서는 반대쪽이 잘 보이지만.

자꾸만 창에 신경을 쓰는 내게 비밀처럼 언니가 말했다. 언니의 말대로 낮에 주인집 마당에서 바닥에 붙어 있는 우리 방 창문을 보면 깜깜한 사각의 구멍일 뿐이었다. 일부러 몸을 수그리고 불편한 자세로 눈을 창에 바짝 붙여도 방 안은 잘 보이지 않았다. 나는 수첩에 '밝은 쪽에서는 어두운 쪽이 보이지 않는다' 하고 적어 넣었다.

우리는 각자 그전보다 조금씩 멀리 떨어진 곳까지 갔다가 돌아왔다. 내가 배정받은 중학교는 버스로 여섯 정거장이었다. 엄마의 가게는 버스로 삼십 분쯤의 거리에, 언니의 대학교는 버스와 지하철을 타고 한 시간 반이 걸리는 곳에 있었다. 우리는 함께 아침밥을 먹고 뒷정리를 미뤄둔 채 서둘러 집을 나왔다. 엄마와 언니는 나와 방향이 달라 길 건너편에서 버스를 기다렸다. 그쪽 버스가 먼저 와서 두 사람의 모습이 사라지면 세상에 혼자 남겨진 기분이었다.

가장 크고 고달픈 변화를 겪은 사람은 엄마였다. 엄마는 시내 번화가로 정기적인 휴일 없이 매일 출근했다. 두 평 남짓한 엄마의 가게에는 온갖 잡화와 음료수와 담배가 빼곡해서 먼지조차 떠다닐 공간이 없었다. 엄마는 손님들을 친절하게 대할 줄 몰랐지만 그 거리는 언제나 사람들로 가득했고 단골이 필요 없었다. 엄마는 물건을 적게 사는 손님에게 일 원짜리 비닐봉투를 주지 않기 위해 신경전을 벌이고, 가게 앞에서 담배를 피우는 사람을 쫓아내느라 하루에도 몇 번씩 들락거리며 비질을 했다. 다양한 이유로 골치 아픈 일들이 매일 있었다. 엄마는 매일 저녁 늙어서 돌아왔다.

백열등 하나가 달린 지하 셋방의 부엌은 불을 켜도 어둑해서 아무리 쓸고 닦아도 깨끗해 보이지 않았다. 그리고 그 부엌에는 하수구가 없었다. 간단하게 손을 씻는다든가 컵 같은 것을 헹구어서 생기는 생활 오수는 큰 대야에 모았다가 내다버렸다. 얼굴을 씻고 빨래나 설거지를 하려면 주인집 마당 수돗가 한편에 만들어놓은 세면실을 써야 했다. 저녁마다 하루치의 설거지를 하기 위해 그릇이 담긴 커다란 통을 들고 수돗가로 나갔다.

언니가 설거짓거리를 들고 나갈 때는 나도 따라 나갔다. 물이 튀지 않을 정도의 거리에 앉아서 학교에서 있었던 이런저런 일들을 종알종알 이야기했다. 내가 그 시간을 얼마나 좋아했는지 언니는 몰랐을 것이다. 잠자코 듣고 있던 언니가 내 말에 맞장구를 쳐주거나, 그래서? 하며 다음 말을 궁금해하면 훌쩍 자라서 언니와 친구가 된 것 같은 기분이 들었다. 마지막 헹굼이 끝나고 씻어놓은 그릇들에 묻은 물기를 털어내는 단계가 오면, 미처 다 하지 못한 말들이 혀끝에 남아 아쉬웠다. 언니가 감동적으로 읽은 소설이나 극장에서 본 홍콩 영화의 줄거리를 들려주는 날도 있었다. 하나같이 주인공 남자나 여자 중 한 명이 죽는 그 슬픈 이야기들은 하루 만에 끝나지 않았다. 듣다가 만 이야기가 생각나서 하루 종일 나른한 기다림에 젖어 있기도 했다.

그해 늦봄의 어느 날 수돗가에서 언니는 멋진 남자 선배에 대해 이야기했다. 가끔씩 언니는 내가 한 번도 본 적 없는 그 남자가 더할 수 없이 멋진 사람이라는 데 동의해주기를 간절히 바라는 눈으로 나를 바라보았다. 그러나 나는 언니가 들려준 영화나 소설 속의 남자와는 다르게 키가 작고 피부가 검기는 하지만, 눈꼬리가 약간 찢어지긴 했지만, 아랫입술이 심하게 도톰하긴 하지만, 그럼에도 불구하고 멋진 어떤 남자가 도저히 그려지지 않았다. 내가 공감하지 못하자 언니는 더 열성적으로 그럼에도 불구하고 멋진 그 남자에 대해 묘사하고 또 설명했다. 목소리가 좋고 연설을 잘한다는 것은 그렇다 쳐도 실없는 농담을 잘하고, 나무를 잘 타고, 시골에서 나고 자랐다는 점이 어떻게 그 많은 외모의 결점들을 커버할 수 있는지 이해할 수 없었다.

그 어느 순간, 언니는 그 남자의 어떤 모습이 떠오르기라도 한 듯 그릇을 닦던 손짓을 멈추고, 주인집 거실에서 흘러나온 불빛이 미치지 못하는 캄캄한 마당 한쪽을 향해 살짝 웃었다. 나는 깜짝 놀랐다. 스무 살에는 누구나 그렇게 예쁠까. 언니의 얼굴은, 작은 바람에도 흩날리는 벚꽃처럼 야시시하고, 노랗게 익은 보름달처럼 환하고, 달콤한 사과 향처럼 싱그러웠다.

늘 가장 가까이에서 보아온 얼굴이었는데, 언니가 그토록 예쁜 것을 그날 처음 알았다. 그리고 이상하게도 처음으로 언니가 예쁘다 생각한 그 순간에, 한 번도 느껴본 적 없는 싸한 슬픔 같은 것이 스윽, 심장을 찔렀다. 말로 표현하기가 어려운, 쓸쓸하고 외롭고 절망적인 느낌의 슬픔이었다. 높고 아름다운 산의 정상에서 떨어져 내리는 기분이었다. 황홀하면서도 어지럽고 두려웠다.

그날 이후 아무리 많은 시간이 흐르고 아무리 많은 사건이 일어났어도, 그래서 우리와 우리를 둘러싼 세상이 아무리 달라졌어도, 언니라는 암호만 떨어지면 내 기억은 그 봄날 밤에 보았던 언니의 얼굴을 향해 순식간에 달려갔다. 가끔 생각했다. 불길한 징조처럼 따라왔던 그 날카로운 슬픔에 대해.

—조숙했네. 그건 타락의 징조라고 할 수 있지.

일 때문에 만나서 친구가 된 한 그림 작가는 그렇게 말했다.

어떤 경로로 알게 되었을까. 아름다움은 머지않아 스러질 것이며, 언젠가는 잃을 거라는 것을. 내 내부에 있던 어떤 것이 스무 살 사랑에 빠진 언니의 얼굴을 통해 아름다움과 슬픔이 세트로 작동한다는 것을 감지해내었고 어떤 종류의 화학작용을 일으켰다. 언니는 나에게 아름다움을 감지하고 표현할 수 있는 세계를 열어주었지만, 나는 그것에 매혹되어 슬픔을 인내하는 사람이 되지 못했다. 나는 처음부터 인정하고 극복하고 승화하는 유형의 인간으로 태어나지 않았다. 그것은 언니의 역할이었다.

그 봄이 채 다하기 전부터 언니의 귀가 시간이 조금씩 늦어졌다. 2학년이 된 언니는 치마를 입지 않았다. 닭 볏처럼 높이 앞머리를 세우지도 않았고, 나중에는 화장도 하지 않았다. 저녁 일곱시쯤에는 가게 문을 닫았던 엄마도 그 시간이면 차가 막혀 집에 오는 게 힘들다며 더 늦게까지 가게를 열었다. 엄마는 지하철을 타지 않았다. 지하로 들어가면 방향감각을 잃고 헤맸다. 청소를 하고 냉장고에 떨어진 식료품을 채워 넣는 일은 내 몫이 되었고 저녁을 혼자 먹고 치우는 날이 늘었다.

늦은 오후에서 밤으로 넘어가기 직전의 시간, 나는 동네의 상가와 골목들을 특별한 목적 없이 돌아다녔다. 동네에는 온갖 가게들이 있었다. 잡화점과 어린이용품 가게의 쇼윈도에 진열된 물건들을 구경하고, 비디오 대여점에 붙은 포스터 문구들을 읽었다. 빵집에 새로 나온 빵과 케이크가 있는지 점검하고 유아용품을 파는 가게의 아주머니가 뜨개질하는 모습을 지켜보기도 했다. 동네 사진관 진열대의 사진들은 햇빛을 받아 색이 다 날아가도록 바뀌지 않았다. 철물점의 물건들은 엄청나게 많아서 반 이상이 가게 밖에 나와 있었다. 어디에 쓰이는지 나는 알지 못하는 것들이었다.

정육식당과 작은 슈퍼에는 사람들이 늘 두셋은 모여 있었다. 인근 점포의 주인들이었다. 어제까지 식당에서 함께 술과 고기를 먹고 사이가 좋았던 세탁소 아줌마와 문방구 아저씨가 어느 날은 길에서 고래고래 고함을 지르며 싸웠다. 문방구 아줌마와 건너편 빵집 아저씨가 동시에 사라진 사건도 있었다. 그들은 눈이 맞았다고 했다. 작은 슈퍼에 모인 사람들이 수군대는 소리를 들었다. 문방구와 빵집은 며칠 동안 문을 열지 않다가 문방구가 먼저 문을 열었다. 문방구 아저씨는 험악한 얼굴로 금색 은색으로 빛나는 총채를 들고 물건들에 쌓인 먼지를 신경질적으로 털어댔다.

큰 슈퍼 아저씨는 무뚝뚝했고 언제나 혼자였다. 이마와 턱이 좁고 광대뼈가 튀어나와서 아저씨의 얼굴은 화로표 성냥통처럼 육각형이었다. 아저씨는 계산대 앞에서 책을 읽거나 가게 앞 차양 아래에서 담배를 피웠다. 두부나 콩나물 같은 간단한 식재료를 사기 위해 나는 매일 큰 슈퍼에 드나들었다. 문방구 아줌마가 집을 나갔대요, 내가 말하자 아저씨는 딱딱한 성냥통 같은 결계를 풀고 재미있다는 듯 웃었다. 문방구 아줌마가 집을 나간 것이 재밌는지, 내가 그런 말을 한 것이 재밌는지 애매했다. 그날 이후 아저씨는 사과나 귤 같은 것을 내 비닐봉지에 하나씩 넣어주었다.

동네 산책을 하다 보면 때때로 우울해졌다. 언니는 미래를 꿈꾸고 그것을 위해 나아가야 한다고 이야기했지만 그 골목에는 아무것도 되지 못한 사람들뿐이었다. 어두컴컴한 밀림 같은 곳에서 종일 남의 옷을 다림질하거나 불그레한 조명 아래에서 꽁꽁 언 고깃덩어리를 기계에 밀어 넣고 잘려져 나오는 고기의 무게를 달아주면서 끝없이 되풀이되는 매일매일을 사는 그 사람들은 처음부터 그렇게 시시하게 살아가도록 정해진 사람들인지, 꿈이 좌절된 사람들인지 궁금했다. 사람들은 그저 하루하루의 즐거움과 증오와 호기심에 몰두하며 사는 것 같았다. 나도 그들처럼 의미도 목적도 없이 매일의 생활을 이어가게 될까 봐 두려웠다.

언니는 나에게 희망을 주고 동기를 부여하려고 했지만 가끔은 그런 것들이 부담스러웠다. 할 수 있고, 될 수 있는데 내가 모자라서 안 된다면 언니는 실망하겠지. 곰곰이 따져보면 나에게는 그다지 특별한 점이 없었다. 골목의 사람들과 다르게 사는 것도, 그들처럼 사는 것도 할 수 없을 것만 같았다. 공부를 열심히 하고 책을 많이 읽으면 특별한 사람이 될 수 있을까, 유명해지고 돈도 많이 벌고 어려운 사람들을 도와주는 훌륭한 사람이 될 수 있을까, 유명해진다면 내 이름은 세상 어디까지 미칠 수 있을까. 답해줄 사람이 없는 질문과 함께 불안이 밀려왔다.

푸르스름하던 공기가 서서히 검은 빛으로 가라앉을 때쯤이면 골목에는 가로등이 켜졌다. 어느 집인지 알 수 없는 곳에서 피아노 소리가 들려오고, 엄마가 아이를 혼내는 소리, 아들이 아빠를 부르는 소리가 커지면, 어느 집에서나 맛있는 냄새가 흘러나왔다. 그쯤 되면 나는 비로소 지하 셋방으로 돌아왔다.

지하 셋방이 있는 골목은 U자형으로 생겨서 두 개의 골목이 하나의 막다른 지점으로 연결되어 있었다. 집으로 가자면 윗길이 훨씬 가까웠지만 나는 매번 아래 골목으로 해서 반대편으로 돌아갔다. 조금이라도 시간을 끌고 싶어서였다.

그 골목에는 우리와 거의 비등하게 가난한 집이 하나 더 있었다. U자형 골목의 움푹한 끝, 막다른 곳에 자리한 그 집은 양쪽 집의 담벼락 사이에 있었다. 지나다닌 지 한참 만에 거기에 하나의 독립된 집이 있다는 것을 알았다. 좁다란 쪽문의 간격은 어른 한 명이 어깨를 펴고 서기에도 넉넉해 보이지 않았다. 그렇게 좁은 곳이 어떻게 집의 역할을 하는지 상상이 되지 않았다.

조지를 처음 만난 날은 기온이 갑자기 떨어지고 바람이 많이 불던 오월의 한 날이었다. 해 질 녘의 산책을 일찍 포기하고 집으로 돌아가는 길이었다. 그 좁다란 집 앞에서 짐을 내린 이삿짐 트럭이 막 시동을 켜고 출발했다. 바닥에 널브러져 있는 살림살이들이 한눈에도 남루해 보였다. 짐을 옮기느라 들락날락하는 이들은 남녀 학생 두 사람이었다. 둘 다 피부가 유난히 하얬다. 서로 이야기는 하지 않고 말없이 짐만 날랐다. 이상하다 생각해서 그런지 그들은 자꾸 눈에 띄었다. 슈퍼에서 마주치기도 하고 제과점이나 사진관 앞에서 엇갈리기도 했다. 그중 한 명이 조지였다. 나는 조지가 나보다 두세 살은 많을 줄 알았다.

이사를 오고 일주일 넘게 지나서 그 아이를 학교에서 만났다. 선생님이 전학생이라며 소개했다. 난쟁이 셋집에 이사 온 아이구나 생각하고 있는데 신기하게도 그 순간 시선이 마주쳤다. 나와 이름이 같았다. 조지영. 우리는 각각 '조지'와 '강지'로 불리게 되었다. 조지는 충청도에서 전학을 왔다고 했다.

청소 시간에 내가 먼저 조지에게 말을 걸었다.

—우리 몇 번 만난 적 있지?

—응. 나도 너 알아봤어. 근데 너희 집, 전에 혼자 살던 할머니가 죽어서 발견됐다던데 그거 알아? 귀신 나오는 집이라

던데 무섭지 않아?

지하 셋방의 내력은 처음 듣는 이야기였는데 엄마가 그 집을 얼마나 싼 값에 빌렸을지 알 것 같았다. 조지와 나는 그날부터 단짝이 되었다. 언니는 상관없다고 해도 나는 내 친구들이 내가 살고 있는 집을 알게 되는 것이 싫었다. 조지는 예외였다. 이미 알고 있기도 했지만 더 중요한 것은 우리의 가난이 우열을 가리기 어려웠다는 점이었다. 가난한 자들의 연맹이랄까, 그런 것이 사람을 이어주기도 했다.

조지는 여러모로 재미있는 아이였다. 보통 아이들보다 덩치도 크고 이목구비도 큼직큼직하고 목소리도 컸다. 얼굴도 예뻤지만 몸매로 말할 것 같으면 우리들과는 조금 차원이 달랐다. 봉긋한 가슴과 탱탱한 엉덩이를 가지고 있었다. 그것은 여자의 몸이었다. 유독 가슴이 큰 몇몇 아이들은 괜히 부끄러워하고 감추려고 했지만 조지는 당당했다. 늘 웃는 낯을 하고 약간 느릿하고 또렷한 목소리로 말을 하는 조지는 멋있어 보였고, 어두운 면은 하나도 없어 보였다. 아이들도 선생들도 조지를 좋아했다. 처음 얼마간은 그랬다.

얼마 지나지 않아 나는 조지가 습관적으로 거짓말을 한다는 것을 알게 되었다. 조지의 거짓말은 꽤 구체적이었다. 조지는 반 아이들에게 자기네 집이 큰 부자인데 사정상 잠깐 오빠와 둘이 살게 되었으며, 조만간 부모님과 다시 합류해야 한다고 말했다. 시골의 땅을 처분해야 하는데 땅이 너무 넓어

절차가 복잡하다고 했다. 부모님과 헤어져 사는 것이 꼭 나쁜 것만은 아니라고, 간섭받지 않는 생활이 오히려 편하다고 너스레를 늘어놓았다. 하얀 피부에 가느다랗고 붉은 입술을 가진 조지는 정말 부잣집 아이같이 보였다. 아이들은 조지의 말을 대체로 곧이곧대로 믿었다.

다 거짓말이라는 것을 나는 처음부터 알고 있었다. 조지가 이사하던 날 짐 내리는 것을 보았기 때문이었다. 부잣집에서 쓸 법한 물건이 하나도 없었다. 조지가 다른 아이들에게 어떤 거짓말로 자존심을 지키든 나는 상관하지 않았다. 오히려 황당한 거짓말도 능숙하게 하는 조지가 부러웠다. 조지의 거짓말은 남을 속이기 위한 것이 아니라 자기를 감추기 위한 방편일 뿐이었다. 일부러 먼 길을 돌아 집으로 가는 나의 마음과 비슷했다. 말 따위 어떻게 한다 해도 현실은 달라지지 않는다는 것을, 시간을 끌고 시선을 피해 돌아가도 우리가 사는 곳은 남의 집 지하 주차장이거나 난쟁이 셋집이라는 것을 우리는 모르지 않았다.

2학기가 시작되었을 즈음 조지는 반에서 거의 외톨이가 되었다. 잦은 거짓말과 허풍 때문에 몇 번 시비가 있었다. 결정적으로 조지의 성적은 반에서 꼴찌를 다투는 정도였다. 처음에 조지에게 호의를 느꼈던 선생들과 아이들은 그 호의만큼 조지를 무시하고 멀리했다. 지각을 하거나 준비물을 챙겨오지 않았을 때 조지는 다른 아이들보다 심하게 혼이 났다. 체육복이나 교과서처럼 다른 반에 가서 쉽게 빌려올 수 있는 것들을 조지는 잘 구해 오지 못했다. 그런 대접에 익숙한 듯 정작 조지는 선생들과 아이들의 태도에 무심했다. 관심으로부터 멀어지고 귀 기울이는 사람이 없어지자 조지가 거짓말을 할 일도 없어졌다.

조지와 나는 매일 함께 걸어서 각자의 남루한 집으로 돌아왔다. 하굣길은 한 시간 남짓 걸렸다. 우리는 우주의 모든 것들을 화제로 쉴 새 없이 떠들었다. 무슨 이야기든 시작하면 곧 빠져들었기 때문에 시간이 금방 갔다. 한 시간이 모자라 U자형 골목을 몇 바퀴씩 뱅글뱅글 돌 때도 있었다.

하루는 조지에게 물었다. 너희 부모님, 언제쯤 오실 건지 연락은 왔어? 조지는 잠깐 시간을 두고 대답했다. 연락 끊긴 지 몇 년 되었다고. 외할머니 집에 얹혀살다가 오빠와 둘이 독립해 나오게 되었다고. 뜻밖의 대답에 조금 놀랐지만 조지가 나에게만은 진실을 이야기해주는 것 같아서 기분이 좋았다. 그러나 그것은 거짓말은 아니었지만 부족한 대답이었다.

그때 조지와 길에서 나누었던 이야기는 대부분 잊어버렸다. 일 년쯤 뒤에 나는 하루에 두세 마디 말도 잘 하지 않는 사람이 되었기 때문에 가끔 그 하굣길의 수다를 생각하면 나조차 그때의 시간들이 낯설게 느껴졌다. 먼 훗날 백화점에서 우연히 만났을 때 조지는 말했다. 그때 내가 했던 이야기들,

희망과 의지를 강조했던 그 말들이 충격을 주었다고. 계속해서 더 좋은 것을 목표로 나아가야 길을 잃지 않는다고 했던 말이 가장 암울한 순간에 생각났다고. 교과서나 선생이나 다른 어른의 입을 통해서가 아니라 같은 나이의 조그마한 친구가 그런 말을 했을 때 반짝 정신이 드는 것 같았고 부끄러웠다고. 나는 깜짝 놀랐다. 내가 그런 말을 했다고? 아마도 언니의 흉내를 내었던 것 같다. 언니는 그런 식으로 나를 거쳐 조지에게 흘러갔다.

조지의 오빠는 키가 컸고 조지와 닮은, 잘생긴 얼굴을 가지고 있었다. 상업고등학교에 다닌다고 했는데 창백한 그의 얼굴은 과학고 학생 같았다. 교복 바지가 짧아서 검정 운동화 위로 복숭아뼈가 드러나 보였다. 마른 편으로 언제나 윗옷 단추를 두세 개쯤 잠그지 않았고 조지와는 다르게 비딱하고 어두운 인상을 풍겼다. 말하는 투만은 조지와 비슷했다.

동네에서 가끔 조지의 오빠와 부딪히면 별 이유 없이 당황스러웠다. 나는 그가 조지의 오빠라는 것을 알았지만 그쪽은 나를 모르는 것 같았다. 어정쩡하게 목례를 해도 차갑게 시선을 돌리고 관심을 보이지 않았다. 어쩌다 조지와 같이 있는 나를 보고서도 그랬다. 조지도 늘 오빠라고만 했기 때문에 이름이 상훈이라는 것도 뒤에 알았다.

여섯 정거장을 걷고, 조지와 수다를 떨며 골목을 뱅뱅 돌아서 와도 내가 제일 먼저 집에 도착했다. 혼자 저녁을 먹고 주인집 수돗가에 나가 설거지를 했다. 가끔 조지가 지하 셋방으로 놀러 와서 숙제를 하고 책도 읽었다. 같이 음식을 만들어 먹기도 했다. 조지는 냉장고에 있는 재료 몇 개만으로 놀랄 만큼 훌륭한 요리를 해냈다. 시간 가는 줄 모르고 떠들고 있으면 바깥에서 지영아, 하는 소리가 들렸다. 상훈 오빠였다. 조지가 놀라서 튀어나가면 곧이어 골목에서 상훈 오빠의 화난 목소리가 들렸다.

—기집애가 남의 집에서 밤새 떠들고 놀 작정이냐. 한 번만 더 그러면 진짜 죽을 줄 알아.

조지와 내가 매일 걸어서 집으로 가기로 한 것은 버스표 살 돈을 아끼기 위해서였다. 우리는 본격적인 여름이 시작되기도 전에 크리스마스 계획을 세웠다. 조지는 우리가 이제 어린이가 아니고 청소년이니까 크리스마스에는 친구끼리 놀아야 한다고 주장했다. 우리끼리 백화점이 있는 번화가에 가서 서로에게 줄 선물도 사고 영화도 보고 맛있는 것을 먹기로 했다. 모든 계획은 조지의 입에서 흘러나왔다. 엄마나 언니를 따라 몇 번 가보았고 심지어 그곳에 엄마의 가게도 있었지만 나는 시내 번화가에 대해 잘 몰랐다. 충청도에서 이사 온 조지는 구석구석 모르는 곳이 없었다.

한 달에 한 번 엄마에게 버스표 살 돈을 받으면 그중 절반을 비밀 장소에 보관했다. 등하교 때뿐만 아니라 버스를 탈

일이 있어도 웬만한 길은 걸어 다녔다. 어이없이 먼 길을 걷다가 쓰러질 뻔한 적도 있었다. 조지는 우리의 약속을 얼마나 지켰는지 모르겠다. 돈이 얼마나 모였는지 물어보면 조지는 다른 말로 얼버무렸다. 반년 넘게 걸어 다니고 우리가 모은 돈을 훨씬 넘어서는 많은 계획을 세웠지만 우리의 크리스마스 약속은 지켜지지 않았다.

미친개

우리 학교에는 '미친개'라는 별명을 가진 체육 선생이 있었다. 그는 일이학년의 체육수업을 담당했다. 키가 컸고 마른 편이긴 하지만 운동으로 잘 다져진 근육을 가지고 있었다. 머리숱이 많고 길어서 수북한 앞머리가 왼쪽 눈을 거의 덮고 있었다. 대부분의 시간을 야외에서 생활해서 그런지 피부가 유난히 검었다. 실내에서도 늘 체육복 차림이었고 기다란 교편을 들고 다녔다.

일주일에 한 번 정도 운동장에서 전체 조회가 있는 날이면 교장을 비롯해 다른 선생들이 나오기 전에 미친개가 연단 위에 서서 대열을 맞추었다. 차렷, 앞으로 나란히, 차렷, 열중쉬어, 차렷, 뒤로 돌아, 앞으로 나란히, 바로. 한참 동안 그의 구령을 따르다 보면 꼬불꼬불하던 줄이 반듯하게 맞추어졌다.

그러나 미친개는 거기에서 멈추는 법이 없었다. 좌향좌, 우향우, 뒤로 돌아 같은 구호를 반복했다. 그러다가 집중을 하지 않거나 잡담을 했다는 이유로 꼭 한두 명씩을 불러냈다. 미친개에게 호명된 아이들은 전교생이 보는 앞에서 주먹으로 뺨을 맞고 연단 옆에서 엉덩이를 높이 들고 엎드려뻗쳐 같은 벌을 받았다. 불려 나가는 아이들은 성적이 좋지 않거나 집이 가난하거나 그 둘 다에 해당되는 아이들이었다. 그런 아이들만 늘 그렇게 집중을 하지 못하고 떠들지는 않았을 것이다. 그런데도 미친개는 자기가 공격할 만한 상대를 정확히 찾아냈다. 한두 명의 아이들이 그런 일을 당하고 나면 나머지 우리들은 드디어 정신을 차렸다. 미친개가 제멋대로 외치는 구호에 추호의 실수도 없이 일사분란하게 움직였다.

그 시간이 지나면 우리는 다시 시끄럽고 발랄한 십대의 중학생으로 돌아갔다. 불려 나가 모욕을 당하고 폭행을 당한 아이들에 대해서는 까맣게 잊었다. 그다음 주에도 그런 일이 일어날 테지만 그렇게 많은 아이들 중에 자신이 미친개에게 호명될 리는 없다고 생각했다. 매주 반복하는 미친개의 폭력을 저지하는 선생은 없었다. 항의하는 학생도 없었다. 항의할 수 있다는 생각조차 해본 적이 없었다.

2학기가 시작된 지 얼마 되지 않은 어느 날 아침이었다. 담임의 간단한 조례가 끝나고 첫 수업 시작종이 울렸다. 수업 시작종이 울리고 학과목 선생이 교실에 들어오기 전까지 일이 분 동안 교실은 언제나처럼 소란스러웠다. 그날 무엇이 미친개의 광기를 건드린 것인지 모르겠다. 비가 오는 날도 아니었는데 그가 학교 건물 안에 있었던 것부터가 잘못된 일이었다. 복도를 지나가던 미친개가 늘 들고 다니던 막대기로 하필이면 우리 반의 교실 문을 세게 치면서 조용히 수업 준비해, 하고 소리를 질렀다.

미친개의 막대기와 나무로 된 교실 문이 부딪혀 낸 소리는 신경을 건드리는 불쾌한 파열음이었고, 무방비 상태였던 우리 모두가 깜짝 놀랄 만큼 컸다. 교실에는 육십여 명의 아이들이 있었다. 그중 몇 명은 다른 아이들보다 더 심하게 놀라 자기도 모르게 비명을 질렀다. 일순간 교실이 조용해졌다. 그와 거의 동시에, 그러나 간발의 차이로, 모두가 들을 수 있을 만큼 분명하게 아이씨, 하는 조지의 목소리가 불거져 나왔다.

—나와!

미친개의 호령이 떨어졌다. 순식간에 교실은 공포에 휩싸였다. 다음에 일어날 끔찍한 광경을 모두가 예상할 수 있었다. 첫 시간은 국어 시간이었다. 수업 시작종이 울렸으니 그나마 다행이었다. 국어 선생이 곧 우리 교실에 올 것이었다. 맨 뒤에 앉아 있던 조지가 느리게 걸어 나왔다. 교실로 들어와 막대기를 빙빙 돌리며 아무렇지 않은 표정으로 창밖을 보고 있던 미친개는 조지가 교실 앞 강단 가까이 오자 갑자기 몸을 날려 조지의 배를 발로 찼다. 조지는 앞줄에 앉아 있던 아이들 책상 쪽으로 밀려 쓰러졌다. 책상 밀리는 소리가 요란했다. 졸지에 조지의 몸과 함께 뒤로 밀린 앞줄의 아이들은 겁에 질려 소리도 내지 못했다. 오히려 교실 뒤편에서 신음이 조금씩 나왔다.

—선생 말이 말 같지가 않아? 누가 그렇게 엉금엉금 기어 나오래, 엉?

미친개는 쓰러져 있던 조지의 머리채를 잡아 일으켜 세웠다.

—열중쉬엇!

열중쉬어 자세로 조지는 뺨을 맞았다. 찰싹, 찰싹, 찰싹. 일 분이 일 년처럼 길었다.

수업을 하기 위해 국어 선생이 교실 문 앞에 나타났다. 날아갈 듯 푸른 원피스를 입은 젊은 여자 선생이었다. 그 선생이 이 사태를 끝내줄 줄 알았다. 눈물과 땀범벅이 된 조지의 얼굴은 머리카락이 엉겨 붙어 보이지 않았다. 그러나 국어 선생은 놀란 얼굴로 미친개가 조지를 때리는 광경을 바라보기만 했다. 약간은 한심하다는 표정으로 피식 웃었다. 그 선생이 한심해하는 쪽이 조지인지 미친개인지 알 수 없었다. 구경하는 사람이 생겨서 그런지, 미친개는 더욱 흥분해서 소리쳤다.

—오늘 이 반, 수업 다한 줄 알아. 에이씨이? 내가 네 친구야?

미친개는 손목에 차고 있던 시계를 풀어 교탁 위에 올려놓고 본격적으로 조지를 두들겨 패기 시작했다. 흐느끼는 소리가 터져 나왔다. 그 무서운 광경을 보면서도 아이들은 본능적으로 자기의 입을 막았다. 불똥이 어디로 튈지 몰랐다. 나는 죽을 것 같았다. 조지가 죽든지 구경하고 있는 내가 죽든지. 국어 선생은 구경만 하고 있을 작정인 것 같았다.

오줌을 쌀 것처럼 무서웠지만 나는 천천히 자리에서 일어났다. 그리고 그만하십시오, 선생님, 하고 말했다. 나는 말을 했다고 생각했지만 목소리가 제대로 나오지 않았다. 미친개는 내 말을 듣지 못했다. 조지를 공격하느라 머리가 흐트러진 채 그는 사색이 된 학생들을 둘러보다가 자리에 일어서 있는 나를 발견했다.

—뭐라고? 너 방금 뭐랬어.

—그만하십시오, 그만 때리십시오.

하고 싶은 말이 분명히 더 있었는데 가장 최소한의 말만 소리가 되어 나왔다. 내 말을 알아들은 미친개는 잠시 멍하더니 너도 이리 나와, 라고 말했다. 나는 나가지 않았다.

—요것 봐라, 너 지금 선생한테 명령한 거야? 너도 이리 나와, 인마.

그때쯤엔 무섭지도 않았다. 될 대로 되라는 기분이었다. 나는 움직이지 않고 그저 그 미친개를 뚫어지게 쳐다보았다. 미친개가 슬슬 내가 선 자리로 다가오려고 몸을 움직였다.

그때 우리 중 다른 한 명이 자리에서 일어났다.

—선생님, 그만하십시오.

반장이었다. 뒤쪽에서 다른 아이 하나가 더 일어났다. 미친개가 두리번거렸다. 그제야 잊고 있었던 푸른 원피스가 교실에 들어왔다.

—선생님, 이제 수업도 해야 하니까 그만하시지요.

그녀는 밝게 웃으면서 아침 인사를 건네듯 가벼운 목소리로 말했다. 미친개는 못마땅한 표정으로 잠시 머뭇거리다가 우리들을 향해 이 반 체육 시간 언제야, 모두들 각오하기 바란다, 하더니 시계와 막대기를 챙겨서 교실 밖으로 나갔다.

그가 나가자 반 전체가 울음바다가 되었다. 그 와중에도 반장이 차렷, 경례 구호를 했고 아이들은 반갑습니다, 하고 정해진 인사를 했다. 여선생은 조지 쪽은 쳐다보지 않고 출석부만 뚫어지게 보고 있었다. 조지는 미친개에게 두들겨 맞던 자세 그대로 교단 위에 웅크리고 있었다.

나는 국어 선생에게 허락을 구하지 않고 조지를 부축해서 교실을 나왔다. 나도 조지도 떨고 있었다. 선생에게 대든 것이 잘못일지 모른다는 생각이 뒤늦게 들었다. 한편으로는 하고 싶은 말을 더 했어야 했다는 후회가 들었다. 양호 선생은 입술이 터지고 얼굴이 퉁퉁 부어오른 조지를 보고 누구랑 싸웠냐고 물었다. 체육 선생님이, 라고 했을 뿐인데 양호 선생의 표정이 굳어졌고 더 이상 말이 없었다. 오히려 내가 무슨 말을 더 할까 봐 부담스러운 눈치였다.

양호실 침대에 누워 신음을 흘리는 조지의 눈에서 계속 눈물이 나왔다. 나는 조지의 곁에서 한 시간을 보냈다. 머릿속이 하얗게 빈 것 같았다. 조지에게 해줄 말이 생각나지 않았다. 양호실의 공기는 따뜻했고 창밖으로 보이는 텅 빈 운동장이 평화로워 보였다. 수업 종료종이 울리고 나서 쉬는 시간에 조지의 가방을 챙겨 양호실에 가져다주었다. 오전 수업이 끝나고 나서 양호실에 갔더니 조지는 없었다.

그 주 체육 시간은 지옥이었다. 미친개는 수업에 나오지도 않고 반장을 통해 오리걸음으로 운동장 다섯 바퀴, 피티체조 백 번 후 엎드려뻗쳐 자세로 대기 같은 메시지만 전달했다. 그가 없는데도 우리는 죽어라 하고 성실하게 그 벌들을 받았다. 오리걸음으로 운동장 세 바퀴쯤 돌았을 때는 뒤처진 아이들과 앞서가는 아이들이 섞여서 누가 몇 바퀴인지 알 수도 없었다. 그렇게 엎치락뒤치락하고 있는데 어느 순간 미친개가 나타나 호루라기를 불고 막대기로 뒤처지는 아이들을 위협했다. 공부보다 먼저 인간이 되어야 한다는 둥, 너희들은 공부해봐야 나라와 사회에 해만 끼칠 뿐이라는 둥, 악담을 했다. 그렇게 죽도록 우리를 괴롭히더니 그다음 시간부터 정상적인 체육수업을 했다.

수업 후 미친개는 반장과 나를 따로 불러서 친구를 위하는 마음은 높이 사지만, 앞으로 다시 선생님에게 도전하는 행동을 할 때는 용서하지 않겠다며 은혜를 베푸는 시늉을 했다.

조지에게는 어떤 사과도 변명도 하지 않았다.

조지는 그다음 날 하루 결석을 했을 뿐 전과 다르지 않은 얼굴로 학교에 나왔다. 찢어진 입술과 얼굴의 부기는 검붉은 멍이 되었다가 천천히 옅어졌다. 그날 이후 조지와 나는 그 일에 대해 다시 이야기하지 않았다. 조지는 이유 없이 맞고 잘못보다 훨씬 과한 벌을 받는 데에도 익숙한 것일까, 나는 속으로만 생각했다.

조지는 가끔 말없이 결석을 했다. 혼자 집에 돌아오면 조지가 궁금해서 난쟁이 셋집 앞을 서성거렸지만 초인종을 눌러 보지는 못했다. 조지가 아니라 상훈 오빠가 나올까 봐 망설여졌다. 어제 왜 결석한 거야, 하고 물어보면 조지는 할머니가 아파서 시골 외삼촌 집에 갔다 왔다는 둥, 오빠하고 놀러 갔다 왔다는 둥, 거짓말을 했다.

조지가 결석을 해서 혼자 걸어온 날이었다. 겨울방학과 크리스마스를 며칠 앞두고 있었다. 하필 그날 그때 큰슈퍼에 들렀던 것은 우연이었다. 딱히 필요한 것도 없었는데 날씨도 추웠고 기분도 울적해서 집에 들어가기 전에 어딘가 한 군데 거쳐 가고 싶었다. 한 남자가 카운터에서 화로표 성냥통 같은 얼굴에게 무언가를 물어보고 있었는데 조지와 상훈 오빠를 찾고 있는 게 분명했다. 연한 회색 모직 코트 아래 그보다 약간 짙은 양복을 갖춰 입은 그 남자는 부자 같았다. 진한 향수 냄새와 올백으로 올린 머리 스타일 때문에 꺼림칙한 이질감이 느껴지기는 했다.

—이 동네에 중학생 여자아이 하나하고 고등학생 남자아이 하나가 저희끼리 봄에 이사를 왔을 텐데 모르십니까?

조지를 알고 있으면서 아저씨는 무뚝뚝하게 대답을 하지 않았다. 회색 양복 남자가 혼잣말처럼 중얼거렸다.

—애들 부모가 찾고 있는데, 이 근처가 분명한데 주소를 잊어버려서 말이에요.

부모가 찾고 있다는 말에 나도 모르게 끼어들었다.

—제가 알아요, 혹시 조지영 찾으시는 거 아닌가요?

—아, 그래. 맞을 거다, 아마.

올백의 남자가 큰 목소리로 대답하며 내 쪽으로 몸을 돌렸다. 남자 뒤에서 육각형 얼굴이 더욱 딱딱한 표정으로 나를 바라보았다. 참견을 할까 말까 머뭇거리는 것 같았다. 내가 뭘 잘못했나 하는 느낌이 잠깐 스쳤지만 동시에 큰슈퍼 아저씨는 조지가 부모님 소식을 기다리고 있는 사정을 알 수 없으리라는 데 생각이 미쳤다. 올백의 남자가 활짝 웃었다.

어쩌면 미친개 사건 이후 나는 조지의 보호자가 된 것 같은 기분에 젖어 있었을지도 몰랐다. 만약 나였다면 미친개가 그렇게까지 하지는 못했을 거라고 생각했다. 내심 조지가 속수무책으로 당하고 있을 때 내가 그 상황을 종식시켰다는 자부심 같은 것이 있었다. 그래서 그날도, 한 치의 의심은커녕 되레 복된 소식을 알리는 전령 천사라도 된 것 같은 기분으로 올백 남자를 조지의 집에 데려다주었다. 조지가 거짓말을 했다는 사실은 까맣게 잊어먹었다. 정말로 빚을 다 갚고 드디어 부자가 된 조지의 부모님이 자식들을 찾고 있는 거라 생각했다. 왠지 슈퍼에 들르고 싶더라니, 내가 아니었으면 조지와 부모님의 상봉은 영원히 어긋났을지도 모를 일이었다.

처음으로 상훈 오빠가 나올까 봐 겁내지 않고 초인종을 눌렀다. 인기척이 없었다. 이 집이 틀림없니? 남학생 이름도 알고 있니? 올백의 남자가 자상한 말투로 물었다. 상훈 오빠요? 응 그래, 조상훈. 맞구나, 이 집이. 남자는 나중에 다시 오겠다며 돌아가려 했다. 연락처를 주고 가시면 제가 지영이에게 전해줄게요, 하고 말했지만 남자는 직접 와서 얼굴을 봐야 한다고 했다. 남자가 가고 나서도 집 앞에서 한참 동안 조지를 기다렸다. 빨리 기쁜 소식을 알려주고 싶었다. 얼른 조지가 그 남자를 만나서 부모님과 연락이 닿기를 바랐다. 그러나 조지도 상훈 오빠도 나타나지 않았다.

그날 밤이었다. 막 잠자리에 누워 불을 껐을 때니까 열두시가 넘었을 것이다. 다급한 조지의 목소리가 들렸다. 다급했지만 목소리는 꺼질 듯 작았다. 강지야, 지영아, 강지영…… 여러 가지의 이름으로 불리고서야 누군가 밖에서 나를 찾고 있다는 것을 알았다. 조지? 심상찮은 목소리에 나와 언니, 엄마 모두가 거의 동시에 일어나 앉았다. 엄마는 다짜고짜 나가지 말라고 했다. 나는 벌떡 일어나 불을 켜고 외투를 입고 밖으로 나갔다. 언니가 따라 나왔다. 조지의 꼴이 말이 아니었다. 미친개에게 두들겨 맞았던 때처럼 헝클어진 머리카락이 땀범벅으로 얼굴에 달라붙어 있었고 온몸을 심하게 떨었다. 신발도 한 짝만 신고 있었다.

—어떡해, 어떡해, 사람들이 우리 오빠를 죽일 것 같아.

—무슨 말이야?

—네가 우리 집 알려줬어?

그 말을 듣는 순간 등골이 오싹했다. 무언가 일이 잘못 꼬여 흘러가고 있었다.

—누구? 그 아저씨? 너희 부모님과 연락이 됐다고 했는데?

—왜 그랬어, 왜 그랬어? 사람들이 우리 오빠를 죽이겠대.

언니가 슬리퍼를 들고 나와 조지에게 신겼다. 언니와 나는 조지의 손을 잡고 그 집으로 향했다. 엄마는 어느 결에 빗자루 같은 것을 찾아 들고 뒤따라왔다.

처음으로 조지의 집에 들어가봤다. 입구에서부터 좁고 긴 부엌이 있고 그 안쪽에 좁고 긴 방이 있었다. 더 안쪽에는 손잡이가 달린 문이 있었다. 화장실 같았다. 집 안은 온통 난장판이었다. 조지가 말한 사람들은 이미 돌아가고 없었다. 바닥에는 핏자국이 점점이 흩뿌려져 있었다. 그리고 좁고 긴 방 한구석에 상훈 오빠가 쓰러져 있었다. 엄마는 아이구 무서워, 하면서 작은 소리로 집에 가자고 했다. 조지가 상훈 오빠에게

다가가자 기절한 줄 알았던 상훈 오빠가 조지에게 뭐라고 말을 했다. 조지가 우리에게 다시 돌아와서 말했다.

—빚 받으러 온 사람들이었는데요, 오빠가 갚겠다고 해서 돌아갔대요. 이제 괜찮으니까 그만 돌아가서 주무세요.

언니가 경찰에 신고하자고 하자 조지가 갑자기 소리를 질렀다.

—남의 일에 상관 말고 가시라고요!

다시 집으로 돌아와 자리에 누워서 불을 껐지만 우리는 잠들지 못했다. 어린애들이 무슨 빚을 졌을까, 부모님은 어디 계셔? 하고 언니가 물었고, 그 말이 끝나기도 전에 엄마가 저런 애랑 놀지 마라! 하고 말했다.

다음 날부터 조지와 상훈 오빠는 보이지 않았다. 겨울방학이 시작될 때까지 조지는 학교에 나오지 않았다. 매일 조지의 집 앞에서 서성였다. 나는 조지와 크리스마스 파티를 위해 모아두었던 돈을 평화의 댐 성금 모금에 냈다. 그 돈을 좋은 일에 쓰는 것으로 내가 저지른 실수를 만회하고 싶었다. 크리스마스에는 집에서 텔레비전 특선영화를 봤다. 예수의 기적을 믿지 않고 온갖 악행을 일삼던 사람들이 끝내 예수의 제자가 되는 이야기였다. 믿으라면 믿지 좀. 끝을 알고 있어서 그런지 보고 있기가 답답했다.

해가 바뀌고 설이 지날 무렵부터 언니는 부쩍 늦게 들어왔다. 언제 들어오는지 알 수 없을 때가 많았다. 언니는 과외 아르바이트도 하나만 남겨두고 다 정리했다. 바빠서 어쩔 수가 없다고, 조금만 참아달라고 나에게만 말했다. 엄마에게는 비밀이었다. 벌써 3학년이야, 이 년만 더 버텨보자. 짧게 자른 머리에 청바지를 입은 언니는 피곤해 보였다.

언니가 빠진 엄마와 나의 일상은 팔이 없는 사람처럼 균형이 맞지 않았다. 엄마는 밤마다 멍하니 텔레비전을 마주하고 앉아 있다가 이불을 폈다. 나는 엄마와 텔레비전을 등지고 책상에 앉아 책을 읽거나 일기를 썼다. 그렇게 하나의 방에서 각자의 시간을 보내다가 불을 켜놓은 채 잠자리에 들었다. 잠결에 딸깍, 하고 형광등 스위치 내리는 소리가 들리면 눈은 떠지지 않았지만 속으로 아, 언니가 왔다, 하고 안심했다.

어쩌다 언니가 일찍 들어오는 날은 엄마와 말싸움이 일어났다. 탁, 치니 억, 하고 죽었대요. 그게 지금 우리의 현실이라구요. 사람 명이란 게 그렇다, 죽을 운명이어서 그런 거야. 네 힘으로 그걸 어떻게 막겠다는 거야. 그게 다 거짓말이란 말이에요, 고문당하다가 죽었다니까. 어떻게 죽었든, 네가 막을 수 없는 건 매한가지야!

언니가 데모를 하러 다닌다고 했다. 뉴스에서는 데모를 하는 사람들이 나쁘게만 나왔다. 언니는 틀린 적이 없었고 엄마에게 진 적도 없었다. 그러나 이번에는 엄마가 이기기를 바랐다.

—비가 많이 오면 아무리 들에 불을 놓아도 불길이 퍼지지

않는 거야.

어느 저녁, 엄마가 언니에게 말했다. 언니가 대답했다.

—엄마, 우리가 비예요.

우리 집을 떠나 지하 셋방으로 이사를 하고 조지를 만났던 그해, 중학교 1학년이 끝나가던 그 겨울과 봄 사이에 키가 십이 센티 자랐고, 월경을 시작했다.

개학을 하루 남겨놓은 삼일절 아침에 조지는 다시 그 골목으로 돌아왔다. 조지는 감옥의 창살 같은 지하 셋방의 철문에 바짝 붙어 서서 암호처럼 조심스럽게 내 이름을 불렀다. 강지야, 강지야. 나를 보자 조지는 활짝 웃었다. 몇 달 만에 만난 조지는 조금 야위어 보였다. 그래서인지 더 예뻐진 것 같았다. 조지는 내 키가 몰라보게 커졌다며 신기해했다.

—어디에 가 있었던 거야?

—그냥. 좀 숨어 있었어. 오빠가 다 해결했으니까 당분간 괜찮을 거래. 이사는 하지 않아도 된대. 여기 전세 기간도 아직 남았고. 나는 오빠가 하라는 대로 하니까.

어색하게 말문을 트지 못하는 내게 조지가 덧붙였다.

—오빠가 돈을 빌렸는데 조금씩 갚기로 하고 합의를 봤대. 오빠는 학교 관두고 일을 다녀.

—어디?

조지는 대답 대신 낯선 사람이 자기를 찾더라도 집을 알려주지 말라고 했다. 내가 그러겠다고 하자 더 이상 문제는 없다는 듯 명랑한 목소리로 오늘 뭐 할 거냐고 물었다. 우리는 팬시점에서 알록달록한 포장지를 사 와서 2학년 교과서에 겉표지를 만들어 입혔다. 조지는 상훈 오빠 몫까지 공부를 열심히 하겠다는 포부를 밝혔다. 우리는 서로를 격려하고 함께 잘되자고 다짐했다. 조지와 상훈 오빠에게 미안했다. 상훈 오빠가 학교를 다닐 수 없게 된 데는 내 탓도 있는 것 같았다.

2학년에 올라가서도 조지와 나는 같은 반이 되었다. 우리는 다시 조지와 강지로 불렸다. 이 년 동안 그렇게 불린 후로 한동안 누가 지영아, 하고 불러도 내 이름이 아닌 것 같았다. 조지는 결석을 하지 않았고, 우리는 예전처럼 먼 길을 함께 걸어서 돌아왔다. 조지가 내가 모르고 있던 나머지 이야기들을 해준 것은 한 달이 지난 사월의 일요일 오후였다.

종말

그날, 봄이라고 해도 아직 쌀쌀했던 사월의 두번째 일요일 아침에 잠에서 깼을 때, 부엌에서는 달짝지근한 냄새와 톡톡톡, 탁탁탁 하는 소리들이 나고 있었다. 보는 사람 없는 텔레비전 소리도 들렸다. 지하 셋방으로 이사를 온 이후 엄마는 습관적으로 텔레비전을 켰다. 바깥의 소리들이 방 안까지 들리는 것이 싫어서였다. 나는 눈만 뜬 채 따뜻한 바닥과 폭신한 이불의 감촉을 느끼며 아침의 소리들과 냄새를 감상했다. 별일도 없이 기분이 좋았다. 엄마가 일어나라고 채근할 때까지 그대로 누워 있을 작정이었다. 일찍 깨워달라고 엄마에게 이야기해두었다. 조지와 시립도서관에 갈 약속이 있었다.

옆자리에서 언니가 자고 있었다. 전날 밤에 언니가 언제 들어왔는지 모르고 잠들었다. 어쩌면 새벽에 들어왔을지도 몰랐다. 개학 후 언니는 간혹 집에 들어오지 못하는 날이 있었다. 가만히 언니의 자는 모습을 바라보았다. 작은 주근깨가 몇 개 생긴 언니의 얼굴은 볕에 내다 말린 물고기처럼 까칠했다. 숨소리가 거칠었다.

엄마와 함께 아침을 먹는 동안에도 언니는 자고 있었다. 다른 때 같았으면 억지로 실눈을 뜨고 무슨 말이라도 했을 텐데, 멀리 갔다 온 사람처럼 뒤척임도 없었다. 어제 언니 몇 시에 들어왔어? 내가 물었고, 깨우지 말고 조용히 나가거라, 요즘 네 언니 대학 공부가 힘든가 부다, 엄마가 대답했다. 나는 엄마보다 먼저 집을 나왔다.

시험 기간이라 시립도서관에는 자리가 없었다. 나와 조지는 가방을 줄 세워놓고, 길가 가로수 그늘에 등을 맞대고 앉아 잡담을 했다. 공부밖에 할 일이 없었지만 해야 할 공부가 많지도 않던 때였다. 도서관에 가면 반은 놀고 나머지 반만 공부를 하고 와도 뿌듯했다. 하지만 그날은 처음부터 끝까지 놀기만 했다. 언니의 지갑에서 돈을 꺼내 새로 산 문제집은 펼쳐보지도 않았다. 아침부터 시작된 우리의 수다는 저녁까지 이어졌다. 점심께 배정받은 자리는 내내 비워둔 채였다. 집에 가서 새롭게 시작하자는 약속을 하고 여섯시쯤 도서관을 나섰다. 조지는 상훈 오빠의 저녁 준비를 해야 했다.

아직 해가 완전히 진 것도 아닌데 지하 셋방의 입구는 컴컴했다. 일요일이니까 언니가 집에 있을지도 모른다고 기대했는데 아닌 모양이었다. 매일 드나들어도 입구에 서면 한번씩 주춤거려졌다. 잠시 반성을 했다. 열심히 공부해서 훌륭한 사람이 될 거다, 돈을 많이 벌어서 좋은 집으로 이사를 갈 테다, 하루 종일 놀다니 내가 미쳤다, 하고.

—이 년만 더 고생하면 돼. 우리 꼬맹이는 열심히 공부만 하셔, 언니가 취직하면 지영이 하고 싶은 거 다 하게 해줄 거니까.

호언장담하던 언니의 말도 떠올라서 죄책감이 더해졌다. 용기를 내어 집으로 들어가려는데, 골목 어귀에서 서성이던 사람들이 뛰어왔다. 아까부터 낯선 남자와 여자 두어 명이 왔다 갔다 하는 것이 거슬리던 중이었다. 그중 한 여자는 내 얼굴을 보더니, 무슨 말을 하려다 말고 눈물을 터뜨렸다. 여자를 밀다시피 하고 어떤 남자가 성큼 내 앞에 다가섰다. 키가 작았고, 눈꼬리가 약간 찢어졌고, 아랫입술이 벌에 쏘인 것처럼 도톰했다.

—혹시 영옥이 동생이니? 많이 닮았구나.

남자가 물었다. 억지로 웃으려고 하는 그의 표정은 심하게 일그러져서 내가 상상했던 것보다 훨씬 못생겨 보였다. 하마터면 아저씨가 그 사람이에요? 할 뻔했다. 그의 얼굴이 그토록 심각하지만 않았다면 그랬을 것이다.

—우리는 영옥이 대학 동기들이야. 어머니는 어디 계시니? 영옥이가 다쳐서 병원에 있어. 빨리 병원으로 가야 해.

엄마는 가게에 있을 시간이었다. 주말 저녁에는 음료수 장사가 제법 쏠쏠하다 하면서도, 체질적으로 심약한 엄마는 주말 장사를 몹시 힘들어했다. 술 취한 사람들이 많이 들락거려 두통이 생긴다고 했다. 가게에는 전화가 없었다. 옆 옷수선 가게에 전화가 있었지만 일요일에는 문을 열지 않았다. 가방을 풀어놓지도 못하고 그 사람들과 다시 큰길로 나가서 택시를 타고 엄마 가게로 갔다. 가방에는 거의 전 과목 책과 문제집이 들어 있어서 무거웠다. 하지 못한 공부 때문에 마음도 점점 무거워졌다.

택시 안에서는 아무도 말을 하지 않았다. 우리 언니, 많이 다쳤어요? 하고 내가 물었고, 약간의 침묵이 흐른 뒤 옆자리에 앉아 있던 여자가 조금 많이 다쳤어, 너무 걱정하지 마, 영옥이는 반드시 일어날 거야, 라고 했다. 대답을 들었지만 어떤 상황인지 짐작이 되지 않았다. 언니의 그 사람은 역시 실제로 보아도 조금도 멋있지 않았다. 언니가 몇 번이나 좋다고 강조했던 목소리도 별로였다. 누구의 몸에서인지 땀 냄새가 났다. 차창을 내리자 날카롭고 시끄러운 바람이 지나갔다.

나는 낮에 조지가 한 이야기를 생각했다. 도서관 앞 가로수 아래에서 조지는 긴 이야기를 했다. 생애 최초의 기억에 대해 이야기하다가 옆으로 샜다. 나는 엄마와 언니가 밥을 먹고 있는데 나 혼자 발을 굴리며 울고 있었던 이야기를 했고, 조지는 그런 거 생각해본 적이 없다고 하더니 곧 엄마 방의 침대를 기억해냈다.

—병원 침대 있잖아, 페달을 돌리면 윗부분이 올라오는. 엄마 방에 그런 침대가 있었어. 페달을 돌리려고 낑낑대고 있는데 엄마가 나를 내려다보면서 웃고 있었어. 그게 젤 처음인가?

조지가 어릴 때 살았던 집 마당에는 키 큰 나무가 담을 에워싸고 있었고, 그 앞으로는 가끔 오는 정원사 아저씨가 관리해주는 꽃나무들이 자랐으며 일층 거실에는 커다란 가죽 소파와 피아노가 있었고 레슨 선생님이 일주일에 두 번씩 집에 와서 피아노를 가르쳤다고 했다. 집 안 곳곳에 옛날 그릇이나 주전자 같은 걸 진열해놓은 장식장이 있었는데 엄마가 모은 것들이라고 이모할머니가 말해주었다. 이모할머니는 어릴 때부터 조지와 상훈 오빠를 키워준 유모였다. 병으로 누워 있는 엄마, 피아노 레슨, 유모와 정원사가 있는 집. 어쩐지 작위적인 냄새가 물씬 나는 이야기들이라 처음에는 조지가 실은 부잣집 아이였다는 거짓말을 다시 하려는 줄 알았다.

조지는 어릴 때 엄마를 잃었다. 나는 조지의 이야기를 들으면서 상훈 오빠를 상상했다. 엄마가 돌아가신 후 연쇄적으로 많은 일들이 일어났다고 했다. 조지는 그때 일학년이었는지 이학년이었는지 모르겠다고 했다. 일학년 때 같은데 상훈 오빠의 나이와 맞추어보면 이학년 때의 일이라는 거였다.

—수업 시간에 아빠 차 기사 아저씨가 나를 데리러 왔어. 오빠가 이미 차에 타고 있었는데 울고 있었어. 엄마가 돌아가

셨대. 오빠가 우니까 나도 울었어. 집에 도착했더니 많은 사람들이 와 있었어. 이모할머니가 나를 꼭 끌어안아주고 옷을 갈아입혀줬어. 나는 검은 드레스를 입고, 마당과 거실과 이층을 오가며 손님들 사이를 왔다 갔다 했어. 밤에도 불이 꺼지지 않았고, 집에는 음식 냄새가 가득했어. 사람들은 밤새 술을 마셨어. 엄마의 관이 나가던 날, 오빠가 엄마의 사진을 들고 맨 앞에 서서 우는 걸 보고, 나도 지지 않으려고 큰 소리로 울었어. 울다가 누군가의 품에서 잠이 들었는데 깨어보니 텅 빈 버스 안이었어. 창밖으로 산등성이를 가득 메운 무덤들을 봤어. 그 뒤로는 생각나는 게 별로 없어. 이상하지? 무덤으로 뒤덮인 거대한 산만 생생하게 남아 있다니. 그런 생각을 했던 것 같아, 우리 엄마 혼자 죽는 게 아니구나. 그러고 며칠 지나지 않은 날이었어. 오빠와 나는 아직 학교에 가지 않아도 된다고 해서 그냥 집에서 놀고 있었어. 그러니까 아마 일주일도 안 되었을걸? 낯선 사람들이 집으로 몰려와서 아빠가 있는 곳을 물었어.

그다음에 일어난 일들도 조지는 정확히 기억하지 못했다. 하루였는지 이틀이었는지, 세 사람이었는지 다섯 사람이었는지, 아침이었는지 밤이었는지. 내가 캐물으면 조지는 몰라, 몰라, 그만하자, 하다가도 이야기를 이어갔다.

사람들이 함부로 굴었고 조지의 아버지는 그날 이후 다시 보지 못했다. 어느 날은 상훈 오빠와 함께 밥을 먹고 있는데 낯선 아주머니가 화난 얼굴로 두 사람을 노려보고 있었다. 경찰이 왔고 사람들이 돌아갔다. 그 일이 있던 날 밤, 이모할머니가 엄마 방에서 무언가를 챙겨 나오는 것을 조지가 봤다.

—섬뜩했어. 그냥 잠깐 눈이 마주친 건데 이모할머니가 엄청나게 무서운 사람으로 변했다는 느낌이 확 오더라고. 뒤에서 상훈 오빠가 그게 뭐예요? 하고 이모할머니의 가방을 잡으려고 했지. 이모할머니가 오빠를 세게 밀었어. 오빠는 바닥에 넘어졌고 나는 깜짝 놀라서 소리를 질렀어. 이번 달 월급이야, 하고 이모할머니가 말했어. 오빠가 이모할머니 월급은 아버지 회사에서 들어오잖아요, 했더니 이번 달엔 못 받았다는 거야. 이모할머니가 엄청나게 무서운 표정으로 오빠를 노려보며, 애비 닮아서 너도 인간 되긴 힘들 거다, 그렇게 말하고 막 욕을 하면서 가버렸어.

그 대목에서는 나도 모르게 몸이 떨렸다. 그날부터 외할머니를 따라 그 집을 떠날 때까지 상훈 오빠가 조지의 밥을 챙겨주었다고 했다. 상훈 오빠는 밥을 먹을 때마다 조지에게 아무리 힘든 일이 있어도 절대 밥은 굶으면 안 된다고 말했다. 밥을 굶는 순간, 우리는 같이 죽을 거야, 알겠어? 조지가 상훈 오빠의 흉내를 냈다. 조지는 한동안 그 이모할머니라는 사람이 나오는 악몽을 꾸었다. 지금도 비슷한 데가 있는 할머니를 보면 소름이 돋는다고 했다.

—사람이 어떻게 그렇게 달라질 수 있는지 몰라. 내 방과

오빠 방 사이에 이모할머니 방이 있었는데, 텔레비전이 그 방에 있어서 우리는 매일 이모할머니 방에서 간식도 먹고, 게임 같은 것도 하고 놀았어. 우리가 싸우고 시끄럽게 해도 이모할머니는 화 한 번 낸 적이 없었어. 하긴, 자식 버리고 도망간 아버지도 있는데 뭐.

조지가 아버지에 대해 들은 것은 한참이 지난 후였다. 조지의 아버지는 엄마가 돌아가시기 훨씬 전부터 망한 상태였다. 사람들을 속이고 많은 돈을 빌렸는데 친형제와 외가 친척들도 피해를 입었고 심지어 조지의 아버지 때문에 자살한 사람도 있었다. 조지의 아버지는 젊은 여자와 함께 외국으로 도망을 갔다. 몇 년이 지나서는 죽었다는 소문이 돌았고, 또 얼마 후에는 멀쩡히 살아 돌아다니는 것을 보았다는 소식이 들렸다. 조지는 지금도 그 모든 것이 차라리 거짓말이면 좋겠다고 했다. 처음부터 상훈 오빠와 조지 두 사람만 있었다, 우리는 고아였다, 그렇게 말할 수 있으면 좋겠다고. 그게 왜 더 좋은 건지는 모르겠지만 나는 그저 고개를 끄덕였다.

조지와 상훈 오빠는 외할머니를 따라 사람들이 달동네라 부르던 곳으로 갔다. 조지는 그곳에 너무 많은 사람들이 살고 있어서 깜짝 놀랐다고 했다. 추모공원 무덤처럼 따닥따닥 붙은 집들이 실타래처럼 얽힌 좁은 길을 따라 끝도 없이 이어져 있었다. 그곳까지도 빚쟁이들이 찾아왔다. 아버지의 소식을 캐묻다가 어떤 아주머니는 생활비에 보태라며 도로 돈을 주고 간 적도 있었다. 일 년이 채 못 되어 조지의 외할머니는 비탈길에서 넘어져 뼈를 다쳤다. 셋은 충청도의 외삼촌 집으로 갔다. 외삼촌은 가난했고, 매일 조지의 아버지를 저주했고, 조지 남매뿐 아니라 외할머니에게도 가혹했다. 그래도 상훈 오빠가 중학교를 졸업하고 집을 나가 살겠다고 하자 외삼촌이 돈을 좀 주었다고 했다.

—자주 꿈을 꾸었지. 아빠가 우리를 찾아오는 꿈. 그럴 일은 없다는 걸 잘 아는데 왜 자꾸 그런 꿈을 꾸었는지 모르겠어. 그런 꿈을 꾸고 나면 하루 종일 기분이 나빴어. 아빠가 우리를 찾아오려면 쉽게 찾을 수 있는 곳에 있어야 하는데, 우리는 계속 숨어 다니잖아. 오빠는, 찾으려면 아무리 숨어도 찾을 수 있다고 했는데, 언제나 우리를 찾아내는 쪽은 빚쟁이들이었어.

조지의 기억은 옛날 기록영화 필름처럼 툭툭 끊어진 채 이어져 있었다. 그마저도 진짜 내막을 알 수 없는 일이 절반이었다. 이야기를 하던 중간에 조지의 길고 하얀 손가락이 허공에서 도미솔 도파라를 짚었다. 이모할머니의 냉담한 시선을 눈앞에서 보고 있는 듯 겁먹은 표정을 짓기도 했다. 나는 상훈 오빠가 여동생을 앞에 두고 비장한 말을 하는 장면을 상상했다. 내가 아는 목소리보다 훨씬 어렸을 것이다. 피를 흘리며 쓰러져 있던 상훈 오빠의 모습이 떠올랐다. 언니가 이야기해준 홍콩 영화들이 생각났다. 주인공 중 한 명은 꼭 죽는다고, 그리고 악당들은 모조리 죽는다고 했었다.

—너 종말이라는 게 뭔지 알아? 세상 끝나는 거 말이야. 진짜 종말은 한참 뒤에 와. 세상은 하나가 아니야. 섞이지 않고 따로 존재하는 세상이 있어. 너는 아마 나와 오빠가 사는 세상에 대해서는 아무것도 모를 거야. 그건 똑똑하다고 알 수 있는 게 아니야. 당해봐야 알아.

당해봐야 알아, 마지막에 조지가 그 말을 했을 때는 섬뜩했다. 한편으로는 얄팍한 내 우정의 깊이를 들킨 것만 같아 기운이 쭉 빠졌다. 아니야, 너의 상처를 알 것 같아, 라고 멋있게 말하고 싶었지만, 말이 나오지 않았다. 내가 무엇을 알고 무엇을 모르는지조차 알 수가 없었다. 처음으로 조지가 나보다 세상에 대해 더 많이 알고 있다는 느낌이 들었다. 나에게도 그런 일이 일어난다면, 교통사고가 나서 엄마가 죽거나 힘든 일상에 지쳐 도망가기라도 한다면 어떨지 상상해보려고 했지만 불가능했다. 상상하는 것만 해도 나쁜 짓 같았다.

나는 조지에게 무슨 말을 했던가. 그 모든 일들에 네 잘못은 없다고, 다른 사람들보다 출발이 좋지는 않지만 열심히 노력하다 보면 멋진 미래를 만들 수 있을 거라고, 언니나 할 법한 이야기들을 했을 것이다. 꿈을 정하고, 그 꿈을 향해 차곡차곡 성실하게 가기만 하면 언젠가는 원하는 모습이 되어 있을 것이라고 했던 언니의 말은 진짜일까, 그것은 이미 한 번 부서진 세계에서도 통용되는 법칙일까, 마음속으로는 의심하면서.

조지는 각각의 세계가 섞이지 않고 따로 존재한다고 했다. 나는 우리가 단짝이고 진심을 털어놓을 수 있는 사이라고 생각하고 있었는데 조지는 아닌 걸까. 조지는 번번이 들키고 마는 거짓말을 꾸며내고 그 대가로 업신여김을 당해왔다. 그것은 섞일 수 없는 세계에 대한 나름의 조롱일 수도 있을까. 나는 조지의 이야기를 듣기 전보다 더 조지를 이해할 수 없게 되어버린 것 같았다. 조지가 던진 말의 무게에 눌려 우리는 도서관 책상에 앉아 시험공부에 집중할 의욕을 잃어버렸다. 조지는 심각한 이야기를 해서 미안하다고 했고, 나는 절대 그렇지 않다고 했지만, 우리 둘은 각자 철학적 딜레마에 빠진 채 쓸데없는 잡담을 이어가다가 헤어졌다.

택시가 엄마의 가게로 들어가는 진입로에서 길이 막혀 거의 움직이지 못했다. 시위가 도심에서도 자주 있었기 때문에 어딜 가나 경찰차가 몇 대씩 도로를 잡아먹고 있었다. 차가 막히자 언니가 흠모했던 그 남자는 불안한 듯 자주 목을 빼고 앞을 살폈다. 택시 기사가, 데모하는 것들 다 쳐 죽여야 한다며 쌍욕을 했다. 우리는 차에서 내려 걸었다.

문득 하늘을 보자 깜깜했다. 만약, 언니가 입원을 해야 한다면 내가 병원에서 밤을 새워야겠다고 생각했다. 가방을 집에 풀어놓지 않고 오길 잘한 것 같았다. 밤에 공부를 할 수 있다고 생각하니 다시 가방의 무게만큼 마음이 가벼워졌다. 나는 밝고 환한 병원의 입원실과 깨끗한 병상, 화병이 놓인 서랍장 같은 이미지들을 떠올렸다.

엄마는 가게 문을 닫기 위해 정리를 하고 있었다. 조금만 늦었어도 길이 엇갈릴 뻔했다. 키가 작은 그 남자는 엄마를 보자 털썩 무릎을 꿇고 앉더니, 죄송합니다, 어머니, 우리가 영옥이를 지키지 못했습니다, 라고 말했다. 앞뒤 없는 말만 뱉어놓고 고개를 빠뜨리고 있는 그 사람을 대신해서 이번에는 아까 뒤에서 울기만 했던 여자가 엄마에게 말했다.

—어머니. 저희는 영옥이 대학 동기와 선배예요. 오늘 영옥이가 시위 현장에서 많이 다쳤어요. 지금 바로 병원으로 가셔야 해요.

백지장처럼 하얗게 얼어붙었던 엄마는 그 이야기를 듣자 가슴을 쓸며 말했다.

—아이고 놀래라, 난 또 교통사고라도 났다고. 어디를 얼마나 다쳤다는 거야?

엄마는 언니의 대학생 친구들에게 최대한 우아하게 보이려고 애쓰는 것 같았다. 먼지도 없는 치마를 탈탈 털어내더니 지갑과 열쇠를 찾아 들었다. 침착한 엄마의 모습을 보니 마음이 놓였다. 우리는 큰길로 나와 다시 택시를 탔다. 바닥에 호헌철폐, 군부독재 타도라고 적힌 종이들이 뒹굴었다. 한글로 적혀 있었지만 나는 그 단어들이 무얼 뜻하는지 몰랐다.

두 대의 택시에 나눠 타기로 하고, 그 남자와 나와 엄마가 먼저 오는 택시에 탔다. 택시 안에서 그 사람이 엄마에게 말했다.

—어머니, 마음을 강하게 먹어야 합니다. 영옥이는 반드시 일어날 겁니다.

일. 어. 날. 겁. 니. 다.

두번째로 듣게 된 그 말이 목에 걸려 나는 마른침을 삼켰다. 엄마는 화난 사람처럼 말이 없었다. 엄마가 내 손을 잡았다. 그리고 창밖을 바라보며 알아듣지 못할 말을 중얼거렸다. 엄마가 왜 좀 더 자세한 상황을 물어보지 않는지 답답했다.

병원에 도착한 것은 아홉시가 넘어서였다. 언니가 다니는 학교와는 동떨어진 데 있는 종합병원이었다. 병원 주변의 분위기가 살벌했다. 경찰 버스 몇 대가 병원 주차장과 출입문 쪽에 버티고 있었다. 시내 번화가보다 더 많아 보였다. 버스 앞에는 전투복을 머리 꼭대기까지 갖춰 입은 경찰들이 줄을 지어 서 있었다. 모두들 방패를 들고 있었다. SF영화에 나오는 외계인들 같다고 생각했다. 병원 앞마당 쪽에 많은 사람들이 줄을 맞추어 앉아 있었다. 누군가 마이크에 대고 격정적인 목소리로 연설을 하고 있었고, 간혹 언니의 이름이 들렸다. 무언가 긴박하고 심각한 일이 일어나고 있었다.

나는 엄마의 손을 잡고, 어수선한 병원 마당을 가로질러 응급실 쪽으로 앞서가는 남자의 뒤통수를 쫓았다. 병원 주변의 분위기 때문에 마음이 급해졌다. 웬일인지 엄마는 가기 싫은 걸음을 억지로 떼는 듯 뒤처졌다. 등에 멘 가방도 무거운데 엄마의 손을 더욱 세게 잡고 끌다시피 하며 남자의 걸음을 따라가기가 버거웠다. 우리는 몇 번인가 누군가로부터 제지당했고, 번번이 '두 사람은 강영옥 학생의 가족들입니다. 비켜주세요'라는 말로 길을 텄다. 모르는 몇몇 사람들이 우리 일행을 알아보고 달려와서 말없이 꾸벅꾸벅 인사를 했다.

응급실 자동문이 열리자 그 안에 있던 사람들이 하던 일을 멈추고 한꺼번에 우리를 쳐다보았다. 한 병상 주위에 여러 명의 간호사와 의사들이 모여 있었다. 그들은 말없이 조금씩 비켜서며 나와 엄마에게 길을 열어주었다.

우리가 본 것은 언니일 리가 없는 어떤 몸이었다. 물에 불린 것처럼 퉁퉁 부어오르고 군데군데 울긋불긋한 몸에는 여러 갈래의 주삿바늘과 선들이 연결되어 있었다. 머리는 호박처럼 부풀어 있었다. 눈은 어디로 간 건지 보이지 않았다. 그것은 언니일 리가 없는 어떤 몸이었는데, 사람들의 표정은 그 몸이 언니의 것이라고 말하고 있었다. 영아야아…… 엄마의 목소리가 들려 뒤를 돌아보자, 엄마는 내 손을 놓치고 바닥에 쓰러져 있었다. 여러 사람이 부축해서 엄마를 일으켜 세웠지만 빈 껍데기처럼 늘어졌다. 사람들이 엄마를 빈 침대에 눕혔다. 한 의사가 엄마에게 다가갔다. 엄마는 몸을 일으키려고 하는 것 같았지만 고통스럽게 뒤척이기만 할 뿐이었다. 눈물도 흘리지 않고, 자초지종을 따지지도 않고, 엄마는 언니를 향해 다가가려고만 했고, 계속해서 실패했다. 엄마의 손이 다가온 의사의 소매를 움켜잡는 것을 보았다. 의사가 엄마에게 빠르고 다급한 목소리로 이야기를 했다. 너무 빨라서 알아들을 수가 없었다. 곧이어 의사들에 둘러싸인 채 언니의 몸이 응급실을 빠져나갔다.

소리가 들렸다. 메가폰을 쥔 목소리가 처절하게 언니의 이름을 불렀다. 영옥아, 일어나라. 모르는 사람의 목소리로 언니의 이름을 듣고 있으니 무거운 슬픔이 밀려왔다. 언니가 했던 모든 말, 모든 행동들, 내 기억이 닿는 최초의 순간부터 그날 아침 자던 얼굴까지, 모든 것들이 머릿속을 지나갔다. 그리고 어둠의 한 점을 향해 공연히 웃던 그 예쁜 얼굴이 떠올랐다. 그대로 바닥에 주저앉아 어린아이처럼 크게 소리 내어 울었다. 어떤 힘센 팔이 나를 일으켜 세웠다. 엄마가 손짓으로 나를 찾고 있는 것이 보였다. 엄마가 있는 침대로 올라갔다. 엄마의 몸을 끌어안았다. 엄마도 나를 안았지만 뜨겁기만 할 뿐 아무런 힘도 느껴지지 않았다.

병원의 밤은 내내 대낮처럼 환했다. 그 밤, 터져서 해체되기 일보 직전이었던 언니의 몸을 보고 엄마가 까무러쳤던 그 밤, 몇 번이고 소름이 돋았고, 공포에 절어 울고 또 울었던 그 밤이 얼마나 오랫동안 악몽의 레퍼토리가 되었는지 모른다. 새벽녘에 갑자기 거대한 통곡 소리가 들렸다. 많은 사람들이

목 놓아 우는 소리는 동굴 속에서 들려오는 노래처럼 웅장하면서도 처연했다. 그때 나는 차라리 모든 것이 끝나서 다행이라고 생각했다. 어떤 일이 일어났는지 알기도 전에 끝나버려서 다행이라고. 아침에 어떤 기자가 언니가 죽었다는 오보를 냈다고 술렁이는 소리를 들었다. 언니는 그 밤, 죽지 않았다.

일 초나 이 초, 혹은 그것보다 짧은 순간이었을 수도 있다. 나는 선명히 시간의 한 점을 기억한다. 모든 것이 빠져나가 공허해진 순간. 더 이상의 시간은 없었던, 지금까지의 모든 것이 돌이킬 수 없는 과거였던 그 순간. 그 순간, 한 우주가 종말을 고했다.

그때, 커다랗고 완벽한 어떤 것에 금이 가서 무너지는 소리를 분명히 들었다. 저항할 수 없고 불가역적인 어떤 것이 나를 덮쳤다. 혈관이 수축되고 피부가 조여 왔다. 엄마 생각은 나지 않았다. 나 혼자였다. 생각은 정지되었고, 모든 것이 끝났다는 감각만 선명했다. 조금의 의심도 없이 세상이 무너지는 소리라고 생각했지만, 그것은 엄마가 쓰러질 때 빈 침상이 밀려서 생긴 소리였다.

확실한 것은 그때 이후, 세상이 뒤바뀌었다는 것이다. 나를 둘러싸고 있던 세계가 무너져 내리고, 상상해본 적 없는 괴상한 것들로만 가득 채워진 다른 세계가 새로 만들어졌다. 내가 살았고, 꿈을 꾸었고, 계획을 세웠던 그 모든 것들이 무너진 곳에 아무렇지 않게 세상의 다른 겹이 펼쳐졌다. 그 세계는 이미 존재했는데, 내가 몰랐을 뿐인 다른 세계였다. 언니가 나에게 알려준 어떤 비유로도 설명할 수 없고, 죽은 자들의 명언 나부랭이들로는 맞설 수 없는 세계였다. 나는 아직 다 자라지 못했고, 언니가 더 오래 필요했다. 그러나 그 새로운 세계는 언니를 잡아먹은 자리에서 시작되었다. 조지의 말처럼, 한 세상이 끝난 곳에서 다른 세상이 드러났다. 만연한 폭력, 모순과 은폐, 권력과 지배의 세계였다.

나쁜 사람

엄마와 나는 중환자실 앞 의자에 우두커니 앉아서 하염없이 기다렸다. 무엇을 기다리는지도 모르고 기다렸다. 학교에도 가지 못했고, 집에도 가지 못했다. 언니에게도 가까이 갈 수 없었다. 가끔 중환자실 안쪽 커튼이 열렸다. 유리창 너머에는 혼자의 힘으로는 아무것도 할 수 없는 사람들이 각자의 침대에 누워 있었다. 언니는 머리에 붕대를 감고 코와 입을 덮는 산소호흡기를 낀 채 누워 있었다. 여러 기계들과 연결된 선들에 가려 얼굴이 잘 보이지 않았다. 몸 전체가 부어 있었고, 특히 상체와 얼굴은 더욱 그랬다. 언니의 몸은 재생 불가능해 보였다.

언니에게 생긴 사고가 굉장히 심각한 어떤 일과 관련 있다는 것을 사람들의 태도에서 알 수 있었다. 의사들은 기자들과 경찰에 붙들려 다니느라 엄마는 잘 만나주지 않았다. 사건에 대해 다음 날 아침 뉴스를 보고 알았다. 텔레비전 화면 안에서 어떤 의사가 말했다. 언니의 뇌손상은 심한 외부의 충격에 의한 것이며 돌이나 기둥 같은 데 부딪힌 것이 아니라 날카로운 흉기로 타격을 당한 것이라고. 그 흉기는 경찰의 방패일 수도 있느냐는 어떤 기자의 질문에 그 의사는 단정 지을 수는 없다고 대답했다. 강 양은 얼마나 위험한 상황인가요? 라고, 다른 기자가 물었다.

—뇌가 전반적으로 매우 부어 있어서 현재로선 수술도 불가능하고, 깨어난다 하더라도 정상적인 상태로 회복되기는 어렵다고 봅니다. 매우 위중합니다.

화장실에 갔다 오다가 병원 휴게실에서 언니에 관한 신문 기사를 읽었다. 그날의 시위는 격렬했다. 진압 과정에서 언니 말고도 학생들과 전경들이 여럿 다쳤다. 학생들은 사복경찰이 기습적으로 학내에 진입해서 혼란이 야기되었다고 주장했다. 그 와중에 언니는 사복경찰과 전경들에게 둘러싸여 몰매를 맞고 쓰러졌는데 그대로 방치되었다. 연행을 시도하다 실신하자 포기한 것이라고 했다. 대학생 A씨는 시위대가 후퇴하던 와중에 언니가 쓰러졌으며 사복경찰 두 사람이 이미 반항의 의지가 없이 축 늘어진 언니를 끌고 나오는 것을 봤다고 했다. 전경 두세 명이 더 합세하여 발로 차는 등의 구타가 이어졌고, 언니가 실신하자 그대로 길바닥에 둔 채 흩어졌다고 했다. 그중 당황한 빛이 역력했던 사복경찰 두 사람의 얼굴을 분명히 기억하고 있으며 그 광경을 목격한 사람은 자신 말고도 여럿이 더 있다고 주장했다. 그는 전경이 방패로 언니의 머리를 찍었다고 했다. 무겁고 단단한 그 물체가 머리의 맨살을 찢고 뼈를 부숴버리는 장면이 눈앞에 그려져서 나는 신문을 보다가 악, 하고 비명을 질렀다. 대학생 B씨와 C씨의 증언도 있었다.

언니는 그날의 일만은 기억해내지 못했다, 다행히도.

그날 낮에 대통령이 텔레비전에 나와 담화문을 발표했다. 대한민국 역사상 처음이 될 평화적인 정부 이양과 서울올림픽이 무엇보다 중요한 역사적 과제이기 때문에 얼마 남지 않은 임기 동안 사회 안정과 국민화합을 위한 조치들을 더욱 강력하게 밀고 나가겠다고 했다. 그때까지도 나는 언니가 사회 안정과 국민화합을 위한 강력한 조치 때문에 그토록 처참하게 얻어맞은 줄 몰랐고 대통령이 늘 하던 그 좋은 말들이 왜 사람들을 화나게 하는지 몰랐다.

낯선 사람들이 엄마를 찾아왔다. 누구의 아버지, 누구의 어머니라 자신을 소개한 그들은 자식을 잃은 사람들이었다. 인권단체에서 온 사람도 있었고 신부와 목사도 있었다.

엄마, 우리가 비예요. 언니의 말이 떠올랐다. 언니의 '우리'

에는 나와 엄마가 아니라 그 사람들이 속해 있었다. 그들은 우리에게 닥친 상황에 대해 엄마와 나보다 잘 알고 있었다. 그중 한 사람이 대통령이 낸 담화 때문에 앞으로가 더 큰일이라고 했다. 젊은 아이들을 얼마나 더 잡으려는지. 다른 사람이 혀를 차며 말했다. 그들은 이미 언니와 같은 편이었는데, 나와 엄마는 아니었다.

언니가 다닌 대학교 근처 경찰서장이라는 사람과 국회의원 몇 명이 다녀갔다. 엄마는 누구에게도 관심을 보이지 않았다. 밤에 병원에서 높은 사람이 와서 엄마와 나에게 당분간 병원 입원실을 내줄 테니 사용하라고 했다. 엄마는 그 사람에게만 머리가 땅에 닿을 듯 허리를 굽혀 절을 했다. 허리를 너무 굽히는 바람에 엄마는 한순간 균형을 잃고 비틀거렸다. 그 사람은 최선을 다해서 언니를 살려보겠다고 했다.

병원 침대에 누웠다 앉았다 하는 행동을 무한 반복했다. 공부를 해보려고 가방을 풀었지만 눈을 뜨고 글자를 보아도 읽히지 않았다. 심한 운동을 한 뒷날처럼 다리와 어깨의 근육이 아팠다. 늦은 밤에 진희 언니가 김밥과 피자를 사 왔을 때 종일 아무것도 먹지 않았다는 것을 깨달았다. 김밥과 피자를 보자 비로소 배가 고팠다.

진희 언니는 집 앞에서 맨 처음 내 손을 잡았던 여자였다. 시위를 할 때 우리 언니와 나란히 서 있었다고 했다. 갑자기 백골단이 무서운 기세로 밀고 들어오는 바람에 순간적으로 많은 학생들이 후퇴했고 뒤에 있던 학생들은 밀리지 않으려고 하다가 넘어지고 뒤엉켜서 아수라장이 되었다고 했다. 진희 언니도 밀려 넘어졌는데 남자 선배가 팔을 잡아당겨서 겨우 일어나 도망을 쳤다. 지민홍이었다.

—그때 바로 영옥이를 찾았는데 안 보였어. 내가 넘어진 사이에 먼저 후퇴한 줄로만 알았어. 미안하다, 정말 미안해. 곧바로 병원으로 후송만 했더라도 나았을지도 몰라. 우리는 안에 갇혀 있어서 아무것도 몰랐어.

백골단이 뭐예요? 내가 물었다. 시위를 진압하는 사복경찰이라고 했다.

건물 밖 병원 주차장에 전날보다 많은 대학생들이 와 있었다. 살인정권 물러나라! 폭력진압 규탄한다! 영옥이를 살려내라! 입을 맞추어 구호를 외쳤다. 학생들의 수에 비례해서 경찰차도 병원을 에워싸고 건너편 큰길까지 줄지어 서 있었다.

병원이 내준 입원실은 칠층에 있었고 중환자실은 구층이었다. 엄마는 딱 한 번 진희 언니에게 끌려오다시피 와서 누웠다가 한 시간도 못 돼 다시 일어나 나갔다. 언니의 대학 동기들이 서너 명씩 조를 짜서 중환자실 앞에서 대기했다. 언니의 시신을 지키기 위해서라고 했다.

사흘째 밤에 내 어깨를 흔들어 깨운 사람도 진희 언니였다.

—지영아, 이제 언니 보내줘야 할 것 같아.

진희 언니의 얼굴을 빤히 쳐다보았다. 어처구니없는 일만 계속 생기고 있어서 나도 멍텅구리가 되고 있었다. 언니를 보낸다는 게 무슨 말인지 알아듣지 못했다. 우리 언니 일어났어요? 잠꼬대 같은 말이 나왔다. 진희 언니의 눈에서 동그랗게 방울진 눈물이 후드득 떨어져 내렸다. 빤히 바라보고 있는 내 눈을 진희 언니가 두 손으로 지그시 눌렀다. 내 눈에서도 수도관이 터진 것처럼 눈물이 솟구쳤다.

—아직 울면 안 돼. 언니 먼저 보내줘야지. 신발 신어.

닦아도 자꾸 흐르는 눈물 때문에 진희 언니에게 기대어 중환자실로 올라갔다. 많은 사람들이 있었다. 경찰들이 중환자실 복도에 길게 붙어 서 있었다. 여러 명이 흐느끼는 소리가 들렸다. 의사와 간호사들이 분주히 중환자실을 들락날락했다. 엄마가 언니의 병상 아래 간이의자에 앉아 있는 것이 보였다. 엄마 옆에 빈 간이의자 하나가 더 놓여 있었다. 한 발 한 발 걸으면서 나는 언니에게 할 말을 생각했다. 원수를 꼭 갚아주겠다고 할까, 좋은 곳으로 가라고 할까, 고마웠다고 해야 할까. 엄마는 걱정 마, 내가 지켜줄 거야.

그러나 아침이 될 때까지 마지막 순간은 오지 않았다. 언니는 알아볼 수 없는 형체로 누워 있었고, 엄마와 나는 차마 언니를 볼 수 없어서 고개를 숙이고 앉아 있었다. 의사 두 명과 간호사 한 명이 들어와 기계들을 점검하더니 고비를 넘긴 것 같다고 했다. 엄마가 나에게 풀썩 쓰러졌다. 이상하게도 엄마의 몸이 짚불처럼 가벼웠다. 의사들이 엄마를 부축해 나갔다.

수액을 맞으면서 비로소 엄마는 깊은 잠을 잤다.

언니가 중환자실에 있었던 두 달 동안 그런 일이 두어 번 더 있었다. 두번째에 엄마는 무너지지 않았다. 세번째에는 그럴 줄 알았다는 듯 담담했다. 어느 때부터인가 엄마는 특별한 계시라도 받은 사람처럼 언니의 회복을 믿었다. 언니라고 할 수 없는 이상한 몸에 갇힌 언니의 영혼은 끈질기게 그 육체를 지켜냈다.

언니의 기사는 여러 차례 텔레비전 뉴스와 신문에 나왔다. 신문에는 다 찢어진 걸 억지로 기워놓은 듯 괴물 같은 얼굴 사진도 실렸다. 대통령의 담화문 발표에 용기를 얻은 경찰이 입장을 내놓았다. 당일 시위가 유난히 격렬했지만 사복경찰은 투입하지 않았다고 했다. 경찰이 일시적으로 학내에 진입한 것은 시위대가 학교 밖으로 진출하는 것을 막으려다가 일어난 부득이한 상황이었으며, 발견된 지점이 정문 근처였던 점으로 보아 언니는 선두에서 시위를 주도했던 것으로 보인다고 했다. 시위대와 경찰의 충돌 속에서 당황한 언니가 혼자 넘어졌을 가능성도 있고 학생들끼리 뒤엉켰을 가능성도 살펴보겠다고 했다. 그리고 경찰은 사회 안정과 올림픽의 성공적 개최를 방해하는 좌경용공 세력과 불법폭력 시위를 척결하기 위해 한층 더 노력할 것이라고 덧붙였다.

좌경용공 세력. 사회 안정과 국민화합과 올림픽의 성공적 개최를 방해하는 세력. 언니는 그런 세력이었다. 그래서 죽도록 맞았는데 경찰은 사회 안정을 위해 언니를 응징한 당사자들을 찾아내지 못했다. 누워 있는 언니의 상태를 보았다면 혼자 넘어졌거나 학생들끼리 뒤엉켰을 수도 있다는 말은 할 수 없었을 것이다. 때린 사람은 없고, 맞아서 만신창이가 된 언니의 몸만 세상에 나와 있었다. 병원 접수창구에 비치된 신문들을 보다가 고개를 돌려보면 외계인들이 시커먼 방패를 바닥에 세워 들고 정렬해 있었다.

시험 날이 다가왔다. 내가 학교에 가는지 마는지 관심을 가지는 사람은 없었다. 당시의 나는 힘들고 어려운 일이 있을수록 더욱 열심히 공부하고 의연하게 자신의 자리에서 책임을 다해야 한다고 생각했다. 그래서 준비를 하지 못했으면 못한 대로 정직하게 시험에 임해야 한다고 생각했다. 언니가 죽어가는데 시험 따위가 뭐라고 그렇게 비장했을까, 나는 얼마 안 가 내 행동이 우스꽝스러웠다고 생각하는 사람이 되었지만 어쨌든 그때까지는 그런 세계관 속에서 살고 있었다. 공부를 하지 못했다는 사실을 자백하러 출두하는 피의자의 심정으로 나는 학교에 갔다. 일요일에 집에서 입고 나왔던 옷차림 그대로였다. 병원에서 학교에 가려면 버스를 갈아타야 했고, 한 시간이 넘게 걸렸다.

아침에 만난 담임도 나의 출석이 당연하다는 듯 일단 시험부터 보고 나서 이야기하자며 내 등을 툭툭 쳤다. 다른 학교에서 전근을 온 담임의 태도는 차가웠다. 새 학기의 첫 시험을 앞둔 교실은 조용했다. 몇몇 아이들이 내 주위에 모여들었다.

—강지야, 어떻게 된 거야?

—선생님이 네 언니가 죽었다고 하더니, 또 아직 안 죽었다더라.

그리고 한 아이는 너네 언니 운동권이니? 라고 했다. 우리는 데모는 나쁜 것이라고 알고 있었다. 교과서에 나온 것은 아니지만 대통령도, 뉴스도, 엄마도, 선생들도 다 그렇게 말했다. 그 아이의 질문에 아니라고 말할 수 없는 것이 왠지 분했다. 경찰들이 언니를 마구 때리고 방패로 머리를 찍었다고 항변하고 싶었지만, 너무 참혹해서 차마 말할 수 없었다. 답답한 장벽이 나와 다른 아이들 사이를 가로막았다. 그 장벽은 내 안에서도 몇 갈래로 나를 쪼개놓고 있는 중이었다.

조지가 보이지 않았다. 조지영 걔, 어제도 결석했어. 선생님도 무슨 일인지 모르는 것 같던데, 너도 몰라? 조지와 일요일 저녁에 헤어진 뒤로 엄청난 일들이 일어나버려서 조지를 까맣게 잊고 있었다. 교실 문이 열릴 때마다 조지가 아닌지 고개를 들어 확인했다.

나중에 이야기하자던 담임은 시험이 끝나고 나서도 별말이 없었다. 나는 버스를 타고 지하 셋방으로 갔다. 며칠 동안 사람의 출입이 없었던 지하 주차장에서는 퀴퀴한 냄새가 났다. 난방도 하지 않고 햇빛도 들지 않은 방은 냉랭했다. 부엌의 수상한 냄새가 방에서도 났다. 주인집 마당으로 난 쪽창을 열고 차가운 방바닥에 엉덩이를 대고 앉았다. 언니와 내가 번갈아 썼던 책상과 엄마의 잠옷이 걸려 있는 옷걸이를 보자 그 방에서의 생활이 그리웠다. 목욕탕에 가서 목욕을 하고 돌아와서 엄마의 속옷과 몇 가지 짐을 챙겼다. 조지의 집에는 가보지 않았다. 조지와 마주쳐도 이야기를 할 힘이 생기지 않을 것 같았다. 이름이 같은 우리 둘이 마주 보고 서서 조지영이 더 불행한지 강지영이 더 불행한지 맞춰보는 것도 웃긴 일이었다.

하루하루 지날 때마다 병원 주차장에서 농성하던 학생들의 수가 줄어들었다. 그들은 언니 말고도 달려가서 지켜야 할 것들이 많았다. 대통령이 발표한 담화문 때문에 발칵 뒤집혔다고 진희 언니가 이야기해주었다. 일주일쯤 지났을 때는 이삼십 명 안팎으로 줄었다. 대부분 언니와 가까이 지낸 선후배이거나 동기들이었다. 남은 사람들은 언니에게 보내는 편지를 낭독하고, 노래를 부르고, 구호를 외치다가 저녁이 되면 돌아갔다. 지민홍을 비롯한 몇몇은 주차장 한쪽 구석에 자리 잡은 텐트에서 잠을 잤다.

어떤 때, 외계인들은 닭장차 앞에 나와서 줄지어 앉아 있었다. 외계인 가면을 벗고 한가로이 햇볕을 받으며 앉아 있는 그들의 얼굴은 대학생들보다 어려 보였다. 잔혹하게 보이는 사람은 없었다.

얼마 되지 않아 시위를 구경하던 직장인이 잘못 날아든 최루탄에 머리를 맞는 사고가 났다. 그 사람은 사흘 만에 죽었다. 언니가 쓰러진 이후 그런 뉴스들만 귀에 들어왔다. 그런 일들이 늘 있어왔는데 내가 몰랐던 건지 언니의 사건 때문에 내 감각이 그쪽으로 예민해진 건지 긴박한 사건은 자꾸만 터졌다.

엄마는 아침마다 탕비실에 가서 언니가 먹지도 못하는 죽을 끓였다. 밤마다 입원실로 돌아올 때는 축 처져 있었다. 엄마는 언니에게 주려고 끓인 식은 죽을 훌쩍훌쩍 먹고 잠을 잤다. 나는 자는 척하다가 진짜로 잠이 들곤 했는데, 아침에 눈을 뜨면 엄마의 침대는 비어 있었다.

때때로 내 밥을 챙겨준 사람은 진희 언니였다. 진희 언니는 매일 병원에서 살다시피 했고 내내 눈이 충혈되어 있었다. 어느 날 병원 복도에서 진희 언니와 민홍 오빠가 서로 어깨와 팔을 쓸어주고 있는 것을 보았다. 그 모습을 보자 얼굴이 화끈거렸다. 결사반대였지만, 언니를 그토록 빛나게 했던 첫사랑이 짝사랑이었다니 분했다.

지민홍은 정말 언니를 보지 못했을까. 진희 언니와 우리 언니가 같이 쓰러져 있었는데 아랫입술이 두툼한 그 남자는 진희 언니만을 구해낸 것이 아닐까. 그래서 저들은 언니의 곁을 떠나지 못하고 있는 것이 아닐까. 지민홍이 우리 언니를 꼬드겨서 데모를 하게 만든 게 아닐까, 사랑하지도 않으면서, 구해줄 것도 아니면서. 언니는 졸업을 하고 취직을 해서 좋은 집으로 이사를 가겠다고 했는데 왜 공부를 하지 않고 그때 그곳에 있었을까. 그런 생각들이 머리를 어지럽혔다.

진희 언니가 『대학신문』 여러 호를 가져다주었다. 몇 군데에 언니가 쓴 글들이 있었다. 「아버지의 사진」이라는 글을 읽었다. 처음에는 부끄럽기만 했습니다, 라고 언니는 첫 문장을 썼다. 아버지가 남의 나라 전쟁에 불려 나가 얼마나 많은 사람을 죽였을지 알 수 없으며, 자신을 미 제국주의의 첨병으로 밀어 넣은 독재자 앞에서 쩔쩔매며 경례를 올려붙인 것도, 아무것도 모르는 어머니 입에서 걸핏하면 빨갱이는 다 죽여야 한다는 섬뜩한 소리가 튀어나오는 것도 부끄러웠다고 적혀 있었다. 집에 사람만 오면 이것 좀 보시라고, 우리 애들 아버지가 대통령 각하와 사진도 찍었다며 자랑삼아 사진을 내어놓는 어머니가 부끄러워 방을 나온 적도 있었다고 적혀 있었다.

언니의 글은 낯설었다. 언니가 부끄러웠다고 고백한 그 사진은 엄마의 앨범에 꽂혀 있었다. 제복을 갖춰 입은 군인이 굳은 표정으로 거수경례를 하고 있었다. 군인의 가슴은 지나치게 팽창되어 있었고, 그래서인지 벨트로 조여 맨 허리는 잘록하게 보였다. 그의 경직된 몸과는 대조적으로 비스듬히 서 있는 각하는 온화한 표정이었다. 등이라도 토닥여줄 요량인 듯, 몸을 열고, 오른쪽 팔꿈치를 부드럽게 구부려서 돌처럼 굳어 있는 군인에게 악수를 청하고 있었다. 키가 작은 각하의 머리카락은 윤기 나고 기름진 액체로 고정되어 있었다. 이제 곧 젊은 군인은 거수경례를 풀고 몸을 구부려 그 작은 각하가 내민 손을 잡을 것이었다.

사진 속 그 대통령은 언니가 태어나기 전부터 대통령이었고 언니가 중학교에 다닐 때까지 쭉 대통령이었던 사람이었다. 기억이 났다. 그는 보릿고개에 밥을 굶으며 가난을 견뎌야 했던 우리나라 국민을 일으켜 세워 부지런하게 만들었고 부자가 되게 해주었다. 대통령 각하가 부하의 총에 맞아 죽었을 때는 온 나라가 슬픔에 잠겼었다. 텔레비전에서는 며칠 동안 장중한 음악과 대통령 각하의 영상과 전국에 마련된 분향소에서 오열하는 사람들의 모습이 흘러나왔다. 언니와 나도 엄마를 따라 구청 분향소에 가서 조문을 했다. 엄마는 통곡을 했고, 언니도 어깨를 들썩이며 울었다. 엄마와 언니를 따라 나도 울었다.

엄마의 앨범에서 처음 그 사진을 보았을 때 나는 대통령 각하를 먼저 알아봤다. 엄마에게 사진 속 군인이 아버지냐고 물었었다. 엄마는 신이 나서 이야기를 했다. 엄마는 그 사진을 신문에서 먼저 보았고, 해를 넘겨 다음 해에 받았다고 했다. 어떤 고마운 분의 배려로 가족에게 하사된 그 사진을 받기 위해 엄마는 갓 돌을 넘긴 언니를 업고, 버스를 두 번 갈아타고 시청까지 갔다. 엄마는 거기서 남자들과 악수를 하고, 기념사진을 찍은 다음 사진을 손에 넣을 수 있었다.

—너희 아버지 덕분에 그렇게 높은 사람들하고 사진도 찍고 대접도 받으니 얼떨떨했지. 전쟁터로 가는 분을 울면서 보낼 수도 없고, 얼마나 속이 탔겠니. 믿지도 않던 부처님, 예수님, 천지신명께 차례로 기도를 올렸어. 그런데 그곳에서 이렇게 대통령 각하와 사진도 찍고 영광이 따로 없었다.

그 말을 할 때 엄마는 혼자 스포트라이트를 받는 연극배우처럼 가슴에 손을 얹고 그윽한 표정을 지었다. 액자에 담긴 큰 사진은 할머니가 가져갔다고 했다.

엄마는 그 사진을 자랑스러워했다. 그 전쟁은 잔인무도한 공산주의를 막기 위해 전 세계 자유국가가 힘을 보태었으나 끝내 지고 만 전쟁이었다. 그러나 그 전쟁에 참여한 대가로 우리나라는 경제발전의 초석을 다질 수 있었다고 학교에서 배웠다. 나도 빨갱이는 다 죽여야 한다고 생각했고, 그것은 이유를 따로 댈 필요도 없을 만큼 당연한 생각이었다. 언니는 매해 반공 글짓기 대회에서 상을 받아왔고 나도 그랬다.

그러나 언니는 그 사진이 부끄러웠다고 적었다. 언니가 그렇게 느꼈다는 것도 놀라웠고 온갖 이야기를 해준 언니가 나에게는 그런 말을 한 적이 없다는 것도 놀라웠다. 내가 알던 언니와 진짜 언니는 따로 있었다. 가장 놀란 것은 반공이, 대통령 각하가 거짓이고 악이라는 내용이었다. 언니는 대통령 각하를 독재자라고 불렀다.

'그러나 그런 어머니를 저는 사랑합니다. 어머니는 죽어가는 식물에게도 연민을 느끼는 따뜻한 사람입니다. 어머니의 입을 더럽히고 가슴에 적개심을 아로새긴 것은 조국의 영구적 분단과 공안 통치로만 지탱되는 저 군부독재정권입니다. 오늘도 저는 강의실에 들어가지 못했습니다. 이렇게밖에 당신을 사랑할 방법이 없어서 미안합니다, 어머니.'

시험 결과는 예상대로 형편없었다. 결과가 나온 날 담임은 나를 교무실로 따로 불렀다. 한숨을 몇 번이나 쉬면서, 공부를 좀 한다 하더니 이게 뭐니, 하더니 내 얼굴은 쳐다보지도 않고 성적표만 뚫어지게 봤다. 국어는 몇 점, 영어는 몇 점 하다 한숨 한 번 쉬고, 또 수학은 몇 점, 과학은 몇 점 하다 한숨을 한 번 쉬었다. 마침내 선생이 고개를 들고 나를 바라보았다.

—집에 우환이 있는 줄은 알고 있지만, 이런 때일수록 너는 네 역할에 충실해야지. 알겠니? 공부를 좀 한다고 해서 기대했는데, 이럴 바엔 차라리 시험을 보지 말라고 할 걸 그랬다. 네가 우리 반 평균을 깎아먹었어.

나는 담임이 위로나 격려를 해줄 거라고 생각했다. 어떻게 된 일인지 물어보거나 반대로 지금 벌어지고 있는 일들을 어떻게 받아들여야 하는지 조언이라도 해줄 줄 알았다. 할 말이 없었다. 반 평균을 깎아먹었다니 미안했다. 정직하게 실력대로 시험을 봐야 한다고만 생각했지 반 평균까지는 미처 생각하지 못했다.

한번은 국사 선생이 수업을 마치고 나가다 말고, 잊었던 일이 생각난 듯 멈칫하더니 나를 복도로 불러냈다. 복도에서 그는 호통을 쳤다.

—자네 언니가 데모하다가 다쳤다지? 대학에 들어갔으면 부모님 은공에 보답할 궁리를 하고 열심히 공부를 해야지, 데모나 하고 돌아다니다가 부모 고생시키고 그게 무슨 꼴이야! 자네는 절대 언니를 본받지 말고 열심히 공부해야 하네, 알겠나? 내 지켜볼 거야.

국사 선생은 우리 언니가 밉고 한심해서 도저히 참을 수 없는 것 같았다. 눈을 부라리며 큰소리로 경고를 하던 그는 손에 들고 있던 교과서로 내 머리를 탕탕 두드렸다. 모르는 아이들이 지나다니는 복도에서 머리를 맞고 있자니 창피해서 눈물이 났다. 지나가던 옆 반 아이 하나와 눈이 마주쳤다. 그 아이는 놀라서 시선을 다른 곳으로 돌렸다. 그전에는 나를 그런 눈으로 보는 이가 없었다. 내가 알던 세상이 아니었다.

며칠 만에 조지가 학교에 나왔다.

—어떡해. 소식 듣고, 밤마다 너희 집에 들렀었어. 병원에서 지낸 거야?

조지는 언니에 대해서는 묻지 않고 엄마와 내가 어디에서 밥을 먹고 잠을 자는지를 물었다. 조지는 그날 나와 헤어지고 나서 낯선 사람들이 골목 어귀에서 서성이는 것을 보고 또 오빠를 찾아온 사람들인 줄 알고 지레 겁을 먹었다고 했다. 백 년쯤 시간이 지난 것 같았다.

오랜만에 조지와 걸어서 지하 셋방으로 갔다. 할 말이 없어서 어색했다. 학교에 안 오고 뭐 한 건지 물었지만 조지는 오빠에게는 결석한 거 비밀이라고만 했다. 망설이다가 조지에게 우리 언니가 운동권이라고 말했다.

—응, 알아. 우리 오빠가 그러는데 너네 언니 아주 훌륭한 사람이래, 용감하고. 힘내, 강지야.

상훈 오빠가 그렇게 말했다니 의외였다.

시험 성적이 발표되고, 학급 간부가 임명되었다. 임명 전날 담임이 나를 불렀다. 시험을 망치기는 했지만 담임은 내 실력을 믿고 부반장에 임명하고 싶다고 했다. 담임이 상냥하게 나오자 오히려 역겨웠다. 언니가 어떻게 될지 알 수 없고 앞으로도 결석할 일이 많이 생길지도 모른다고 대답했다. 처음으로 당당하게 언니의 동생인 내 입장에 대해 말했다. 담임은 언니에 대해서는 아무 말도 하지 않았다.

—그렇다면 총무부장으로 하자. 강지영, 다음 시험에는 실망시키지 마, 선생님은 너를 믿는다.

믿는다는 말도, 실망시키지 말라는 말도 공허하고 유치하게 들렸다.

낙원여관

언니는 점점 사람들의 관심 밖으로 밀려났다. 언니는 죽지도 깨어나지도 않았다. 경찰의 진상 조사도 진척이 없었다. 그런 일을 하고는 있는지도 의심스러웠다. 외계인들도 거의 철수하고 병원 앞에는 철망으로 창을 가린 작은 버스 한 대와 전경 여남은 명이 남아 지루한 얼굴로 농성 중인 대학생들을 지켜보았다.

군부독재타도, 호헌철폐, 진상규명, 책임자 처벌…… 갖가지 구호가 붙은 천막 안에서 삭발을 한 두 사람이 단식을 시작했다. 언니가 다니던 학과의 학생회장과 지민홍이었다. 천막 안에 앉은 두 사람의 입은 가위표가 그려진 마스크로 막혀 있었다. 엄마는 천막에 찾아가서 밥을 먹고 힘을 내서 싸워야지 이러고 있지 말라고 했다. 지민홍은 엄마에게 미안하다는 말을 반복했다. 작은 눈에서 눈물이 흘러나와 무릎 위 손등에 뚝뚝 떨어지는 것을 보았다. 천막 앞에는 붉은색 숫자판이 세워졌다. 1이 2로, 2가 3으로 바뀌었다. 엄마와 나 말고는 그 천막에 관심을 두는 사람이 없었는데 누구에게 보여주자고 단식을 하는 건지 몰랐다.

환자들도 병원 직원들도 우리가 지나가면 수군대며 뒷말을 했다. 엄마와 나는 천덕꾸러기가 되어가는 중이었다. 언니 덕분에 우리는 평화적인 정부 이양과 서울올림픽을 방해한 세력이 되었고, 더욱 강력하게 다루어야 할 어떤 편에 속하게 되었다. 병원에서는 다른 환자와의 형평성 때문에 더 이상 보호자에게 입원실을 내주기가 어렵다고 했다. 엄마에게 최선을 다하겠다 약속했던 사람은 그 이후 다시 보지 못했다. 병원 근처 여관에 월세를 얻었다. 진희 언니와 지하 셋방으로 가서 엄마와 내 짐을 챙겨 왔다. 속옷 서랍장 위에 있던 아버지의 사진과 앨범도 챙겼다.

병원 후문 쪽 이면도로에 있던 '낙원'이라는 이름의 여관은 장기 입원환자들의 보호자들이 주로 이용하는 곳이었다. 휠체어나 이동식 주사걸이 같은 병원 물건들이 주차장과 복도에 버려진 듯 굴러다녔다. 환자복을 입은 남자들이 병원 실내화를 신고 드나들었다. 복도에서는 환기창이 없는 오래된 건물의 냄새와 락스 냄새, 각종 음식 냄새들이 섞여 복잡한 냄새가 났다. 객실도 마찬가지였다. 더럽고 무거운 커튼을 밀고 창을 열면 옆 건물의 벽이 버티고 있었다. 곰팡이 자국이 까맣게 내려앉은 커튼을 다시는 만지지 않았다. 혼자 그 방에 있으면 다른 방의 손잡이가 돌아가는 소리, 물소리, 발소리까지 다 들렸다. 나는 항상 텔레비전 소리를 크게 키워놓았다. 엄마는 낙원여관 305호에 돌아오면 텔레비전부터 껐다.

엄마는 몇 번 경찰서에 불려갔다. 경찰서에서 오라면 만사를 제치고 달려갔다가 머리끝까지 화가 나서 돌아왔다. 꺼진 텔레비전과 벽을 향해 고래고래 소리를 질렀다.

—사람이 저 지경이 됐으면 분명히 때린 사람이 있을 텐데, 내 딸을 저렇게 만든 놈을 못 찾는다는 게 말이 되냐고. 십오 년 전에 죽은 사람 이야기는 왜 자꾸들 하는 거야. 응? 내가 이대로 물러설 것 같아? 서방도 죽이고, 내 딸도 죽여놓고 이제 와서 나한테 무슨 협조를 하라는 거야, 응?

단식 농성은 이십여 일 만에 학과 대표가 탈진으로 쓰러지는 바람에 끝났다. 가위표 마스크 뒤로 하루가 다르게 말라가는 두 사람을 보지 않아도 되어서 다행이었다. 간간이 불어오는 바람 끝이 습하고 따뜻했다. 벌써부터 매미 울음소리가 시끄러웠다. 주차장에 설치해놓은 천막을 철거하려는 병원 직원과 대학생들 사이에 몸싸움이 몇 번 있었다.

언니가 병원에 실려 온 지 두 달이 될 무렵 한 대학생이 시위 도중 경찰이 쏜 최루탄에 얼굴을 직격으로 맞고 쓰러졌다. 그 일을 기화로 시위는 학생뿐 아니라 직장인들도 참여하며 덩치가 커졌다. 유월이었다. 그 유월의 밤에 나는 매일 거리에 나갔다. 병원에서 두 정거장 정도만 걸어 나가면 큰 성당이 있었다. 그곳에 날마다 많은 사람들이 모였다. 후드티에 달린 모자를 쓰고 건너편 인도에서 매일 밤 그들이 하는 말을 듣다가 돌아왔다. 유월의 공기는 후텁지근했지만 무장한 경찰들의 공격에 흩어지지 않기 위해 다닥다닥 붙어선 그들은 추위에 허덕이는 사람들 같았다.

날이 갈수록 사람들의 숫자가 많아져서, 나중에는 맨 앞에서 마이크를 잡고 말하는 사람의 목소리가 들리지 않는 먼 곳에 서 있어야 했다. 이 세상 모든 사람이 거기에 다 모인 것 같았다. 대학생만 있는 것이 아니었다. 양복을 입은 회사원들도 있었고, 성당에서 중심가로 이어진 상가에서 장사를 하던 아줌마 아저씨들도 대열의 한가운데에 자리를 잡고 있었다. 중고등학생들도 섞여 있었다. 나만 몰랐던, 나와 엄마와 우리 반 아이들, 우리 동네 사람들과 우리 학교 선생들만 몰랐던 중요한 사실들을 그들은 알고 있었다. 사람들이 집회를 끝내고 거리 행진을 시작하면 도열해 있던 외계인들과 전쟁이 시작되었다. 나는 지레 겁을 먹고 황급히 병원으로 돌아왔다.

또 한 엄마가 아들을 잃었던 그 유월에 언니는 눈을 꼭 감은 채 중환자실에서 일반 병실로 옮겨 왔다. 그것만으로도 좀 살 것 같았다. 몸이나마 돌아왔으니까. 아무 때나 볼 수 있고 만질 수 있었다.

—이제 됐다, 이제 됐어. 고생 많았다, 우리 딸.

엄마는 몇 번이고 같은 말을 했다. 언니 대신 내가, 응응, 대답을 했다. 일반 병실로 옮겨 왔으니 이제 눈을 뜨고 일어날 일만 남았다고 우리는 믿었다.

언니의 얼굴은 여전히 알아보기 어려웠다. 누워 있는 언니의 몸에는 수액과 온갖 종류의 주사액들이 들어가고 있었고, 물속에 잠긴 나무처럼 몸이 점점 커지는 것 같았다. 산소호흡기를 하고, 음식 섭취를 위한 관을 삽입하고, 소변 줄을 꽂은 채 눈 한 번 뜨지 못하는 상태로 언니는 계속 살아 있었다. 주사를 투입하기 위해 바늘을 꽂은 언니의 몸 구석구석은 거뭇하게 변색이 되어 있었다. 자주 혈관이 막혀서 간호사들이 주삿바늘을 꽂을 새 혈관을 찾느라 애를 먹었다. 언니는 바늘이 들어가고 나와도 반응이 없었다. 보고 있는 내 몸이 따끔따끔 아팠다. 학교에서 돌아오면 곧바로 병원으로 왔다. 낙원여관보다는 병실의 간이침대가 좋았다. 바퀴벌레나 쥐가 나올까 봐 신경을 곤두세우지 않아도 되었다.

고통스러운 표정으로 정지된 언니의 얼굴을 보고 있으면 사고가 난 그날이 생각났다. 처음에는 잘못한 일을 찾아내고 싶었다. 잘못한 일도 없는데 이런 엄청난 고통을 겪는 것은 무언가 앞뒤가 맞지 않았다. 잘못해서 벌을 받는 것이 억울한 일을 당하는 것보다 나을 것 같았다. 막을 수 있는 기회가 있지 않았을까. 되돌려보기를 반복하며 모든 하지 않았던 일과

했던 일을 다 후회했다.

그날 아침, 문제집을 사야 한다는 걸 깜빡 잊고 엄마에게 말하지 않은 것이 생각났다. 월요일에 사도 되는 거였는데 도서관에 가서 미리 풀어보려고 했다. 엄마가 가게를 시작한 뒤부터 아침에 돈 이야기를 하는 것은 금기였다. 자칫했다간 그날의 영업 부진이나 예의 없는 손님과의 언쟁, 갑자기 결제를 요구하는 거래처와의 다툼 같은, 장사를 하다 보면 언제든지 일어날 수 있는 모든 재수 없는 일의 책임을 뒤집어쓸 수 있었다. 언니의 지갑에서 몰래 만 원짜리를 꺼냈다. 나중에 엄마에게 이야기하고 받아서 돌려줄 생각이었다. 만 원을 꺼내고 난 언니의 지갑에는 천 원짜리 두 장만 남아 있었다. 그 이야기는 아직 하지 못했고, 문제집은 시험을 치는 날까지 한 장도 풀지 못했다.

언니에게 사고가 생겼다는 이야기를 듣고 짐짓 흥미진진했던 마음도 있었다. 언니가 입원을 하게 되어 내가 곁에서 간병을 하면 재미있을 것 같았다. 치킨 같은 것을 언니와 함께 먹으면서 언니의 그 이상형 남자에 대한 험담을 하는 상상을 했었다. 지루한 일상을 뒤집어엎는 어떤 격렬한 일을 바라지 않았던가. 죄책감이 더해지면서 내가 바보처럼 설렜기 때문에 그 모든 일들이 일어난 것 같았다.

잘못한 일을 찾으려는 시도는 무력하게 끝났다. 어떤 예고도 암시도 없었다. 그날도 해는 동쪽에서 하나만 떴고, 우리

세 식구는 나란히 잠들었던 그 자리에서 한 사람씩 다시 눈을 떴다. 그 전날과 전전날, 전전날의 전날과도 다를 바 없었던 그냥 평범한 날이었다. 하루 정도 건너뛰고 살아도 상관이 없었을 그 하찮은 하루가 모든 것을 망가뜨려놓았다. 사기를 당한 기분이었다. 그런 식으로 하루아침에 뒤집힐 수 있는 세상에서 천하태평으로 산 것이 어이없었다.

한밤중에 일어나 냉동실에서 얼음을 꺼내 아드득아드득 깨먹었다. 늙은 여자처럼 가슴을 탁탁 쳐야 숨이 쉬어질 때가 있었다. 아침의 그 새로운 소리와 냄새들, 맥락을 알 수 없는 텔레비전 소음과 부엌에서 들려오는 엄마의 칼질 소리, 그릇과 숟가락, 냄비와 냄비 뚜껑이 부딪혀 내는 소리들. 갖가지 재료와 양념이 불에서 함께 익으며 풍기던 그 따뜻하고 다양한 냄새들. 그 소리와 냄새들 사이에서 잠을 깨는 날은 다시 돌아오지 않았다. 그 삭제된 소리와 냄새들은 수상한 눈길과 수군거림으로 대체되었다.

엄마의 앨범에서 그 사진을 찾아냈다. 엄마와 아버지는 십이 년간 부부로 살았다. 아버지는 삼십 년을 살았지만 그의 삶을 증명해줄 만한 사람이 없었다. 그의 자식들은 아버지와 추억을 가질 시간이 없었다. 아버지는 흑백의 사진 몇 장으로만 남아 있었다. 대통령 각하에 대해서는 훨씬 아는 것이 많았다. 그의 가족들도 다 알았다. 우리는 새마을운동의 열렬한 추종자였고, 국민교육헌장은 말할 것도 없지만 가정의례준칙 같은 데 나오는 길고 재미없는 문장을 어찌나 열심히 외웠던지 아직도 잊히지 않았다. 대통령 각하는 셰익스피어나 맥아더 장군처럼 영원히 사람들의 가슴속에 살아 있었다.

대통령 각하는 몇 년 전에 부하의 총에 맞아 죽었는데, 아버지가 안다면 아마 그 자신의 죽음보다도 더 놀랄 것이다. 아버지는 그 남자에게 진심으로 충성했을까. 엄마와 나처럼 그 남자에게 충성하는 것이 나라에 충성하는 것이라고 생각했을까. 그 사진 때문에 의심 없이 아버지는 그런 사람이라고 생각했는데 이제 나는 사진만으로는 진실을 알 수 없다고 생각하는 사람이 되어가고 있었다. 아버지는 어쩌다 죽었을까. 언니처럼 대통령 각하에게 맞서 싸웠을까. 그래서 아무도 몰래 총살을 당하고 비밀리에 죽은 몸으로 돌아온 것일까. 돌아오지 못한 죽음도 많았다고 『대학신문』에는 나와 있었다. 각하가 죽고 나서 우리나라는 각하를 꼭 닮은 군인들이 다시 권력을 차지했다. 그들은 사람들의 눈과 귀를 막고 스포츠와 섹스만을 허락했다. 어머니, 이 시대는 상식이 통하는 시대가 아닙니다, 라고 나의 언니는 적었다.

사진은 한순간만 포착하고 있을 뿐이었다. 뛰어난 종군기자가 찍은 한 장의 사진은 백 쪽짜리 논문보다 더 많은 진실을 내포하고 있다고 하는데, 아버지의 그 사진은 머리에 기름을 바르고 사무원 같은 셔츠를 입고 전쟁터에서조차 군인티를 내지 않으려고 온갖 노력을 기울이는, 영락없는 군인 출신의 독재자와 그의 졸개들이 홍보용으로 찍은 기록사진일 뿐이었다. 진실이라고는 반 푼어치도 들어설 틈이 없었다. 그 사진의 세계에서 우리는 함께 살았다. 언니는 언제부터 그 틀 밖으로 걸어 나갔던 것일까.

그러나 사진을 찍은 이가 절대적으로 거짓만 찍겠다고 아무리 굳은 결심을 했다 하더라도, 진실의 작은 끄트머리가 그 속에 슬쩍 끼어 들어가 있지는 않을까. 나는 그 사진을 돌려도 보고 비스듬한 각도로도 보고, 구부려서도 보았다. 시대의 심볼을 조롱하는 똥개 한 마리, 만연한 애국애족의 전설, 주입된 충성심, 조작된 사랑, 거짓의 징표가 숨어 있는 것은 아닌지 포커스 밖의 배경을 뚫어지게 쳐다보았다. 멀리 희미하게 보이는 열대의 숲에서 따닥따닥 총소리가 나는 것 같았다. 언니는 의심하라고 했다. 뉴스가, 교과서가, 선생들이 하는 말을 곧이곧대로 받아들이지 말고 검증하라고 했다. 우리가 사는 세상은 순수하지 않다고 했다.

그달 말 머리숱이 많고 넙데데한 남자가 텔레비전에 나와 일종의 항복 선언을 했다. 사람들이 술렁거렸다. 어디에서나 그 이야기뿐이었다. 병원의 환자와 보호자들도 텔레비전 주위에 모여서 떠나지 않았다. 잘 몰랐던 나도 그 사람이 준비한 원고를 읽다 말고 손수건으로 눈물을 찍어내는 것을 보며 언니 편이 이긴 것을 알았다. 비가 너무 많이 와서 아무리 들불을 많이 놓아도 불이 번지지 못했다.

진희 언니와 지민홍 그리고 몇몇의 친구들이 병실에 찾아와서 언니를 보며 울었다. 이제는 사람들이, 모든 국민들이 직접 우리나라의 대통령을 뽑는다고 했다. 언니가 해낸 것과 다름없다고 진희 언니가 말했다. 언니가 눈을 뜨고 다시 일어나는 일만 남았다. 언니가 깨어나면 이제 거리로 나갈 일은 없었다. 언니는 강의실로 돌아갈 것이었다. 맨몸으로 외계인들과 대치하지 않고도 엄마를 사랑할 수 있을 것이었다. 졸업을 하고 돈을 벌어 엄마와 나를 데리고 좋은 집으로 이사를 할 것이었다.

하지만, 언니는 눈을 뜨지 않았다. 비가 오지 않는 폭염의 여름이었다.

학교에 다니기가 힘들었다. 버스로 한 시간이 넘는 거리를 아침저녁으로 오가야 했다. 매일 멀미에 시달렸다. 증상은 날이 갈수록 심해졌다. 만원 버스를 타지 않으려고 아침 일찍 낙원여관을 나왔다. 한두 시간쯤 다른 시간대일 뿐이었는데 이른 아침의 풍경은 사뭇 달랐다. 버스 정류장 인근에는 취객의 구토 흔적이 남아 있었다. 거리 청소를 하는 사람들, 무겁고 커다란 짐을 들고 버스에 올라타는 사람들, 아침의 생기를 찾아볼 수 없는 남루한 차림의 사람들. 그곳에는 또 다른 세상이 있었다.

일찍 출발해서 남은 아침 시간을 운동장에서 흘려보냈다. 교실에 들어가면 답답했다. 교실에 들어가기 전에 매점에 들러 사이다를 샀다. 수업이 시작되면 속이 메스꺼웠다. 가만히 앉아서 선생들이 하는 말을 듣고 있으면 토가 나올 것 같았다. 예전에는 아무렇지 않았던 선생들의 특정한 말투, 주어 동사가 호응하지 않는 문장, 틀린 높임말 같은 것에 신경이 쓰였다. 사람들이 하는 말은 대부분 문법에 맞지 않았다. 앞뒤도 맞지 않고, 이치에도 맞지 않고, 현실과도 맞지 않았다. 과장된 몸짓, 위선적인 웃음. 선생들의 말과 행동에 신경을 쓰지 않으려고 고개를 숙이고 연습장에 낙서를 하거나 교과서를 베껴 적으며 시간을 보냈다. 한번은 고개 숙이지 말라는 주의를 듣고 한문 선생의 얼굴을 바라보고 있다가 정말로 교실 바닥에 구토를 했다. 멀미가 아니었다. 체질이 바뀌고 있는 것 같았다. 문제를 일으켜 주목을 받고 싶지 않아서 혼자 있을 궁리를 하고 구석 자리를 찾아다녔다.

무엇이라도 읽고 있지 않으면 불안했다. 아무것도 하지 않으면 서로 연결이 되지 않는 온갖 생각과 이미지와 장면과 소리가 뒤엉켜 떠올랐다. 멀미와 병원 냄새, 낙원여관의 더럽고 퇴락한 분위기에 눌려 찌부러지지 않기 위해 나는 교과서의 내용을 암기하고 어려운 수학 문제를 푸는 데 집중했다.

하굣길을 함께할 수 없었기에 조지와 이야기할 기회가 별로 없었다. 그 여름에 조지는 학교에 나오다 말다 했다. 며칠 만에 얼굴을 보아도 이야기할 것이 마땅히 떠오르지 않았다. 조지도 마찬가지인 것 같았다. 점심시간이 되면 기계적으로 조지와 함께 매점에 가서 컵라면이나 국수를 사 먹었다. 조지가 학교에 오지 않는 날은 점심을 먹지 않고 엎드려 잠을 잤다.

여름방학을 며칠 앞둔 어느 날 아침 조지는 정학을 당했다. 나는 그 사실을 운동장 한편에 세워져 있는 학교 게시판을 통해 알게 되었다. 정학 사유 칸에는 '미성년자 출입금지구역 내 발각'이라고 적혀 있었다. 조지 말고 세 명의 이름이 더 있었다. 학교에서 유명했던 서혜영이 그 이름들 속에 있었다. 아이들의 정보력은 대단했다. 금방 소문이 퍼졌다. 조지는 여관에서 잡혔다고 했다. 남학생들과 함께 담배를 피우고 술을 마셨다고 했다. 그 이상의 무언가도 얼마든지 상상이 가능했는데 소문이 그 수준에서 머문 것은 그 패거리에 서혜영이 있었기 때문이었다.

전교에서 서혜영을 모르는 사람은 없었다. 서혜영은 성적이 들쑥날쑥하긴 했지만 가끔 전교 십 등 안에 들었고, 집이 엄청나게 부자이며, 아버지가 유명한 의사 출신 국회의원이었다. 어릴 때부터 제멋대로 행동했지만 서혜영에게 잘못 걸리면 무지막지한 보복을 당한다는 소문이 있었다. 보통의 날라리들과는 격이 달랐다. 무엇보다 그 아이를 대하는 선생들의 태도가 달랐다. 정학 사건이 있기 전에도 가끔 서혜영은 머리를 염색하고 파마를 하거나, 귀를 뚫고 귀걸이를 한 채

학교에 나와서 화제가 된 적이 있었다. 서혜영의 교칙 위반은 특수 사정으로 인정되곤 했다. 서혜영이 정학을 받았다는 이야기는 실제는 그보다 훨씬 강한 처분을 받아야 할 사안이라는 뜻이었다.

조지는 거짓말을 잘하고 허풍도 있었지만 이른바 노는 패거리들과 몰려다니지는 않았다. 더군다나 남자아이들과 어울리지는 않았다. 내가 아는 한은 그랬다. 조지가 언제부터 그 아이들하고 엮인 것인지 몰랐다.

정학 기간은 오 일이었다. 그 기간에는 학교 상담실에서 반성문을 쓰고 모종의 벌칙을 수행한다고 들었다. 나에게 닥친 문제에 파묻혀서 조지에게 무심했던 것이 미안했다. 조지를 만나려고 상담실 근처를 몇 번 서성이다 포기했다. 상담실 문은 갈 때마다 굳게 닫혀 있었다. 공고되었던 오 일이 지나도 조지는 교실로 돌아오지 않았다.

함께 정학을 당한 아이들 중 서혜영이 학교에 나온다는 이야기를 듣고 그 반으로 찾아갔다. 서혜영은 조지처럼 키가 컸다. 몸은 마른 편이었고, 짧은 커트머리에 얼굴이 예쁘장했다. 한쪽 귀에 작은 구멍이 있었다.

혹시 조지영 소식 알아? 내가 묻자 그 아이는 싱긋 웃으며, 너는 누군데? 하고 되물었다.

—조지, 아니, 조지영하고 같은 반 친구야.

—친구? 그런 애한테 친구가 있었다고? 친구라면 네가 나

보다 더 잘 알겠네. 나는 그 애 잘 몰라. 같이 정학당했다고 내가 개랑 어울렸다고 생각하는구나. 재수 없이 그날 처음 만났을 뿐이야. 그리고 나는 다른 애들처럼 상담실에서 반성문 쓰고 그러지 않아서 다시 만난 적도 없어.

서혜영이 말한 '재수 없이'가 그들이 여관에서 혼숙을 하다가 단속에 걸린 걸 가리키는지, 조지와 만난 사실을 두고 하는 말인지, 그냥 조지가 재수 없다는 뜻인지 정확하지 않았다. 갑자기 걷잡을 수 없이 화가 났다. 조지와 어울리지 않는다는 것을 자랑처럼 말하고, 나를 어린아이 대하듯 하는 서혜영의 묘한 태도가 뾰족하게 튀어나와 있던 도화선 같은 것을 건드렸다. 나는 서혜영의 머리카락을 움켜잡고 말을 하려면 똑바로 해, 하고 소리를 질렀다. 그대로 서혜영의 머리통을 벽에 쳐서 박살을 내고 싶었다. 다소 억울한 점은 있겠지, 속으로 생각했다. 그러나 어쩌겠어, 세상이라는 게 좀 억울한 거야, 너도 당해봐야 알아. 그러나 나보다 키가 크고 싸움 경력도 있는 그 아이에게 나는 상대가 되지 않았다. 손에 몇 올의 머리카락만 움켜쥔 채 반대쪽 신발장에 부딪히고 튕겨 나왔다. 순식간에 일어난 일이었다. 나는 조금 웃긴 포즈로 복도에 나가떨어져 있었다.

—씨발년이! 야, 네 언니가 뭐 민주화 열사라면서? 언니는 다 죽어가는데 동생이라는 년이 아주 지랄을 하고 돌아다니네. 내가 지금 근신 기간이거든? 그래서 이 정도에서 참는 거

니까 조용히 꺼져라. 알겠어? 친구 좋아하시네. 조진지, 뭔지 그년이 너같이 모자란 년보다는 백배 나아, 알아?

창피한 줄도 모르고 나는 훌쩍훌쩍 울면서 건물을 빠져나왔다. 다 알고 있었다. 서혜영 같은 날라리조차 알고 있었다. 조지도, 나도, 나의 언니도, 우리 모두를 알았다. 알고 깔보고 비웃었다. 운동장을 가로질러 철봉대로 갔다. 철봉 아래 모래동산에 주저앉아 울었다. 생떼를 부리는 어린아이처럼 발을 구르고 가슴을 치면서 울었다. 입으로 모래가 들어왔다. 콧물이 흘러서 떨어졌다. 나를 보호해주는 이는 아무도 없었다. 더욱이 밥을 굶게 되면 같이 죽을 거라고 비장한 다짐을 할 이도 없었다.

병원에서는 우리가 다른 병원으로 옮기기를 바랐다. 하고 싶은 말을 뒤로 숨기고 빙빙 돌리느라 애를 썼던 수간호사의 이야기의 요점은 우리가 다른 환자의 진료에 방해가 된다는 것이었다. 지민홍과 엄마는 사건에 대한 조사가 마무리되지 않은 상황에서 초기의 모든 진료기록이 남아 있는 병원을 떠날 수 없다고 버텼다.

병원에서 치료비 중간 정산을 요구했기 때문에 엄마는 가게를 정리했다. 가게는 몇 달 동안 보증금에서 월세만 빠져나가고 있었다. 엄마는 바빴다. 언니도 없는데 엄마는 여러 가지 결정을 해야 했다. 병원비도 마련해야 했고, 여관비도 내야 했고, 언니의 사건도 해결해야 했다. 몇 개의 단체와 대책 위원회 회의에도 참석했다.

처음에 엄마는 다 필요 없고, 언니를 그 지경으로 만들어놓은 바로 그놈들만 잡으면 된다고 했다. 그 단단한 머리뼈가 저렇게 되었는데, 당사자는 알 것 아니냐. 나와라, 당장 나와서 잘못했다고 빌기라도 해라. 엄마는 병원 입구에 늘어서 있던 전경들을 향해 소리를 질렀다. 시멘트 바닥에 머리를 쿵쿵 찧으면서 이것 봐라, 이렇게 해도 깨지지 않는 게 사람 머리다, 하며 울부짖었다. 엄마의 시선을 피해 자기들끼리 시시덕거리던 순한 얼굴의 전경들이 굳은 표정으로 진땀을 흘렸다.

날이 갈수록 엄마가 잡아야 할 사람들이 늘어났다. 현장 지휘자도, 작전을 지시한 경찰서장도, 경찰 뒤에서 수사를 지연시키고 있는 검찰도 잡아야 했다. 사건의 줄기를 타고 올라가면 결국에는 정권도 무너뜨려야 했다. 상기된 표정으로 나갔다가 황급히 병원으로 돌아오는 엄마의 손에는 느낌표가 난무하고 잔인한 장면이 찍힌 사진들이 덕지덕지 인쇄되어 있는 유인물이 한 움큼 들려 있었다. 거기에는 급히 만들어낸 인조인간 같은 언니의 모습이 찍힌 사진도 있었다.

여름방학 동안 언니 곁을 지키며 병원과 낙원여관을 오가는 생활을 했다. 괴로운 듯 미간을 찌푸리고 있는 언니의 이마는 매일 문질러주어도 펴지지 않았다. 언니의 얼굴과 손가락과 발가락을 보고 있으면 그 안에는 영혼이 남아 있는 것 같지 않았다. 마치 무생물처럼 하나의 덩어리로 놓여 있는 것만 같았는데, 그 덩어리 속에서는 어떤 일이 끊임없이 일어났다. 어느 날은 붓기가 좀 빠진 것도 같고 피부색이 좋아진 것처럼 보일 때가 있었다. 그러다 갑자기 호흡이 불규칙해지거나 맥박이 떨어지거나 몸 어딘가에 염증이 생겨 열이 났다. 한 달이 지나고 두 달이 지나면서 희망도 조금씩 허물어졌다. 결국 우리가 기다리는 것은 언니의 죽음, 의학적이고 공식적인 선고밖에 없는 것 같았다.

낙원여관으로 가기 위해서는 병원 뒤쪽에 있는 장례식장을 지나야 했다. 문상객들이 삼삼오오 모여 담배를 피우고 있어서 그곳을 통과할 때마다 숨쉬기가 어려웠다. 매일 애끓는 죽음이 있었다. 오열하는 사람, 검은 상복의 여자들, 지친 얼굴과 난감한 얼굴, 지루한 표정의 사람들. 늦은 밤이면 더욱 소란스러웠다. 술에 취한 사람과 술 취한 사람을 진정시키느라 곤욕을 치르는 사람들이 있었다. 싸우는 사람과 말리는 사람이 있었다. 바닥은 담배꽁초와 가래침으로 지저분했다. 그토록 후미진 곳에서 함께 살던 사람을 떠나보내고 있을 줄 몰랐다. 상복을 입은 여자들을 보면 가슴이 떨렸다. 엄마와 내 모습을 미리 보는 것 같았다. 낙원여관에서 벗어날 단 하나의 방법은 하나의 몸에 붙은 팔다리였던 우리가 찢기는 것뿐이었다.

2인실에서 4인실 병실로, 다시 6인실로 옮겼다. 같은 병실의 환자들은 일주일이나 열흘 정도면 퇴원을 했다. 엄마는 방의 주인처럼 들고 나는 사람들에게 말을 걸고 병원 생활의 팁을 알려주었다. 다양한 사람들이 다양한 이유로 아팠다. 언니보다 어린 대학생이 입원을 한 적이 있었다. 혈소판 수치가 이상해서 정밀 검사를 받기 위해 입원한 그 언니는 백혈병 진단을 받았다. 조금 창백한 것 말고는 건강해 보였는데 한 달도 안 된 어느 새벽에 중환자실로 옮겨 갔다. 한여름에 들어온 경상도 할머니도 암 환자였다. 벌써 수년째 입원과 퇴원을 반복하고 있는데 늙어서 암도 진행되다 말다 한다고 했다. 그 할머니는 석 달이 넘게 병원에 있다가 걸어서 퇴원했다. 동생 할머니가 곁을 지키며 간호를 했다. 엄마는 그 동생 할머니와 형님 동생 하며 친하게 지냈다.

병실에서 엄마는 언니에게 하루 종일 말을 했다. 나갔다 오면 나갔다 왔다고, 누구를 만났으면 누구를 만났다고, 밥을 먹을 때는 밥을 먹는다고 말했다. 침대 올릴게, 얼굴 닦아줄게, 화장실 갔다 올게, 일일이 보고를 했다. 언니는 꼼짝 못하고 누워만 있었지만 엄마는 언니를 내버려두지 못했다.

진희 언니나 동생 할머니가 같이 있는 날이거나 엄마에게 다른 스케줄이 없는 날이면 나는 시내버스를 타고 거리를 유람했다. 멀미를 고쳐보려고 시작한 거였는데 버릇이 되어서 걸핏하면 버스를 타고 시간을 보냈다. 버스에 앉아 창밖을 보고 있으면 마음이 편해졌다. 나는 가만히 있는데 집들과 사람들과 전봇대들이 빠르게 다가왔다 멀어졌다. 그렇게 모든 것들이 쉽게 흘러가버려서 좋았다. 버스가 정류장에 도착해 잠깐 정차했다 떠날 때마다, 정류장에서 버스를 기다리는 사람들과 건물 안 창가에서 물끄러미 밖을 내다보는 사람들, 무심히 등을 돌리고 볼일을 보는 사람들을 자세히 쳐다보았다. 그들은 자기가 어떤 세계에 속해 있는지 알고 있을까, 궁금했다.

학교를 마치면 조지와 함께했던 하굣길을 걸어 지하 주차장 셋방으로 갔다. 큰슈퍼 아저씨는 나를 볼 때마다 티슈나 두유 같은 것을 챙겨주었다. 문을 잠그고 방에서 언니의 책들을 보다가 필요한 물건들을 챙겨서 해가 질 때쯤 나왔다. 내가 자꾸 지하 셋방의 물건들을 옮겨 와서 낙원여관에는 어느새 세간이 가득 찼다. 어두워지면 돌아올 이가 없는 그 방에 있기가 무서웠다.

밖으로 나와 버릇처럼 조지의 집 앞을 서성이다가 버스를 타고 낙원여관으로, 혹은 병원으로 돌아갔다. 개학을 하고 나서도 조지는 학교에 나오지 않았다. 담임은 숫제 조지의 결석에 관심도 없어 보였다. 그대로 가면 조지는 퇴학을 당할 수도 있었다.

그러다가 어느 날 상훈 오빠와 딱 마주쳤다.

—너, 여기서 뭐 하는 거야?

그렇게 물었을 뿐이었는데 그리운 이야기를 들은 것처럼

눈물이 났다. 나도 놀랐다. 가까이에서 보기는 처음이었고 이야기를 해본 적도 없었는데 상훈 오빠 앞에서 왜 그렇게 눈물이 쏟아지는지 몰랐다. 그가 우리 언니에 대해 훌륭하다고 했다던 말 때문일 수도 있었다. 상훈 오빠는 어깨를 들썩이는 나를 진정시키려고 손을 뻗어 저으며 말했다.

—저기, 야, 너, 우리 지영이 만나러 왔어? 지영이 지금 여기 없어. 여기 안 살아.

상훈 오빠가 다가와서 내 어깨에 손을 올렸다. 냄새가 났다. 땀 냄새인 것 같기도 했고, 담배 냄새인 것 같기도 했고, 오빠가 한동안 지내다가 가고 난 후 방에 남아 있던 냄새 같기도 했다. 곁에 바짝 다가선 상훈 오빠는 내 생각보다 훨씬 키가 컸다. 색이 바랜 체크무늬 반팔 셔츠와 더워 보이는 감색 긴 바지를 입은 모습은 교복을 입었을 때보다 단정해 보였다.

—참, 네 이름도 지영이랬지? 강지영.

상훈 오빠가 내 이름을 알고 있었다. 고개를 들고 그의 얼굴을 보았다. 볼록 튀어나온 목울대 위로 마르고 하얀 턱이 보였다. 가늘고 불그레한 입술 주변에 짧고 가는 수염이 몇 가닥 돋아나 있었다. 가슴이 두근거렸다.

—야, 이런 데서 갑자기 울면 어떡해, 누가 보면 내가 때린 줄 알 거 아냐. 계집애들은 왜 걸핏하면 울기부터 하는지 모르겠다. 일단 저쪽으로 가자, 따라와.

상훈 오빠는 작은 슈퍼에 들어가서 차가운 캔 커피를 사가

지고 나왔다. 우리는 나란히 걸어 놀이터로 갔다. 저녁 시간이라 그런지 원래 그런 건지 놀이터에는 노는 아이들이 하나도 없었다. 등나무 벤치 아래에는 담배꽁초와 버려진 술병들이 뒹굴고 있었다. 상훈 오빠는 내가 그 골목을 배회하는 모습을 여러 번 봤다고 했다.

—지영이는 외할머니 집에 보냈어. 그러니까 앞으로는 거기서 서성거리지 마.

상훈 오빠가 언니의 안부를 물었다. 아직 혼수상태라고 대답했다.

—안됐다, 그래도 어떡하니, 가족인데. 네가 언니를 지켜야지. 지난번에 우리 집에도 오시지 않았었나? 빨리 깨어나셔야 할 텐데.

이상했다. 상훈 오빠의 말이 세상 어떤 말보다 따뜻했다. 안됐다, 그래도 어떡하니, 가족인데. 병원으로 돌아오는 버스 안에서 그 말을 되뇌었다.

자주 그 골목으로 갔다. 며칠에 한 번 상훈 오빠를 만날 수 있었다. 미친개 사건 때문에 조지는 내 생각보다 훨씬 크게 상처를 입었던 모양이었다. 조지는 상훈 오빠에게 그 선생을 멀리서 보기만 해도 무섭고 창피하다고 울면서 하소연했다고 했다. 조지가 처음 결석을 하기 시작한 것이 체육 시간이 있는 날이었다는 것도 상훈 오빠를 통해 들었다. 해줄 수 있는 게 없어서 미안했다고, 상훈 오빠는 담배 연기를 길게 내뿜으며 이야기했다. 너도 알겠지만 우리 지영이가 그렇게 간이 큰 아이가 아니잖아. 그러다 말겠지 했는데 하루 이틀 학교를 빠지고 돈도 없이 배회하다가 비슷한 아이들을 만나 어울리게 된 것 같다고 했다. 그 패거리에서 떼어놓기 위해 시골에 보냈는데 몰래 도망이라도 갈까 봐 상훈 오빠는 걱정하고 있었다.

아무렇지 않았던 그 얼굴이 거짓말이었던 것이다. 조지가 불쌍했다. 조지가 거짓말을 잘한다는 걸 알았으면서, 말 못하는 짐승처럼 속수무책으로 맞는 것을 지켜봤으면서 나는 생각하지 못했다. 아무리 상처가 많아도 새로운 상처는 또다시 아프다는 것을. 조지의 시골집 주소를 받았다. 상훈 오빠는 내가 편지를 써주면 좋겠다고 했다.

상훈 오빠와 나는 만날 때마다 정해진 수순처럼 놀이터에서 이야기를 하고, 병원 가는 버스가 오는 정류장까지 함께 걸었다. 몇 대의 버스를 그냥 보낸 후에 타는 날도 있었다.

기다려도 만나지 못하는 날이 있었다. 헤어질 때마다 상훈 오빠는 이제 정말 기다리지 말라고 했다. 갑자기 할 일이 생기면 집에 오지 못하는 날이 많다고.

—오빠 기다리는 거 아니에요. 병원에 가면 답답하니까, 여기 와서 공부도 하고 책도 읽어요. 그리고 저도 가끔만 오는 걸요. 이상하네. 요즘은 올 때마다 오빠랑 만나지네.

거짓말을 했다. 내 말에 안심한 건지 상훈 오빠는 정말로 며칠 동안 나타나지 않았다. 그날도 만나지 못하는 줄 알았다. 평소보다 조금 더 늦게까지 기다려봤지만 상훈 오빠의 발소리는 들리지 않았다. 그만 가야겠다 싶어 골목을 돌아 나오는데, 거짓말처럼 그가 내 앞에 서 있었다. 가로등 불빛이 노랗게 들어와 있었다. 우리들 입에서는 하얀 입김이 나왔다. 조금 떨어져서 가만히 나를 보고 있던 상훈 오빠가 갑자기 성큼성큼 다가왔다. 그리고 두 손으로 내 얼굴을 감쌌다. 약간의 술 냄새. 숨소리가 평소보다 거칠었다. 그렇게 가까이에서 무얼 하려던 것이었을까. 오빠의 코끝이 보였다. 일 센티도 되지 않을 만큼의 거리에서 멈춘 채 상훈 오빠는 뛰어온 사람처럼 가쁜 숨을 쉬었다. 그러다가 한 걸음 뒤로 물러섰다. 그리고 하하, 크게 웃었다. 상훈 오빠의 웃음소리가 빈 골목에 쩌렁쩌렁 울렸다.

—야, 이 바보야. 뭘 그렇게 눈을 동그랗게 뜨고 보는 거야. 가자, 놀이터로.

상훈 오빠도 곧 이사를 간다고 했다. 이사를 가고 나면 어떻게 만날 수 있는지 물어보지 못했다.

시간과 경험이 삶에 남기는 교훈은 무엇일까. 교훈 따위 없는 거라면, 꾸역꾸역 살아가야 하는 이유도 없을 것이다. 지나가면 그만인 시간을 살자고 그렇게들 다투며 살아간다고 생각하면 삶은 덧없다. 경험한 많은 것들을 사람들은 잊어버린다. 그러니까 경험 그 자체는 존재에 큰 영향을 끼치지 못할 수도 있다. 무수한 시간과 경험 속에 알맹이 같은 것이 있다면 그것은 무엇을 버리고 무엇을 남기는가 하는 선택에 달려 있을 것이다.

누군가 내게 그때 어땠냐고 물어본다면 나는 지옥이었다고 대답을 할 것이다. 매일 아프고 억울하고 슬펐다고. 학교와 지하 셋방과 낙원여관과 병실의 가습기에서 뿜어져 나오는 하얀 수증기 속에서 축축하게 젖어 살았던 그 시기에 나는 아직 다 크지도 않은 채 늙어가고 있었다.

세상을 보는 신비로운 약이라도 삼킨 것처럼 예전에 보지 못했던 것을 볼 수 있게 된 나는 버스의 속력에 적응하지 못해 멀미를 하고 작은 돌부리에 걸려 길바닥에 넘어지곤 했다. 나는 사람들의 모순을 찾고 감추려고 하는 것을 들추어내려 했다. 막상 그런 것을 찾아내면 구토를 하고 뒷걸음질 쳤다. 나에게 그 시절은 엄마나 언니의 친구들이 병실에 올 때 가지고 왔던 조잡한 유인물들처럼 거칠고 잔인한 흑백의 시간이었다.

내가 기억하는 그때의 나는 목적지도 없이 버스를 타고 배회하거나, 구석진 곳을 찾아다니며 울고 있는 한 여자아이였는데 옛날 사진들을 보면 전혀 다른 내가 등장했다. 무슨 상을 받고 짐짓 아닌 척하지만 기쁨을 감추지 못하는 표정의 여자아이도 있고, 합창대회 단체 사진 속에서 지나치게 열심히 노래를 부르고 있는 여자아이도 있고, 학교 행사 때문에 빌려

입은 화려한 드레스를 입고 활짝 웃는 여자아이도 있었다. 왜 웃고 있지? 사진으로 기록된 나와 기억 속에 기록된 나는 일치하지 않았다. 나는 서럽고 슬프고 불쌍한 나만을 선별해서 기억했다.

그 시절 어느 날의 나는 배꼽이 빠지게 웃기도 했고, 조마조마하며 행복한 어떤 결과를 소망하기도 했다. 봄가을 소풍과 운동회에서 친구들의 장기 자랑을 보면 재밌어서 박수를 쳤고, 좋아하는 배우가 나오는 영화를 보면 행복해했다. 올림픽이 열렸을 때는 국민화합과 성공적인 올림픽 개최를 방해하는 세력으로 분류되었으면서도 애를 태우며 대한민국 팀을 응원했다. 아무리 심각한 표정으로 주머니에 손을 넣고 걸어도 그때 나는 기껏해야 십대 중반이었다.

누군가 그때 어땠냐고 물어본다면 나는 분명 지옥 같았다고 대답하겠지만, 그뿐이었다고 하기에는 망설여지는 작은 비밀 같은 것이 있었고, 그건 상훈 오빠였다.

그해 가을에서 겨울로 넘어갈 무렵, 조지와 함께 정학당했던 아이들 중 하나가 학교 앞 공중전화 부스에서 목을 매 죽었다. 아이들은 죽은 그 아이가 서혜영의 꼬붕이었다고 했다. 나는 그 아이의 이름도 얼굴도 몰랐다. 그 아이에 대해 내가 아는 것은 마지막 날의 처참한 모습뿐이었다. 몇몇의 아이들이 그 친구의 마지막 모습을 보았고, 소문은 날이 갈수록 자세한 버전으로 다시 펴졌다.

안개 낀 날이었다. 큰 강이 가까이 있던 학교는 안개가 끼면 아무것도 보이지 않았다. 그래서 그 아이가 1교시를 마치고 쉬는 시간에 교실을 나가 운동장을 가로질러 학교 밖으로 나가는 것을 아무도 보지 못했다. 안개는 3교시가 지나서야 완전히 걷혔다. 1교시 수업에 펼쳐놓은 책과 노트는 그대로 그 아이의 책상 위에 있었다. 수업에 들어오지 않는 일이 그 아이에게는 드문 일이 아니었기에, 아무도 그 아이가 돌아오지 않는 이유를 궁금해하지 않았다. 교실 뒤편의 문고에서 두툼한 사전 두 권과 식물도감이 없어진 것은 더욱이 몰랐다.

그 아이는 점심시간에 발견되었다. 학교에서는 점심시간에 학교 밖 외출을 금지하고 있었지만 규칙을 어기는 학생들은 늘 있었다. 인근에는 떡볶이와 라면 같은 것을 파는 작은 식당이 두 군데 정도 있었다. 점심을 먹고 나서였는지 먹으러 나가던 길이었는지 서너 명의 무리가 동시에 그 아이를 발견했다. 그들은 누군가 공중전화 부스 안에서 전화를 하고 있는 줄 알았다고 했다. 그럴 때 꼭 무리 중 한 명은 남들이 예사롭게 보아 넘기는 것을 유심히 보게 마련이다. 아침까지 깨끗했던 부스의 유리창에 붉은 페인트 같은 것이 묻어 있었고, 전화를 하고 있는 줄 알았던 공중전화 부스 안의 사람이 딱히 뭐라 꼬집을 수 없지만 이상하게 보였다고 했다. 허리가 너무 높은 곳에 있었다고.

그 아이는 미리 준비해 간 칼로 먼저 자기의 손목과 허벅지를 베고, 한참 피를 흘린 다음 공중전화 수화기를 몸체에서 잘라내고 역시 미리 준비해 간 영한사전과 영영사전과 식물도감을 면적이 큰 순서대로 쌓아 올린 후 그 위에 올라서서 꼬불꼬불한 전화기 선으로 천장의 홈에 목을 맸다. 줄이 풀리지 않도록 수화기를 자기의 목과 전화선 사이에 단단히 끼워 넣은 채였다. 그 모든 이야기들은 있었던 그대로의 사실이 아닐 수는 있었지만 그 아이가 얼마나 철저히 이 세상을 떠나고 싶어 했는지를 증명하기에는 충분했다. 그런 식으로 죽을 수 있다는 것을 우리는 아무도 상상하지 못했다. 앰뷸런스와 경찰차가 몇 대나 왔고 학생들은 강제로 일찍 집으로 돌아갔다.

—모르는 사람들은 연쇄살인범이라도 나타난 줄 알았을걸. 경찰차랑 앰뷸런스가 엄청나게 많이 왔었어.

내게 그날의 전모를 전해주던 아이가 말했다.

나는 그날 학교에 가지 않았다. 2학년이 끝나가던 겨울 초입에 나와 같은 나이의 아이가 죽었고, 언니의 몸이 움직이기 시작했다. 언니가 쓰러진 지 여덟 달, 중환자실에서 일반 병실로 옮겨온 지 육 개월 만이었다. 고통스러운 하루하루가 아주 느리게 흘러갔다.

회귀

사건은 결과로서 나타났다. 언젠가 어디에선가 이미 시작되고 커지다가 어느 순간 내 앞에 드러났다. 언니가 사람이 죽었다고, 탁 치니 억 하고 죽었다는 어떤 대학생의 죽음에 대해 전했을 때, 사건은 언제라도 펼쳐질 준비가 되어 있었다. 사건이 우리를 덮치고 잡아먹어도 알 수 있는 것은 얼마 되지 않았다. 당하고 나서 내가 알게 된 것은 내가 모르는 것이 너무 많다는 것이었다. 알았던 많은 일들이 거짓이었고, 철석같이 믿었던 일들이 속임수였다.

그해 유월에서 연말 사이에 일어난 일들은 더욱 불가사의했다. 쿠데타로 정권을 탈취한 군인 대통령의 부하였던 군인 출신 여당 대표가 울면서 항복 선언을 했을 때, 마치 모두가 바랐던 일이 드디어 성취된 듯 사람들은 좋아했다. 데모하는 학생들을 욕했던 사람들도, 대놓고 우리를 꺼리고 멀리했던 사람들도 그것만큼은 반기는 듯했다. 호헌철폐.

언니가 평화를 해치려는 나쁜 사람이라서 그때 그곳에 있지 않았다는 것을 사람들은 이미 알고 있었다. 엄마와 나를 경멸의 눈초리로 쳐다보던 병원의 환자들과 보호자들도 대통령이 나쁜 일을 많이 했다고 욕을 했다. 독재정권이라고 했다. 아주 많은 희생 덕분에 이제 우리나라도 민주화가 되었다고 했다. 누구나 다 용감하고 정의로운 일만 하면서 살 수는 없으니까 거기까지는 이해할 수 있었다. 그런데 그토록 많은 희생으로 쟁취한 직접선거에서 당선된 새 대통령은 울면서 항복을 선언했던 바로 그 군인 출신의 여당 대표였다. 그는 자기가 보통 사람이라며 믿어달라고 했고, 사람들은 그렇게 했다.

언니가 그렇게 사랑한다던 민중은 꼬리만 살짝 보여준 채 투표소 안으로 사라졌다. 그들에게 억압과 굴종 대신 정의와 자유를 돌려주려고 스스로 전사가 되었던 것은 바보짓이었다. 그 민중이 앞다투어 투표소로 달려가 쿠데타로 정권을 탈취한 바로 그 사람을 최고 권력자 자리에 앉혔다. 그렇게 많은 죽음과 그렇게 많은 희생과 그렇게 힘겨웠던 승리에도 불구하고 매우 합법적으로 역사는 제자리로 돌아갔다. 순진하고 어리석었던 내 친구 조지는 당해봐야 안다고 했다. 조지의 말은 어떤 면에서는 맞았고 어떤 면에서는 틀렸다. 그것은 절반만 맞는 말이었다. 사람들은 당해도 몰랐다. 다 아는 척해 놓고.

민중은 언니를 짓이겨놓고도 책임지지 않는 국가에 대해 불만이 없었다. 몇 달이 지나도록 우리는 지나가는 말로라도 미안하다는 말 한마디 듣지 못했다. 언니를 때린 자들의 이름도 얼굴도 알지 못했다. 그래도 되는 나라를 언니가 사랑한 이 땅의 민중은 다시 만들어냈다. 언니는 누구를 위해 엄마와 나를 버리고 거리로 나갔을까. 언니가 목숨 걸고 지켜주어야 할 가치가 있는 사람은 없어 보였다. 사람들은 어리석고 이기적이었다.

사람들이 싫었다. 싫고 가소로웠다. 그들의 범위가 어디에서부터 어디까지인지 알 수 없었기에 모든 사람들이 싫고 가소롭고 징그러웠다. 나는 닻줄이 끊긴 나룻배처럼 조용하게 사람들의 땅으로부터 멀어지고 있었다. 그때, 언니가 돌아왔다, 다시 엄마와 나에게로.

언니가 처음으로 눈을 뜨고, 처음으로 말을 하고, 처음으로 침대에서 일어나 바닥에 발을 내려놓고, 처음으로 걸음을 떼었을 때, 엄마와 나는 감격에 젖어 눈물을 쏟았다. 하나하나의 처음이 모두 믿어지지 않는 기적이었다. 언니를 그렇게 만든 자들도 생각나지 않았다.

지난한 과정이 있었다. 엄마가 아무리 기를 쓰고 바꿔놓으려고 해도 한번 망가진 몸은 좀처럼 달라지지 않았다. 하나가 좋아졌다 싶으면 다음 날은 열 개가 나빠졌다. 조금만 더 하면 걸을 수도 있겠다 싶었던 다음 날은 다리에 마비가 왔고, 며칠씩 열이 나고 아팠다.

엄마는 점점 강해졌다. 여성스러움을 중시했던 엄마는 언니가 의식을 회복하고 몇 달 후 물리치료를 받기 시작하자 긴 머리를 자르고 바지를 입었다. 병원에서 새우잠을 자고도 새벽에는 어김없이 일어나 언니에게 줄 음식을 준비했다. 그리고 언니의 작은 변화 하나에 손뼉을 치며 기뻐했다. 학교를 마치고 병원에 가면 엄마는 그날 언니가 어땠는지 흥분해서 이야기를 했다.

엄마는 지치지 않았다. 집회나 인권단체의 행사, 유가족 모임 같은 데 빠지지 않았다. 큰 집회가 있는 날에는 연단에 올라 연설을 했다. 남에게 아쉬운 소리를 하고 부탁을 하는 것도 주저하지 않았다. 짐도 빼지 못하면서 지하 셋방의 전세금을 찾아 썼다. 급하니까 입이 떼어지더라고 말할 때 엄마는 주인집의 관용보다 자신의 용기에 더 놀란 것 같았다. 언니의 친구들에게 전화를 해서 병원에 한번씩 들러달라고 사정했다. 엄마는 병원에 다녀간 사람, 의사가 한 이야기, 언니의 변화들을 꼼꼼히 기록했다. 엄마의 손가방에는 각종 서류들이 뒤죽박죽 섞여 있었다. 쓰다 만 연설문 원고가 침상 밑에 떨어져 있기도 했다. 엄마는 우리 집의 대장이 된 지 오래였다.

병원에 실려 간 지 일 년 반 만에 세번째 옮겨간 병원의 담당 의사는 퇴원을 하고 통원 치료를 해도 좋다고 이야기했다. 마침내 우리는 다시 한 몸처럼 붙어서 살 수 있게 되었다. 진희 언니와 민홍 오빠가 학교와 여러 지원 단체들에서 성금을 모아 오고 때로는 모르는 단체와 개인들이 간헐적으로 돈을 보태주었다. 꼭 죽지는 않을 만큼의 살길이 그때그때 생겼다. 오빠가 소돔과 고모라에서 목돈을 받아오고, 지하 셋방의 주인이 일본으로 이주하면서 우리에게 당분간 그 집 일층의 문간방에서 살아도 좋다고 했던 일도 그런 일 중의 하나였다.

작은 방과 배수구가 있는 부엌이 우리에게 주어졌다. 주인집이 한국에 들어와 지낼 때를 제외하면 거실도 쓸 수 있었다. 지하 셋방에 있던 살림 중에 필요한 것을 챙겨서 일층으로 옮겨 왔다. 나머지 짐들은 고물상에 연락해 처분했다. 엄마에게는 물건들에 대한 애착이 남아 있지 않았다. 최소한의 세간만 남겼는데도 휠체어를 쓸 공간은 나오지 않아서 설거지를 하던 창고에 보관했다.

무엇 하나 쉬운 일은 없었다. 언니가 퇴원한 날은 대문에서 방까지 오는 동안 지민홍과 다른 한 명의 남자 후배가 언니를 부축했지만 몇 번이나 같이 넘어질 뻔했다. 집으로 돌아왔을 때, 언니는 말을 거의 하지 못했다. 언니의 목에서 나오는 것들은 알아들을 수 없는 비명과 신음뿐이었다. 언니는 매 순간 괴로워했다. 어디가 어떻게 아픈지 정확히 표현하지 못하고 눈물을 흘리며 눈만 끔뻑이고 있을 때는 내 몸이 저릿저릿했다. 손수건으로 언니의 눈물과 땀을 닦아주면 언니는 소처럼 처연하고 맑은 눈으로 나를 물끄러미 바라보았다. 퇴원을 하고 얼마 동안은 병원에 있을 때 멀쩡히 잘 가렸던 오줌을 가리지 못했다. 그러나 쉽고 어려운 것은 문제가 되지 않았다. 오로지 살아 있는 언니와 다시 한집에서 먹고 자고 일어날 수 있다는 사실이 그 무엇보다 중요했다.

다시 돌아간 그 골목에 상훈 오빠는 더 이상 살지 않았다. 상훈 오빠가 나를 찾아와주지 않을까, 가망 없다고 생각하면서도 기다렸다. 연락할 방법이 없었다. 그가 나를 찾아오는 것 말고는. 조지에게 편지를 썼다. 내 소식이 조지를 통해 상훈 오빠에게 전달되기를 바랐다.

기다림은 종종 확신이 되었다. 조지에게 편지를 보내놓고 며칠이 지나면 그가 나를 만나러 오고 있을 것만 같았다. 하루 종일 버스 정류장에서 서성거렸다. 그러나 조지는 답장을 하지 않았고 상훈 오빠도 오지 않았다. 기다림은 종종 망상이 되기도 했다. 학교로 찾아올 수도 있었고, 같은 도시에 살고 있다면 길에서 우연히 마주칠 수도 있었다. 익숙한 장소에서도 두리번거리는 버릇이 생겼다.

내가 대학에 갈 형편이 아니라는 것은 자명했다. 인문계 고등학교에 진학해야 할지 상업계로 가야 할지 결정해야 할 시기가 왔을 때, 나는 엄마가 아닌 진희 언니에게 의견을 물었다. 진희 언니는 나중에 어떻게 되더라도 미리부터 포기하지는 말라고 했다. 그리고 나에게는 우리 언니뿐 아니라 많은 언니, 오빠가 있다고, 기죽지 말라고 했다. 나는 진희 언니의 문어체 말투가 늘 거슬렸지만 내색하지 않았다. 진희 언니의 친절은 나에게 꼭 필요했다.

진희 언니와 민홍 오빠는 끝까지 언니와 우리 가족의 곁을 지켰다. 그들의 성실한 우정과 의리에 항상 놀라고 감동을 받았다. 그러나 언제나 받기만 하는 입장에서 주기만 하는 사람들을 대할 때, 순수한 태도를 유지하기는 어려웠다. 진심이라는 것을 알았지만 일관되게 성스럽기만 한 그들을 마주하기가 불편했다. 어렵고 불편해도 내색할 수 없다는 점이 가장 어렵고 불편했다.

배정받은 여자고등학교는 진학 상담표에 중상위급으로 분류되는 대학교와 붙어 있었다. 매일 대학생들과 같은 버스를 타고 학교에 가야 했다. 그들을 보는 내 마음은 편하지 않았다. 짙은 화장, 커다란 귀걸이, 맵시 나는 옷을 차려입은 여대생을 보면 코끝이 뭉클해지곤 했다. 언니도 그랬어야 했는데, 함부로 꺾어서 신발장 옆에 버린 진분홍 꽃처럼 죽어가고 있었다.

대학생들의 사랑과 자유를 테마로 하는 드라마가 인기를

끌었다. 대학생만 참가할 수 있는 가요제가 있었고, 그 가요제 출신의 가수들이 인기를 끌었다. 여고생들의 상상 속 대학은 무거운 책가방과 내리누르는 학습량으로부터의 해방인 동시에 연애와 젊음과 자유가 넘치는 천국과 같은 것이었다. 나에게는 애초부터 삭제된 순진무구한 상상이었다. 노는 아이들은 선생들의 눈을 피해 대학가 앞의 만화방과 커피숍을 드나들었다. 개중에는 대학생과 커플이 된 아이도 있었다. 대학교에서 축제를 하면 아이들의 마음도 들떴다. 야간자율학습 시간에 밤의 공기를 타고 초대 가수의 노래가 들려오면 무자비한 학생주임의 보복도 개의치 않고 멋대로 창가로 몰려가 함성을 질렀다.

버스 정류장 앞 광고판에는 반쯤 벗은 여자 배우가 붉게 칠한 입술 사이로 혀를 내밀고 있는 영화 포스터가 일 년 내내 붙어 있었다. 광고판 주위에는 노조탄압 중지, 구속자 석방 같은 구호가 적힌 유인물들이 버려져 있었다. 천국 저편에서는 불의한 일들이 계속 일어나고 있었다.

대학생들과 마주치기 싫어서 나는 매일 새벽 첫차를 타고 학교에 갔다. 잠을 자고 싶지 않았다. 쓰러지듯 잠이 들었다가도 두세 시간 만에 놀라서 깼다. 쪽잠을 자는 버릇이 생겼다. 쉬는 시간과 점심시간에 엎드려 잠을 잤다. 그러다가 방학이나 명절 연휴 같은 때에 이틀이고 사흘이고 잠만 자기도 했다. 동이 트기 전에 집을 나와 학교 도서관에서 책을 읽었다. 교과서와 참고서만으로는 부족했기 때문에 서가에 있는 책들을 잡히는 대로 읽었다. 읽을 것이 없을 때는, 길거리에 나뒹구는 광고전단이라도 찾아내어 읽었다. 로마사와 이름이 긴 서양 철학자들의 책을 읽고, 의학사전과 법전과 각종 평전을 읽었다. 두껍고 글씨가 작을수록, 내용이 난해하고 문장이 난잡할수록 오래 집중할 수 있어서 좋았다.

또래 아이들과는 저절로 멀어졌다. 친구들은 너무 어렸다. 하루아침에 롤러코스터를 타고 추락하는 경험을 하지 않은 그들과는 단 몇 마디의 대화만 해도 지루했다. 연예인이나 총각 선생에게 공을 들이고, 텔레비전 시청 시간을 제한한다거나 비싼 신발을 사주지 않는다는 이유로 부모님과 갈등하고, 남자들과 놀기 위해 야간자율학습을 빼먹었다가 선생들에게 호되게 당하는 아이들과는 할 수 있는 이야기가 없었다. 그들처럼 멍청이가 될 바에는 차라리 불행한 편이 낫다는 생각마저 들었다. 친구가 한 명도 없었던 것은 아니었다. 냉담한 나의 태도를 용인해주는 이들이 한두 명은 있었다. 그러나 그 친구들과의 우정은 학년이 바뀌고 반이 바뀌면 자연스레 끝나버렸다. 고등학교 시절 동안 가장 오래 관계를 유지했던 아이는 서혜영이었다.

아무도 없을 줄 알았던 도서관에 간혹 나보다 먼저 와 있는 아이가 한 명 있었다. 그게 서혜영이라는 것을 알게 된 것은 한두 달이 지나서였다. 서혜영은 중학교 때와는 완전히 달랐다. 시니컬한 말투는 여전했지만 옷차림이나 태도는 얌전했다. 보통의 아이들과 섞이기 위해 작정이라도 한 것 같았다. 어느 날 아침, 서혜영이 먼저 말을 걸어왔다.

—야, 너 강지영이지? 모르는 사이도 아닌데 인사는 하고 지내는 게 어때?

서혜영과 자판기 커피를 마시면서 몇 마디 변죽을 울리는 대화를 주고받았다. 모범생으로 변신한 서혜영은 예전보다 훨씬 예뻐 보였다. 중학교 때 이후로 키가 크지 않았는지 머리채를 잡힌 채로 가볍게 나를 밀쳐냈던 때에 비하면 아담하게 보였다. 넌 좀 많이 변한 것 같은데? 내가 말하자, 서혜영은 씁쓸하게 웃으며, 어릴 때 이야기는 하지 말자, 라고 했다.

죽은 그 아이에 대해서도, 조지에 대해서도 서로 이야기하지 않았다. 인생이 살 만한 가치가 있는지 없는지 알기도 전에 죽은 그 아이는 너무 힘겨운 고통 속에 놓여 있었다는 것을 서혜영도 나도 알고 있었다. 서혜영은 몰라도 사실은 나에게도 조지에게도 상훈 오빠에게도 빛이라고는 없었다. 나아질 것이라고 믿을 만한 근거가 하나도 없었다. 그러니까 우리도 언제든 죽을 준비가 되어 있었다. 실제로 경계를 넘어 죽음을 결행한 그 아이와 살아남은 우리의 차이점은 그래도 우리에게는 살아야 할 이유도 있었다는 점이었다. 터놓고 이야기한 적은 없었어도 서혜영과 나는 서로에게 상처가 있다는 것을 알고 있었고, 그것 때문에 다른 아이들보다 이어지기가 쉬웠다.

그 후로 더러 혼자 있기 어색한 때에 서로를 찾았다. 늘 그런 것은 아니지만 점심시간에 같이 식당에 가서 빵이나 국수를 사 먹기도 했고, 도서관에서 공부를 할 때 잠깐씩 같이 나가 산책을 하거나 자판기 커피를 마셨다. 3학년 때는 같은 반이 되었다.

서혜영도 나 외에는 딱히 친하게 지내는 친구가 없었다. 서혜영과 내가 근본적으로 달랐던 것은 그 아이에게는 사람들을 싫어하는 마음이 없다는 점이었다. 싫어서 피하는 것이 아니라 혼자만의 시간과 자유를 더 좋아했다. 서혜영은 가진 것이 많았다. 출중한 외모와 부유한 형편에 성적도 좋았고 인정하기 싫었지만 성격까지 좋았다. 날라리의 외피를 벗은 서혜영은 나서지 않아도 스스로 빛났다. 선생들뿐 아니라 선후배들에게도 인기가 있었다. 서혜영의 책상에는 가끔 꽃다발이나 초콜릿, 선물 상자 같은 것이 놓여 있었다. 그런 것에 익숙한 듯 선물들을 뜯어보고 편지를 읽는 서혜영의 표정은 담담했다.

학교 뒷산 산책로에서 조금 떨어진 곳에 무덤이 있었다. 석물과 비석을 갖춘 무덤이었다. 비석에는 병자년 어쩌고 하는 한자 글씨가 음각되어 있었고 봉분과 그 주변에 곱게 덮인 잔디는 늘 깔끔하게 정돈되어 있었다. 나는 점심시간이나 불어 시간에 학교 뒷산 오솔길을 걷다가 무덤 옆에 앉아 시간을 보내곤 했다. 다른 아이들은 잘 오지 않는 곳이어서 좋았다. 또 거기에서는 대부분 텅 비어 있는 여고의 운동장과 멀리 강 하구가 한눈에 내려다보였다. 그 시간만큼은 글자를 읽지 않아도 괜찮았다. 몰입할 때의 긴장감에서 놓여나 홀가분했다. 시간과 인간의 의지, 우연한 사건들의 상관관계에 대한 여러 갈래의 일관성 없는 생각들을 풀어놓고 정리해볼 수 있었다.

선택과목이었던 불어 시간은 농땡이 치기가 수월했다. 책걸상의 숫자와 수업을 듣는 학생의 숫자가 맞지 않았기 때문에 책걸상만 뒤로 빼놓으면 누구 한 사람쯤 있는지 없는지 표시가 나지 않았다. 하도 자주 수업을 빼먹어서, 불독처럼 양볼이 심술궂게 늘어진 중년의 그 여선생은 나를 보면 고개를 갸우뚱거렸다. 불독은 어쩌면 내가 자주 수업을 빼먹는다는 것을 알았을 수도 있다. 하지만 그것을 문제 삼지는 않았다. 자기가 가르친 내용이 학생들의 머리에 들어가 있는지 없는지에 대해서는 광적인 집착을 보이면서도, 개개인에 대한 관심은 전혀 없다는 점이 불독의 장점이라면 장점이었다.

학교에는 두 명의 불어 선생이 있었는데 불행하게도 나는 고등학교 삼 년 내내 불독의 불어 수업을 받았다. 불어가 싫었던 것은 아니었다. 언니는 프랑스를 선망했다. 그곳은 톨레랑스와 주템므의 나라, 혁명과 예술의 나라라고 했다. 처음으로 접하는 그 언어와 빨리 친해지고 싶었다. 그러나 프랑스에 대한 동경은 불독 덕분에 금세 사라지고 말았다.

불독의 주특기는 수업 시간에 학생들의 집중력을 극도로 끌어올리는 것이었다. 처음 몇 번은 수업에만 집중하는 점이 마음에 들었지만 시간이 지날수록 기분이 나빠졌다. 툭하면 옆길로 새 잡담으로 시간을 때우거나, 별것 없는 자신의 인생담을 주저리주저리 읊으며 설교를 늘어놓는 선생들은 질색이었다. 그러나 불독은 매우 새로운 방법으로 우리를 장악하고 주눅 들게 했다.

좋은 대학에 갈 수 있는가 없는가 하는 것은 주요 과목의 점수로 판가름이 나지만, 그것은 불어 같은 기타 과목은 무조건 만점을 받은 후의 일이라는 것이 불독의 지론이었다. 그렇다고 불어 때문에 주요 과목의 공부 시간을 까먹는 것은 어리석은 짓이므로 수업 시간 안에 해결하라는 것이었다. 지금부터 십 분, 하고 불독의 명령이 떨어지면 아이들은 기를 쓰고 칠판에 적혀 있는 단어의 여성형, 남성형, 동사 변화를 외웠다. 정해진 시간이 지나면 광란의 지적 시간이 돌아왔다. 바롯! 명령이 떨어지면 똑바로 앉아서 그 선생과 눈을 마주쳐야 했다. 그것이 수업의 룰이었다.

불독은 천천히 칠판의 단어들을 지웠다. 그리고 천천히 뒤돌아섰다. 불독은 큰 눈을 더 활짝 뜨고 흥미진진한 표정으로 아이들의 얼굴을 하나하나 뜯어보았다. 불독이 너! 하고 지적을 하면 여기저기서 안도의 한숨이 터져 나왔다. 그 순간 불독의 입꼬리는 살짝 위로 올라갔다. 지적을 당한 아이는 일어서서 단어들을 순서대로 외워야 했다. 그러나 완벽하게 외웠다고 생각했던 단어도 불독의 집요한 시선을 받으면 하얗게 날아가 엉뚱한 대답이 나오기 일쑤였다. 제대로 외우지 못하면 휴대하고 다니는 작대기로 몸 여기저기를 쿡쿡 찌르며 창피를 주었다. 욕도 서슴지 않았다. 불독의 기분은 불안정했다. 책이나 출석부로 교탁을 내리치고 고함을 지르기도 했다. 그렇게 마음껏 상대를 무시하고 창피를 주는 시간을 즐기기 위해 불독은 오십 분 수업의 삼십 분을 참고 기다렸다.

불독이 가하는 체벌은 중학교 때의 미친개에 비하면 폭력이라고 부를 수도 없는 정도였지만 상대방의 자존심을 무너뜨리기에 더없이 효율적이었다. 성적이 좋고 가정 형편이 부유하다고 봐주는 일도 없었다. 불독의 말은 다 맞았고 심지어 공정했다. 만약 불독에게 모욕을 당했다면 그것은 정해진 룰을 지키지 못했기 때문이었다. 지적 시간이 돌아올 때마다 갈등했다. 눈길을 피하면 일으켜 세워질 거였고, 그렇다고 자신 있어 보이는 표정을 하고 있자면 굴복당한 기분이 들었다. 불어 시간이 끝나면 열심히 수업에 집중했어도 보람이 느껴지지 않았고 모욕을 당한 아이는 책상에 엎드려 울었다.

3학년 봄의 한 날이었다. 그날도 불어 시간에 빠져나와 뒷산 무덤가에 앉아 있었다. 날씨가 좋았다. 무심히 강 하구 쪽을 보고 있었는데 운동장에서 이상한 일이 벌어졌다. 손수건으로 얼굴을 가린 한 무리의 대학생들이 담을 넘어 우리 학교 운동장으로 건너왔다. 대학 정문이 봉쇄된 모양이었다. 그렇다고는 해도 대학생들이 그 담을 넘어오는 일은 지금까지 없었다. 더욱 놀라운 일은 조금 뒤에 일어났다. 우리 학교 정문 쪽에서 운동장 방향으로 청바지를 입은 한 무리의 남자들이 쏟아져 들어왔다. 마치 대학생들이 우리 학교 운동장을 이용해 밖으로 진출할 것을 알고 있었다는 듯 때맞춰 나타났다. 합창단원들처럼 청바지를 맞춰 입은 그들은 손에 쇠파이프와 각목 같은 것을 들고 있었다.

청바지들은 빠른 속력으로 운동장을 가로질렀다. 담을 넘었던 손수건들이 청바지들을 발견하자 방향을 바꿔 다시 담을 넘어 돌아가려 했다. 곧바로 참혹한 광경이 펼쳐졌다. 아직 청바지들의 출현을 모르고 이쪽으로 넘어오려는 손수건들과 도로 넘어가려는 손수건들이 서로 엉켰다. 청바지들은 어느새 담벼락 바로 아래까지 도착해 되돌아 도망가는 손수건들을 손에 잡히는 대로 끌어내리고 두들겨 패기 시작했다. 가격을 당한 손수건들이 툭툭 떨어졌다. 한 청바지가 한 손수건을 잡으면, 청바지들 두셋이 덤벼들어 몽둥이질과 발길질을 퍼부었다.

퍽퍽 소리가 건조하게 울려 퍼졌다. 널어놓은 이불의 먼지를 털어내는 소리처럼 둔탁하고도 또렷한 소리였다. 청바지들의 몽둥이질에는 사람을 죽이고야 말겠다는 결의가 담겨 있었다. 분명 그랬다. 멧돼지나 동네 똥개도 저런 식으로 죽겠지 싶었다. 잡힌 학생들은 떡이 되도록 맞은 후에야 질질 끌려 나갔다. 방금 전에 담을 넘고 뛰어다녔던 청년 하나를 시체처럼 늘어지게 만드는 데에는 일 분도 걸리지 않았다. 담을 넘어가지 못한 손수건들은 연신 청바지들의 손에 뒷목을 잡혀 굴러떨어졌다. 잡히지 않은 손수건들은 뒤에서 뻗어오는 손이 청바지의 손인지 다른 손수건의 손인지 확인할 사이도 없이 거세게 뒷발질을 하며 담장 저편으로 넘어갔다.

얼마나 걸렸을까. 신속하고 정확했다. 운동장에 떨어져 있는 하얗고 빨갛고 누런 각종 손수건이 아니었다면, 그런 일이 있었는지 믿기지 않을 사이에 인간 사냥은 끝났다. 몇몇의 손수건들이 담장 위에서 잡혀가는 친구들을 바라보고 서 있었다. 상황이 정리되자 청바지들은 대열을 맞추어 늘어섰다. 담장 위에 서 있던 손수건들이 하나둘씩 사라지고 마침내 모든 손수건들이 저편으로 후퇴하고 나자 청바지들은 운동장에 떨어져 있던 손수건들을 수거한 후 운동장을 빠져나갔다. 때마침 음악실에서는 합창 소리가 들려왔다. 가시밭에 한 송이 희인 백합화여, 조용히 고개 숙여 홀로 피었네.

나는 얼음이 되어 있었다. 거짓말처럼 그들이 모두 사라진 후에도 나는 한동안 움직이지 못했다. 나도 모르게 터져 나오는 소리를 막기 위해 입술 위에 모았던 두 손이 잘 펴지지 않았다. 긴장한 나머지 딱딱하게 굳은 팔과 다리를 간신히 펴고 일어섰다. 교실로 돌아왔을 때, 서혜영이 다가왔다. 야, 너 어디 아파? 얼굴이 노래. 그날 처음이자 마지막으로 서혜영에게 기대서 울었다. 언니가, 불쌍했다. 언니도 그렇게 맞고 끌려다녔을 것이었다.

3당야합 반대, 살인정권 퇴진이라는 구호가 버스 정류장 앞에도, 학교로 이어진 골목길에도 붙어 있었다. 연일 데모가 있었다. 그 봄에 큰 사건이 있었다. 한 학생이 시위 중에 경찰의 구타 때문에 죽었다. 대학에 들어간 지 얼마 되지 않은 신입생이었다.

아침마다 길에 깨진 유리병과 돌멩이들이 나뒹굴었다. 바람이 부는 날은 최루탄 가루 때문에 얼굴이 화끈거리고 눈이 따가웠다. 학교 앞 상인들은 아예 가게 문을 닫아버렸다. 대규모 집회가 예고된 날은 전교생에게 퇴교 명령이 내려졌다. 선생들은 그런 이유로 우리를 풀어주는 것이 아쉬운 듯 꼭 공부 못하고 사회에 불만 있는 놈들이 데모는 더 열심히 한다며 공부 못하는 아이들을 한 번 더 구박했다. 나중에 대학 가서 데모하다가 나한테 걸리는 놈이 있으면 죽을 줄 알라는 경고를 하는 선생도 있었다. 모든 것이 몇 년 전 그때와 같았다. 기적은 언니의 몸에서만 일어났을 뿐, 세상은 다시 돌아가 있었다.

봄에서 여름 사이에 연일 분신과 투신에 대한 뉴스가 나왔다. 뉴스에서는 그들이 주장하는 것이 무엇인지는 보도하지 않았다. 주사파, 빨갱이, 좌경용공 세력. 오래된 용어들이 다시 거론되었다. 거리에서 머리가 깨어진 채 돌아온 언니를 둔 나는 그런 뉴스들을 보기가 끔찍했다. 대학교 정문 쪽에 영정들이 줄지어 서 있었다. 똑바로 바라보기도 외면하기도 힘들었다.

언니가 말과 걸음마를 새로 배우고 있을 때, 나는 지금까지 알고 있던 역사를 새로 배웠다. 내가 알고 있던 한 줌의 역사는 거의가 거짓이거나 중요한 사실들이 누락된 것이었다. 교과서에서 생략한 역사는 피투성이였다. 언니가 당한 것보다 끔찍한 경우도 얼마든지 있었다. 일제강점기 독립운동가의 이야기도 아닌데 끌려가고 죽도록 고문을 당하고 시체가 되어 버려진 사례는 한둘이 아니었다. 심지어 남쪽의 어느 도시에서는 도시 전체를 봉쇄한 채 우리나라의 군인들이 민간인들을 무자비하게 학살한 사건도 있었다. 오래된 일도 아니고 불과 십여 년 전의 일이었다. 자유민주주의 국가에서 일어난 일이었다. 신문도 텔레비전도 보도하지 않았다. 사건을 직접 겪거나 본 사람들이 비밀스럽게 전하는 증언들 말고는 그 도시에서 일어난 일에 대해 공개적으로 말하는 길은 아직도 막혀 있었다.

내가 가장 절망적으로 받아들인 것은 오며 가며 만나는 평범한 사람들의 반응이었다. 분식집에서 라면을 먹다가도 혀를 끌끌 차며 목숨을 내어놓는 젊은이들을 욕하는 소리를 들으면 사레가 들렸다. 그들은 왜 핍박하는 자들이 아니라 저항하는 자들을 욕하는가. 그들은 왜 억압당하는 자가 아니라 착취하는 자들을 동일시하는가. 내가 아는 사람들이 세상 별 볼 일 없는 동네 상인이나 학교 선생들밖에 없어서였을까. 맞았다. 나는 그 괴리를 그렇게 끼워 맞췄다. 별 볼 일 없는 내 이웃들은 별 볼 일 없는 그들의 일상을 지키기 위해 숨죽이고 살면서, 그 사실을 인정하기 싫어서 앞장서 가는 자들을 흉보는 것이다. 그들과 불의한 세력의 야합은 그렇게 이루어지는 것이다. 그리고 그 보통 사람들은 일상에서 폭력과 권위를 휘두르면서 서로를 용인하고 더욱 강하게 북돋웠다.

그들은 자신의 직장과 가정에서 독재자였다. 어른은 아이를, 남자는 여자를, 오빠는 동생을, 선배는 후배를, 선생은 학생을 마음대로 유린하고 때릴 수 있었다. 선생에게 발로 차이고 뺨을 열다섯 대 맞는 일 따위는 화젯거리도 되지 않았다. 그나마 공부라도 잘 가르쳐 성적이 잘 나오게만 한다면 칭송을 받았다. 조금 더 우월한 지위에 있는 자가 그렇지 못한 자를 기분 내키는 대로 다루는 것에 우리는 익숙했다. 사회의 가장 말단에 있었던 우리 같은 조무래기들은 슬슬 그런 악습을 배워가고 있는 중이었다. 맞아가면서, 때로는 모욕을 당하면서.

우리는 죽음과 매우 가까운 곳에서 살고 있었다. 학교 앞 공중전화 부스에서 이름도 얼굴도 모르는 아이가 목매 죽었다는 이야기를 들었을 때도 그 아이가 외로웠을 거라는 안쓰러움은 있었지만 도대체 그 아이가 왜 그랬을까 하는 의문이 생기지는 않았다. 그런 일은 충분히 일어날 수 있는 일이었다. 죽음은 공기처럼 우리들 주변을 떠돌았다.

아무리 짜맞추어보려 해도 마지막까지 이해할 수 없는 것은 투신을 하고 분신을 하는 사람들이었다. 그들에게는 꿈꾸는 삶이 있었고 만들어야 할 이상적인 사회가 있었는데 왜 목숨을 던지는 것일까. 그들을 스스로 죽게 만든 것은 절망일까, 희망일까.

언니는 죽기로 마음먹고 집회에 참여한 것은 아니었다. 나는 가끔 궁금했다. 언니는 후회할까, 그 시위에 나갔던 것을. 의지는 강인하고, 정신은 고결해서 죽음의 공포 따위는 기꺼이 감수할 만한 것이었을까. 언니의 대의와 명분은 시간이 아무리 지나도 살아남을 만한 것일까. 언니에게는 다른 무엇보다 이 땅의 자유, 이 나라의 민주화가 가장 큰 가치였을까. 지민홍도 중요하고 나와 엄마도 중요하지만 그 모든 것들보다 군부독재를 종식시키는 것이 더 시급하다고 생각했을까. 언니의 훌륭함은 거기에 있는 것일까. 나는 궁금했지만 언니는 대답할 수 없는 몸이 되어 돌아왔다.

그해 연이은 대학생들의 분신과 투신으로 달아올랐던 열기는 이르고 긴 장마가 지나고 나서 가라앉았다.

2학기 고3 교실의 분위기는 막판이었다. 대학에 진학할 가망이 없거나 재수를 생각하는 아이들은 눈치를 보지 않고 놀았다. 대학에 가야만 하는 아이들은 누가 뜯어말려도 공부를 했다. 나도 그즈음에는 입시 준비에 집중했다. 대학에 다닐 수 있을지는 미지수였다. 대학이든 취업이든 미성년의 딱지를 떼고 혼자 살 수 있는 성인이 되고 싶다는 생각밖에 없었다. 어른이 되어 집을 떠나고 싶었다.

매년 시월에 학교 축제가 있었다. 3학년은 원칙적으로 축제에 참가할 수 없었지만 방과 후 관람 정도는 할 수 있었다. 축제 마지막 날 소강당에서 문예반 시화전을 구경하고 나오다가 엉뚱한 장소에서 상훈 오빠를 봤다. 마지막으로 본 지 삼 년이 지났어도 한눈에 알아볼 수 있었다. 변한 것이 거의 없었다. 옷 입는 스타일, 왼쪽보다 약간 처진 오른쪽 어깨, 웃을 때 살짝 파이는 보조개, 옆 사람의 이야기를 들을 때 몸을 기울이는 모습. 모든 것이 그대로였다. 상훈 오빠 옆에서 밝게 웃고 있는 사람은 서혜영이었다. 둘은 서로에게 다정해 보였다. 그들은 막 연극부 공연이 끝난 대강당 쪽에서 많은 사람들과 섞여 나오는 중이었다.

얼얼했다. 두 사람이 어떻게 알게 되었고 함께 연극 공연을 보는 사이가 되었는지 도무지 연결이 되지 않았다. 두 사람의 매개가 될 만한 것은 조지밖에 없었다. 중학교 때의 이야기를 꺼내지 않는 것으로 나는 서혜영과 모종의 의리를 지키고 있다고 생각했는데 그건 나 혼자만의 착각이었다. 서혜영에게는 보다 은밀하고 즐거운 비밀이 있었던 것이다. 서혜영은 내가 조지와 단짝이었다는 것을 알고 있었다. 그런데 조지의 오빠와 연락을 하고 지내면서 나에게 전혀 내색하지 않았다. 서혜영이 나에게 말을 걸었을 때부터 두 사람은 이미 그렇고 그런 사이였을까. 상훈 오빠는 서혜영을 통해 내 소식을 듣고 있었을지도 몰랐다.

서혜영이 어쩌다 상훈 오빠를 알게 되었고, 둘이 친하게 되었다 하더라도 나에게 꼭 그 사실을 말할 의무가 없기는 했다. 기분이 오묘했다. 두 사람이 나에 대한 이야기를 했을지도 모른다고 생각하니 불쾌했다. 서혜영을 통해서 전달되는 나는 내가 아니었다. 그들이 나를 보지 못하도록 몸을 숨겼다. 두 사람을 맞닥뜨린다면 상황이 지금 이대로 정리되고 말 것 같았다. 상훈 오빠와 서혜영이 나란히 서 있고 나는 멀찌감치 그들을 바라보는 구도 그대로.

상훈 오빠를 먼저 알고 좋아한 것은 나였다. 상훈 오빠와 이야기를 하고 싶었다. 서혜영에 대해 무엇을 알고 있는지, 조지를 가장 잘 이해했고 늘 옆에 있었던 사람이 누구인지, 그가 잘 모르는 이야기들을 해주고 싶었다. 그 아이는 이기적인 날라리예요. 재미 삼아 나쁜 짓을 하러 다녔고 지영이를 비행집단에 끌어들인 것도 서혜영이예요. 겉모습에 속지 마세요. 서혜영은 가면을 쓰고 있어요. 다 알게 되면 상훈 오빠는 틀림없이 서혜영 같은 아이는 쳐다보지도 않을 것이었다.

교문 앞에서 둘은 헤어졌다. 서혜영은 다시 교실로 돌아가는 것 같았다. 두 사람이 인사하는 것을 확인하고, 샛길을 통해 버스 정류장으로 갔다. 정류장에 도착한 지 얼마 되지 않아서 상훈 오빠의 모습이 보였다. 상훈 오빠의 걸음걸이는 멀리서도 알아볼 수 있었다. 약간의 팔자걸음, 깊은 생각에 빠진 듯 축 처진, 그러나 결코 만만해 보이지 않는 넓은 어깨. 상훈 오빠가 빠르게 다가왔다. 막 도착한 버스에 올라타려는 것인지 뛰기 시작했다. 내 쪽으로는 눈길 한 번 주지 않은 채 스쳐 지나려는 오빠의 체크무늬 셔츠 끝자락을 간신히 붙잡았다. 상훈 오빠는 잠깐 주춤하며 나를 쳐다보았다. 그 시간은 일 초나 되었을까. 내가 '오빠'의 '오'자를 미처 발성하기도 전에 상훈 오빠는 나의 손을 거칠게 뿌리치고 버스에 올라탔다.

만남의 순간이 너무 짧았다. 그는 나를 알아보지 못했다. 그러나 뒤늦게 내가 누구인지 생각해내고 버스에서 내리지 않을까. 버스에서 내려서 이쪽으로 오지 않을까. 이미 출발한 버스를 따라갔다. 천천히 따라가다가 달리기 시작했다. 다음 정류장에 도착했지만 그는 없었다. 무심한 얼굴의 사람들밖에 없는 정류장에서 나는 밤늦도록 떠나지 못했다.

서혜영을 그전처럼 대할 수 없었다. 상훈 오빠에게 하려고 했던 이야기를 그 아이가 다 들어버린 것만 같아서 똑바로 얼굴을 볼 수가 없었다. 서혜영이 교실에 있으면 나는 도서관으로 갔고, 도서관에 있으면 나는 교실에서 공부했다. 점심을 같이 먹자거나 산책을 하자고 하면 궁색한 핑계를 대고 피했다. 궁금했다. 그동안 두 사람 사이에 있었던 일에 대해. 속이 터질 정도로 알고 싶었다. 그러나 솔직해질 수 없었다. 몇 마디 말이나 표정으로도 내가 상훈 오빠를 좋아하고 있다는 것을 눈치챌 것 같았다. 서혜영에게서 동정 어린 시선을 받고 싶지 않았다. 상훈 오빠를 다시 만나지 못한다 하더라도.

대학입시 결과 발표가 있던 날, 담임이 나를 불러 학부형 중 한 명이 내게 장학금을 주었다고 했다.

—너에게 그런 아픔이 있는 줄, 선생님도 미처 몰랐네. 미안하다. 많이 힘들었겠어. 그래도 네가 그런 티를 내지 않고 열심히 공부해줘서 얼마나 다행이야. 앞으로도 용기를 잃지 말고 꼭 훌륭한 사람이 되렴. 이건 장학금을 주신 학부형님의 뜻이기도 해. 그래, 언니는 요즘 어떻게 지내니?

눈물이 났다. 선생은 내가 그의 위로와 익명의 학부모에게 받은 장학금에 감동했다고 생각했을 것이다. 사실 진희 언니와 지민홍 말고 언니의 일로 나에게 미안하다고 말한 사람이 처음이긴 했다. 장학금을 준 분이 서혜영의 부모님인지 내가 물었을 때, 선생은 당황했다. 아니라고 말하지 못했다.

고등학교 졸업식에 나는 가지 않았다. 엄마에게 이야기하면 어떻게든 언니를 데리고 올 것 같아서 보통 때처럼 학교에 가는 척 집을 나왔다. 그렇다고 축하해줄 사람이 아무도 없는 졸업식에 참석하기는 더욱 싫었다. 대신에 나는 예전에 살았던 우리 집을 찾아갔다. 십 년도 넘게 살았고 기껏해야 오 년 정도의 시간이 지났는데, 동네가 너무 많이 변해서 당황스러웠다. 그럴 리가 없는데도 삼거리슈퍼 앞에 다다랐을 때 다른 길로 잘못 왔나 싶었다. 결국 큰길까지 내려가 버스 정류장을 확인하고 다시 길을 되짚어 걸었다.

우리 집은 더 이상 외떨어진 언덕 위의 하얀 집이 아니었다. 엄마가 해바라기 씨를 뿌렸던 공터에는 온갖 간판들로 뒤덮인 오 층짜리 상가건물이 들어와 있었다. 그 건물에 가려 삼거리슈퍼 갈림길에서는 우리 집이 보이지도 않았다. 아파트 단지가 코앞까지 들어와 있었다. 나무로 만든 대문과 징, 소리를 내며 열렸던 낯익은 쪽문이 아니었다면 우리 집을 알아보지 못했을 것이다. 집 앞에 서자 눈물이 날 것 같았다. 인기척을 느꼈는지 대문 안에서 컹컹 개 짖는 소리가 들렸다. 크고 당당하고 적의에 찬 소리였다. 내 기억 속의 우리 집은 아랫길에서도 금방 보이는 넓고 큰 집이었는데 다시 찾은 그 집은 주위 건물에 비해 낡고 초라하고 눈에 띄지도 않는 평범한 집이었다.

옛날로 돌아가고 싶은 막연하고 퇴행적인 바람으로 그곳에

간 것이 아니었다. 확인하고 싶었다. 우리의 삶이 거짓말이 아니라는 증거가 필요했다. 자기 몸속에서 우리를 키워 세상에 나오게 한 우리의 엄마와, 같은 엄마의 배에서 생겨난 언니와 내가 함께 살면서 가꾸어온 가치들이 있었다. 흙바람이 이는 언덕 위에 홀로 서 있었던 우리 집, 내가 그 집 딸이었다는 자긍심 같은 것들. 그런 것들을 확인할 수 있다면 나는 조금 더 견딜 수 있을 것 같았다. 언니처럼, 소리 높여 외치면서 살아갈 수 있을 것 같았다. 그러나 눈으로 보면서도 믿을 수 없었던 그 거리의 변화는 내가 본 것, 겪은 것, 알았던 것들이 모두 착각이었거나, 실제였다 해도 물거품처럼 금방 사라질 수 있는 것이었다는 사실을 더욱 분명하게 일깨웠다.

서혜영이 유학을 떠났다는 것을 소문으로 들었다. 그 이후로 서혜영을 만나지 못했고, 조지와 상훈 오빠의 소식도 듣지 못했다. 어쩌면 그들의 소식이 나에게 닿을 수 없도록 내 쪽에서 문을 닫아버린 것일 수도 있었다.

그때 상훈 오빠를 포기해버린 것에 대해 오랫동안 후회했다. 변변하지 못한 연애가 끝날 때마다 한 번도 애인이 되어보지 못한 상훈 오빠를 생각했다.

오랜 시간이 지난 뒤 무방비 상태에서 서혜영을 다시 만났다. 나는 지원자였고 그녀는 면접관 중 한 명이었다. 유심히 나를 바라보는 시선을 느끼고 마침내 서혜영이라는 것을 알아보았을 때, 나는 너무 놀라서 벌떡 일어났다. 재미있다는 듯 그녀는 웃고 있었다. 익숙한 표정이었다. 나는 아무 설명도 하지 않고 그대로 면접장을 빠져나왔다. 당황하는 사람들의 시선이 따라오는 것 같아서 더 빨리 걸었다. 나를 수상쩍게 쳐다보는 모르는 사람들 사이를 정신없이 통과했다. 뒤돌아보지 않고 건물을 빠져나왔고, 곧바로 택시를 탔다. 낯선 전화번호로 몇 번이나 전화가 왔다. 무엇이 나를 그렇게 부끄럽게 하는지 알지 못한 채, 나는 될 수 있는 한 멀리 도망쳤다.

언니의 사건은 몇 년째 진척 없이 계류 중이었다. 사실상 수사는 종결된 것이나 마찬가지였다. 그날 언니의 폭행에 가담한 것으로 밝혀진 두 사람의 전경이 직위 해제되었다. 그것이 다였다. 그 두 사람이 무얼 어떻게 했다는 것인지, 다른 서너 명의 사람들은 누구였는지 밝혀지지 않았다. 재조사를 요구하며 뛰어다니던 엄마는 서서히 지쳐가고 있었다.

엄마는 항상 큰 소리로 언니의 이름을 불렀다. 그렇게 큰 소리로 불러야 언니를 옆에 붙들어놓을 수 있다는 듯이. 입에 고인 침을 미처 삼키지 못해 흘러내릴 때가 많았지만 엄마는 턱받이 같은 것을 해주지 않고 매번 직접 닦아주었다.

—침을 꼴깍, 삼켜야지. 꼴깍. 해봐.

엄마가 시범을 보이면 언니는 따라 했다. 꼴. 깍.

머리를 감기고 몸을 씻기는 일은 큰 노동이었다. 욕실에서 넘어지면 큰일이라서 따뜻한 물을 대야에 담아 방으로 몇 번 이고 날라야 했고, 언니의 몸을 움직이게 하는 데는 더 많은 힘이 들어갔다. 그렇게 한번 언니를 씻기고 나면 나도 엄마도 아무것도 하기 싫었다. 그 일을 엄마는 매일 거르지 않았다. 나도, 진희 언니도, 가끔 도와주던 이웃집 사람도 없을 때는 엄마 혼자 어떻게든 해냈다. 엄마는 언니를 깨끗이 씻기고, 머리를 단정히 빗겨주고, 편하고 예쁜 옷을 입혀보려고 매일 전쟁을 치렀다. 다시 키워서 시집이라도 보낼 작정인 양 가꾸고 보살폈다.

옛날 사진들을 꺼내 보이며, 이 사람은 누구, 저 사람은 누구, 여기는 어디, 저기는 어디, 하나하나 짚어주었다. 엄마는 옛날 사진들을 한쪽 벽면 가득 붙였다.

자꾸만 떨어뜨리고 마는 힘없는 언니의 손에 지치지 않고 다시 연필을 쥐여주었다. 내 동생 강. 지. 영. 언니가 발음할 수 있는 단어들이 늘어났고 스스로 움직일 수 있는 근육들이 조금씩 늘어났다. 무엇인가를 해내고, 우리가 박수를 치고 몇 번이나 칭찬을 해주면 언니는 쑥스러운 듯 미소를 지었다. 그런 어느 순간 휙 지나가는 어떤 표정은 예전에 언니가 가지고 있던 얼굴을 생각나게 했다.

언니를 보살피는 일은 육체적으로도 힘든 일이었지만 애가 닳아 없어지는 일이기도 했다. 언니는 무엇인가 실패할 때마다, 가령 물을 입에 대기 직전에 쏟는다거나, 화장실에 가고 싶다는 말을 하기도 전에 용변을 지리고 말았을 때 몹시 실의에 빠졌다. 울고 머리를 두드리고 고개를 떨어뜨렸다. 언니에게는 자신을 감출 수 있는 능력이 하나도 없었다. 훤히 드러난 언니의 내면은 게나 새우 같은 갑각류의 속살처럼 연약하고 보들보들했다. 겁 많고, 수줍음 많고, 폐 끼치는 일을 부끄러워하고, 다른 사람이 울면 따라 울기부터 했다. 그래서 더욱 마음이 아팠다. 책에 나오는 똑똑한 말만 하고, 엄마와 나를 이끌었던 언니의 껍질은 깨어지고 없었다. 안타깝고 애처롭다고 그때마다 언니를 앞에 두고 울 수도 없어서 엄마와 나는 만성 통증을 앓았다.

순위를 매기자면 가장 고통스러운 사람은 언니 자신이었을 것이다. 스물한 살의 어느 날, 죽었다 깨어난 언니는 다시 처음부터 나이를 먹기 시작했다. 세상에서 생존할 수 있는 모든 능력을 상실한 채 다시 태어난 언니는, 물을 마시고 똥오줌을 가리는 일부터, 근육을 움직여 글자를 쓰고 그림을 그리는 일까지 전부 새로 배워야 했다. 언니의 기억은 들쭉날쭉해서, 엄마와 나도 알아보지 못할 때가 있는가 하면 어떤 사람은 보자마자 어제 만난 듯 태연한 얼굴로 이름을 불렀다. 사과처럼 싱그럽고 밤에 보는 벚꽃처럼 화사했던 스물한 살 적 얼굴은 영영 되찾을 수 없었다. 어느 날 갑자기 물이 가득 든 자루처럼 부풀어 올랐던 언니의 몸은 부기가 약간 빠졌을 뿐이었다. 예전에 입었던 옷 중에 다시 입을 수 있는 옷은 하나도 없었다.

타락

아마도 조금씩 좋아지고 있었을 것이다. 그러나 절망의 한가운데를 지나면서 동시에 그 미묘한 변화의 조짐을 알아보기는 쉽지 않았다. 그날 새벽이 그랬다. 일찍 눈을 떴지만 갈 데가 없었다. 고등학교는 졸업했고 대학교 입학까지는 몇 주가 남아 있었다. 스탠드를 켜고 책을 읽을까 하고 막 몸을 일으키려는데 조금씩 고조되는 엄마의 숨소리가 예사롭지 않았다. 처음에는 차가운 공기 때문에 콧물을 훌쩍거리는 소리인 줄 알았다.

울고 있었다, 엄마는, 깜깜한 어둠 속에서. 머리카락이 쭈뼛쭈뼛 일어났다. 엄마의 소리 죽인 흐느낌은 순식간에 내 허약한 자존감을 무너뜨렸다. 아무리 책을 읽어도, 아무리 나 혼자 잘나도 소용없으리라. 그게 무엇이든 아무것도 어쩌지 못하리라. 외면해왔던 절망감이 한꺼번에 덮쳤다. 주체할 수 없는 무엇인가가 부글부글 끓어올랐다. 슬픔이나 연민이 아니라 그것은 분노였다.

우는 엄마를 내버려둔 채 잡히는 대로 외투를 걸쳐 입고 밖으로 나왔다. 다시는 집으로 돌아가지 않겠다고 갑자기 마음먹었다. 눈물이 흘렀다. 물어보나 마나였다. 그날 이후, 우리에게는 이 세상 모든 일들이 울 이유였다. 언니가 움직여서, 혼자서 음식을 삼킬 수 있게 되어서, 두 손바닥을 마주칠 수 있게 되어서 기뻤던 우리는 꼭 그만큼 언니가 다시 쓰러져서, 음식을 토해내서, 손을 움직일 수 없게 되어서 절망에 빠졌다. 언니가 살아서 깨어난 일은 끝나지 않을 형벌이 되어버렸다.

형벌은 우리 셋의 정신과 육체에만 가해진 것이 아니었다. 빚이 계속 늘어나고 있었다. 갚을 가망이 없는 돈을 엄마는 어디에서 그렇게 자꾸만 빌려오는 것인지 신기할 따름이었다. 연금이 있었고, 오빠가 매달 생활비를 얼마간 보내주었고, 진희 언니가 어디선가 성금을 모아 왔다. 드물게는 새로 뽑힌 지역의 국회의원이 봉투를 주고 갔고, 동네 주민들도 몇 번은 그렇게 했다. 큰슈퍼 아저씨도 쌀이며 부식을 가져다주었다. 우리는 남의 도움 없이는 하루도 생활할 수 없었고, 언니의 치료를 계속할 수도 없었다.

엄마는 언니에게 먹일 질 좋고 영양가 높은 식재료를 따로 보관해놓고 썼다. 조금 넉넉히 사 온 날은 엄마와 내가 먹는 밥상에도 불고기 반찬 같은 것이 올라왔다. 엄마가 내 밥 위에 생선살이라도 얹어주면 나는 그것을 다시 엄마의 숟가락 위에 돌려주었다. 언니가 살기 위해 없으면 안 될 사람은 내가 아니라 엄마였으니까.

고등학교 시절 내내 참고서 한 권 사본 적이 없었고, 새 옷을 입어본 적도 없었다. 가방이나 운동화도 그랬다. 구호품 같은 것이 한번씩 오면 그중에서 누가 쓰던 것인지 어떻게 버려진 것인지 알 수 없는 물건들을 골라서 썼다. 진희 언니가 구해온 학교 체육복은 너무 커서 체육 시간마다 바보짓을 하는 기분이었다. 수학여행은 가지 못했고, 졸업앨범을 찾지도 못했다. 매달 육천 원쯤 되는 육성회비를 제때에 내지 못해 선생들의 눈치를 보았고, 보충수업 교재를 사지 못해 수업에 빠졌다. 버스표가 떨어져서 어두운 새벽과 밤길을 걸어 다녔다. 엄마에게 말하면 어떻게든 해결해주었겠지만 언니의 목숨까지 짊어지고 있는 엄마에게 멀쩡한 나의 고충을 말하기가 미안했다.

그 모든 생활의 곤궁함에 대해서는 할 수 있는 이야기가 너무나 많았다. 그러나 쓸데없이 귀하게 자란 나는 공장에 나가서 일을 할 용기가 없었다. 거리로 나가 몸을 파는 방법도 몰랐다. 그런 일을 한다고 해서 우리의 형편이 나아질 가망도 없었다. 엄마에게 부담을 주지 않으면서 조용히 사는 것만이 내가 할 수 있는 일이었다. 나는 결핍들을 대수롭지 않은 것으로 치부하기 위해 용을 썼다. 돈이 없어 점심을 사 먹지 못하면서 살이 찐 아이들을 혐오했다. 배가 고플수록 다른 사람이 주는 음식에 손을 대지 않았다. 정신의 높은 가치, 언니가 언제나 나에게 강조했던 더 높은 수준의 철학을 가지기 위해 눈이 벌게지도록 책을 읽었다. 그러나 고결한 정신과 높은 철학적 견해 따위는 그날 새벽, 개에게나 던져주고 싶었다.

나는 이미 오래전부터 언니는, 그날, 죽었어야 했다고 생각하고 있었다. 온몸이 짓이겨진 채 버려졌다가 실려 온 그날 새벽, 누군가 잘못 흘린 정보 때문에 병원 마당을 가득 메웠던 통곡 소리. 그 소리가 환청이 되어 들려올 때가 있었다. 그게 진짜였다면, 그날 언니가 죽었다면, 슬픔은 언젠가는 다른 무엇인가로 승화되었을 것이다. 나는 언니가 해준 말들을 버리지 않았을 것이고, 엄마는 언니가 못다 이룬 꿈을 위해 활동가가 될 수도 있었을 것이다. 역사의 수레바퀴는 언니에게 감사하며 조금쯤 굴러갔을 테고, 나는 좀 더 언니를 닮은 사람이 되었을지도 몰랐다. 언니가 살아 돌아왔기 때문에, 정신은 망가진 채 끝끝내 그 커다랗고 바보 같은 육체로 되살아왔기 때문에, 우리는 다 같이 헤어날 수 없는 나락으로 떨어졌다.

어둡고 추웠다. 집을 뛰쳐나온 열아홉 살 여자아이에게 그 겨울 새벽은 한밤처럼 깊고 깜깜했다. 귓가로 바람 소리가 어지럽게 지나가고, 뭉치가 된 골목의 먼지들이 날아와 발등에 부딪혔다. 그렇게 얼마간 무작정 걷다가 큰길을 따라 걷기 시작했다. 때때로 자동차들이 무서운 속력으로 곁을 지나가며 견디기 어려운 소음과 찬바람을 안겨주었다. 술 취한 남자 두세 명이 지나갔다. 그들은 무언지 모를 눈초리로 나를 아래위로 훑어보았다. 겁이 났다. 뒤를 돌아보았으나 집으로 가는 길은 보이지 않았다. 집으로는 가지 않겠다, 다시는. 다시 한 번 되뇌었다.

이대로 어딘가 취직을 해서 돈을 벌 수 있으면 좋겠다고 생각했다. 숙식을 해결해주는 곳이라면 다른 것은 아무래도 상관없을 것 같았다. 하지만 당장은 어디로 가야 할지 알 수 없었다. 밤새 불이 꺼지지 않는 곳은 병원과 장례식장밖에 몰랐다. 외투 주머니에는 버스를 한두 번 탈 수 있는 정도의 돈이 있었다. 버스라도 탈 수 있다면 좋겠는데 아직 버스는 다니지 않았다.

나는 잠시 머뭇거렸다. 생각, 그에 반하는 행동, 동시에 일어난 후회. 아무래도 돌아가야겠지, 획 돌아서다가 무언가에 부딪혔다. 술에 취한 듯, 불안정한 자세로 나와 부딪힌 한 남자가 균형을 잡기가 어려웠던지 갑자기 내 어깨를 잡았다. 낯선 남자에게 어깨를 잡힌 순간 너무 놀랐다. 소리를 지르려 했지만 목소리는 막혔고 주위에는 아무도 없었다. 그의 눈을 똑바로 쳐다보았다. 취해서 흐려진 건지, 추워서 그런 건지 젖은 듯한 눈을 보자 두려움이 조금 누그러들었다. 그 사람은 한 손으로 내 어깨를 잡은 채, 다른 한 손으로 주머니를 뒤지더니 지폐 몇 장을 손에 잡히는 대로 꺼내 내 외투 주머니에 꽂아 넣었다.

—집으로 가, 인마.

그 남자가 나에게 처음 한 말이 달랐다면, 이를테면 포장마차에 가서 우동이나 한 그릇 할까, 였다면 나는 있는 힘을 다해 도망쳤을 것이다. 걸어가기엔 좀 머니까, 택시를 타자, 따위의 말이었다면 더더욱 그랬을 것이다.

내 주머니에 돈을 꽂아 넣고 휘청휘청 가던 그 남자는 몇 걸음 가다 말고 다시 돌아왔다. 그리고 말했다. 포장마차에 가서 우동이나 한 그릇 할까? 무슨 일이 생길지 몰랐지만, 더 나빠질 리는 없다고 생각했다. 붙박인 듯 가만히 서 있던 나는, 그의 말을 고분고분 들었다. 남자는 택시를 잡았고 나를 뒷자리에 태운 뒤 앞좌석으로 가 앉았다. 불 꺼진 거리를 지나가는 차창은 내 얼굴만 흉하게 반사해내고 있었다. 자다가 바로 나온데다 바람을 맞고 걸어 다녀서 머리가 엉망이었다. 보기 싫은 몰골이었다.

택시가 선 곳은 엄마의 가게가 있었던 번화가의 어느 한쪽이었다. 닭장차도 시위대도 없는 그곳에는 끝이 보이지 않는 포장마차 길이 펼쳐져 있었다. 대낮처럼 사람이 많고 밝았다. 몸을 가누지 못할 만큼 비틀거렸던 그 남자는 택시에서 내린 후부터는 멀쩡해져 있었다. 앞서 걷던 남자가 한 곳의 비닐 가림막을 들어 올리며 나를 바라보았다. 나는 남자의 시선에 깜짝 놀라 고개를 숙이고 안으로 들어갔다. 남자의 커다란 구두가 눈에 들어왔다.

우동은 따뜻하고 맛있었다. 대파와 쑥갓에서 향긋한 냄새가 났고, 적당히 짜고 매운 국물은 내 속에서 나오지 못하고 있었던 나쁜 상상과 절망적인 기분을 눌러주었다. 엄마는 왜 울고 있었을까. 언니가 자다가 오줌이라도 쌌나. 엄마와 언니가 누워 있을 단칸방을 떠올리자 다시 막막했다.

날이 밝아져 더 이상 조명이 필요 없어졌을 때쯤에야 거리는 한적해졌다. 내가 우동을 다 먹을 때까지 말이 없던 남자는 포장마차 주인과 몇 마디 인사를 주고받더니 계산을 했다.

—너 혹시 어디에서 쉬었다 가고 싶니?

밖으로 나오자마자 남자가 말했다. 처음에는 그 말이 정확히 무엇을 의미하는지 몰랐다. 대답이 없는 것에 개의치 않고 남자는 주변을 둘러보다가 내 어깨에 손을 얹고 걷기 시작했다. 심장이 심하게 뛰었다. 마치 지금껏 정지해 있다가 이제 막 뛰기 시작한 것처럼 요동쳤다. 머릿속은 철사와 못 같은 것이 가득 들어가 있는 것처럼 무거웠다. 돌아올 수 없는 길을 걷고 있는 기분이었다. 남자를 뿌리치고 도망을 가야 한다는 생각이 들었다. 그저 싫다고 말만 해도 그 남자는 쫓아오거나 위협할 것 같지 않았다. 그러나 나는 도망을 가지도 싫다고 말하지도 않았다. 어둠의 끝, 길에서 부딪힌 남자에게 나는 이미 여러 가지 신세를 졌고, 신세를 진 채 그냥 내빼도 되는 것인지 무언가 대가를 치러야 하는 것인지 판단이 서지 않았다.

세종장이었던가, 목화장이었던가. 그곳은 낙원여관과는 사뭇 달랐다. 정교하지는 않았지만 유럽의 건축물을 흉내 낸 외관이 화려했다. 후미진 뒷골목에 숨어 있지도 않았다. 외벽은 크림색 페인트와 금색 테두리로 마감되어 있었다. 남자가 유리로 된 현관문을 밀자 동시에 안쪽에 있던 자동문이 웽, 소리를 내며 열렸다. 나는 흠칫 놀랐고 그가 어깨에서 손을 떼고 동시에 내 손을 잡았다. 그렇게 크고 힘센 손에 잡혀보기는 처음이었다. 나도 모르게 그 손의 주인을 바라보았다. 보통의 남자보다 조금 길게 기른 머리카락이 구불구불하게 흘러내려 반쯤 귀를 가리고 목덜미를 살짝 덮고 있었다. 퀭하게 움푹 파인 눈, 구부러진 코와 하얗게 마른 입술, 거뭇거뭇 수염이 올라오고 있는 턱, 두꺼운 외투 아래 체크무늬 목도리. 큰 회사에서 상무님이나 이사님이라고 불릴 듯한 차림새와 나이의 남자였다. 내가 그의 손을 뿌리치려고 하자 그가 나를 잡아당겼다. 그의 얼굴이 내 눈앞으로 성큼 다가왔다. 이번에는 너무 가까워서 얼굴이 보이지 않았다. 남자가 내 얼굴 여기저기에 입술을 댔다.

나는 엉뚱하게도 상훈 오빠를 떠올렸다. 내가 떠올린 것이 아니라 그 영상이 내 머릿속에서 갑자기 튀어나왔다. 그때, 그 골목에서, 희미한 술 냄새가 섞인 하얀 입김을 토해내면서 상훈 오빠가 다가왔었다. 거칠었던 상훈 오빠의 숨결. 아, 나는 그제야 깨달았다. 상훈 오빠가 나에게 하려던 것이 무엇이었는지. 텔레비전 연속극이나 순정만화 같은 데에서 봤던 그 장면. 남자가 여자에게 다가와 입을 맞추고 다정히 안아주던 장면. 달콤하고 따뜻할 줄 알았던 그 순간은 그러나 축축하고 징그러웠다.

내 얼굴 여기저기를 찍던 그의 입술이 내 입술을 찾았다. 곧 그의 혀가 내 입안으로 들어왔다. 이상한 느낌, 이상한 냄새, 불길한 감촉이었다. 나도 모르게 남자를 밀쳐냈다. 남자의 얼굴이 멀어졌다. 재빨리 몸을 돌려 밖으로 나갔다. 다리가 후들거려서 뛰지 못했다. 아주 오래 달려온 것처럼 숨이 찼다. 설마 따라오지는 않겠지? 겁이 났지만 뒤를 돌아볼 수가 없었다. 왜 하느님이 롯과 그의 여자들에게 뒤를 돌아보지 말라고 경고했는지 알 것 같았다. 돌아보는 순간, 소금 기둥이 될 것이었다. 내가 두고 온 죄가, 내 그림자가 나를 붙잡고 늘어질 것 같았다. 빛의 방향이 어디야? 나는 언니를 찾았다. 간절해지자 버릇처럼 저절로 언니를 불렀다.

큰길로 나가서 번호를 보지도 않고 정차 중인 버스에 올라탔다. 차가운 차창에 머리를 기댔다. 조지의 말을 생각했다. 종말 알아? 진짜 세상 끝이라고 생각한 건 한참 뒤야. 그래, 정말 한참 뒤구나. 혼잣말을 했다. 차창 밖으로 지나치는 사람들이 다르게 보였다. 나를 위해 택시의 문을 열어주고 포장마차의 가림막을 잡아준 사람은 처음이었다. 외국 영화에나 나올 법한 점잖은 남자도 새벽에 길에서 울고 있는 여자아이에게 원하는 것은 그런 것이었다. 사람들은 다들 그런 짓을 하면서 살고 있을까, 하는 멍청한 생각을 했다. 서혜영과 조지는 이미 경험했을까. 서혜영과 상훈 오빠는 그런 곳에 간 적이 있을까. 상훈 오빠가 나에게 그런 곳에 가자고 하면 나는 기쁠까? 집을 나온 지 일 년은 지난 것 같았고, 왜 그토록 화가 나서 뛰어나왔는지 생각나지 않았다. 주머니에서 꼬깃꼬깃 접힌 지폐를 꺼내서 세어보았다. 삼만오천 원이었다.

낯선 길들을 걸어 다녔다. 지하도와 육교 위에서 더러운 옷을 입고 바닥에 엎드린 거지와 부랑자들을 보았다. 다시 버스를 타고 가다가 서점이 보여서 내렸다. 너무 큰 서점에 너무 많은 책이 있었다. 책등의 제목들만 보다가 나왔다. 무언가 읽을 의욕이 생기지 않았다. 서점 옆 분식집에서 김밥을 사 먹었다. 시외버스 터미널 대합실에 앉아서 교과서에서 봤던 수많은 도시의 이름과 그곳으로 가는 데 필요한 요금을 읽고, 떠나고 돌아오는 사람들을 구경했다.

다시 밤이 왔다. 정해져 있지 않은 시간표, 우연만이 존재했던 하루가 기울었다. 밤에도 사람이 많고 환한 장소를 이제 나도 알게 되었지만 가고 싶지 않았다. 집으로 돌아왔다. 엄마에게 야단을 맞거나 추궁을 당할까 봐 방에 들어가자마자 바로 이불을 깔고 자리에 누웠다.

—아이고, 지영아. 오늘 네 언니 후배들이 찾아왔는데, 네 언니가 글쎄 후배들 얼굴을 다 알아보고 어떻게 지내냐, 예전에 뭘 힘들어하던데 그 일은 어떻게 됐냐 물어보지 뭐야. 진희도 깜짝 놀라더라. 언니, 점점 좋아질 거다. 걱정 마라.

—아, 정말? 좀 피곤해. 먼저 잘게요.

—저녁은 먹었어? 새벽 일찍 나가서 어딜 그리 종일 돌아다닌 거야, 날도 추운데.

눈을 감았다. 어딜 그리 종일 돌아다니다 왔을까. 기억나지 않았다. 자리에 눕자 몸이 뜨거워졌고 온몸이 아팠다. 감은 눈 속으로 새벽부터 밤까지 보았던 여러 가지 풍경들이 지나갔다. 택시 창에 커다랗게 반사되어 비치던 내 얼굴과 차가운 도로 위에 납작 엎드려 있던 걸인의 모습이 차례도 없이 뒤죽박죽 떠올랐다 사라졌다. 여러 가지 꿈을 꾸었다. 마지막 꿈에서 그 남자와 알몸으로 뒤엉켜 있는데 주변이 서늘해서 둘러보니 야외였다. 사람들이 내 벗은 몸을 쳐다보고 있었다. 그 남자가 내 볼을 만지면서 속삭였다.

—괜찮아, 걱정하지 마.

깜짝 놀라 눈을 떴다. 언니가 나를 바라보고 있었다.

—괜찮아, 걱정하지 마.

언니가 다시 말했다.

—응? 뭐라고? 뭐 도와줄까?

내가 묻자, 아니야, 괜찮아, 걱정하지 마, 라고 언니는 반복했다.

—내 동생, 지영이, 지금 아파.

아팠다. 그리고 추웠다. 엄마가 먹으라는 약을 먹고 계속 잠을 잤다. 자다가 깨어보면 엄마가 큰 소리로 언니에게 이것저것 말을 해주고 있었다. 그렇지, 잘했어, 그럼 이건 뭐야, 무슨 색이야, 그렇지, 아이고 똑똑해라, 뭐? 지영이? 지영이 괜찮아, 약 먹고 자니까 곧 나을 거야. 정신없이 이 꿈과 저 꿈을 헤매다가 다시 눈을 떠보면 언니가 내 옆에서 자고 있었고, 또 일어나 보면 엄마와 언니가 무슨 이야기 끝인지 큰 소리로 웃고 있었다. 잠깐 동안 행복했다. 얼마 만에 느껴보는 행복인지 몰랐다. 꿈인지 현실인지 구분이 되지 않았고, 꿈이건 현실이건 상관없었다. 그렇게 오래도록 그들이 나누는 대화를 엿들으며 언제까지라도 누워 있고 싶었다.

엄마의 친구를 통해 과외 아르바이트 자리를 얻었다. 일주일에 세 번, 예비 고등학생에게 수학을 가르치는 일이었다. 나보다 고작 세 살이 어릴 뿐이었는데 아름이라는 이름을 가진 그 아이는 어린아이처럼 느껴졌다. 작고 야윈 몸은 중학교 1학년이라 해도 믿길 만했다. 얌전하면서도 쾌활하고 잘 웃었다.

그 집에 가면 그 아이와 흡사하게 생긴 아주머니가 그날그날 손수 만든 간식을 내왔고 공부가 끝나면 꼭 식사를 함께하자고 했다. 남의 집에서 밥을 먹는 것이 어색해서 싫었는데 미리 차려놓은 밥상을 두고 나올 수가 없었다. 다음부터는 준비하지 말아달라고 해도 아주머니는 생글생글 웃기만 했다. 밥상에는 맛있는 음식들이 많았다. 보통의 가정, 보통의 엄마, 보통의 식탁이었다. 아름이는 내 손을 잡아끌며 선생님, 밥 같이 먹어요, 하고 정감 있게 굴었다. 시도 때도 없이 밝은 얼굴로 다가오는 아이에게 이 세상에는 네가 누리는 그 평범한 행복이 불가능한 사람들도 많다는 이야기를 해주고 싶을 때가 가끔 있었다.

그 뒤로 서너 명 정도 더 하다가 과외 아르바이트를 그만두었다. 내가 하는 일에 비해 받는 것이 너무 많은 것 같아 사기를 치는 기분이었다. 잘하는 아이는 더 해줄 것이 없었고, 못하는 아이는 어떻게 해도 달라지지 않았다. 날이 갈수록 내 수학 실력만 늘어서 다시 시험을 보면 의대에도 갈 수 있을 것 같았다. 남의 집에 들락거리는 일도 조심스러웠고, 무엇보다 가르치는 아이와 최소한의 관계나마 형성하는 일이 버거웠다.

엄마에게 대학 근처에 방을 얻어 나가고 싶다는 말을 했다. 입이 떨어지지 않았다. 언니는 예민했다. 친구들이 우르르 왔다 간 후에 눈에 띄게 우울해지는 것을 엄마도 나도 알고 있었다. 내가 집에서 나가면 더욱 그럴 것이었다. 엄마가 언니 때문에 안 된다고 하면 포기할 생각도 있었다. 그러나 엄마는 다만 애절하게 당부했다.

—무어든 해도 좋은데 데모만은 하지 마라. 나빠서가 아니라, 너마저 다치면 엄마는 죽는다.

대학 후문에서도 한참 떨어진 낡은 집 방 한 칸을 월세로 얻었다. 전기 패널이 깔린 방 옆에 수도꼭지가 달려 있는 작은 공간이 있었다. 거기에 가스버너를 놓고 간단한 것을 만들어 먹고 세수도 할 수 있었다. 같은 구조의 방이 다섯 개가 있는 집이었다. 마당에 공용 화장실과 따뜻한 물이 나오지 않는 공용 샤워실이 있었다. 마당이나 옆방, 옆방의 옆방에서 나는 소리가 여과 없이 내 방까지 들어왔다. 조용한 시간에는 샤워실에서 물 떨어지는 소리, 길에서 바람이 지나가는 소리까지 다 들렸다. 옆방에서 코 고는 소리에 놀라 깬 적도 있었다. 며칠 동안은 그 모든 소리에 적응하지 못해서 잠이 오지 않았다. 언니와 엄마를 외롭게 하고 내가 얻은 것이 무엇인지 생각하면 마음이 내려앉았다. 얻은 것이라고는 엄마와 언니가 없는 곳에서 혼자 편하게 울 수도 있고 아플 수도 있게 된 것 정도였다.

신입생 환영회에서 옥자를 만났다. 원래 이름은 옥이라고 했다. 김옥이. 자기소개 시간에 어차피 촌스러운 이름이라 친한 친구들은 옥자라고 부른다고 스스로 밝히는 바람에 모두들 그 친구를 옥자라고 불렀다. 언니도 어릴 때는 옥이라고 불렸다. 언니가 유명해져서 다들 영옥이 혹은 강영옥 양이라고 부르니까 엄마도 언니를 부를 때 옥아, 하고 부르지 않았다. 짧은 커트머리에 검은 뿔테 안경을 쓰고 헐렁한 셔츠와 청바지를 입은 옥자는 중학생처럼 보이기도 했고, 아줌마 같아 보이기도 했다. 옥자는 신입생 환영회에서 「임을 위한 행진곡」을 불렀다.

엄마와 언니를 생각하면 취업 준비를 열심히 해서 빨리 돈을 벌고 싶었다. 이제부터는 후미진 곳을 찾아다니지 않고 사람들의 세상에 섞여보리라 다짐도 했다. 파마를 하고, 커다란 귀걸이를 샀다. 학기 초에는 모든 학과 행사에 참가했다. 그러나 금방 보통의 세계에 질리고 말았다.

대학가의 풍경은 사뭇 달라져 있었다. 살풍경했던 모습은 찾을 수 없었다. 거리에는 최신 시설을 갖춘 유흥주점과 대기업의 프랜차이즈 카페가 들어와 있었다. 그것은 마치 부당한 압제에 저항하고, 알릴 길이 막힌 진실을 알리고, 신념마저 지배하고자 하는 권력을 무너뜨리려고 했던 언니 대신, 역사의 발전을 믿지 않고, 타인에게 냉소적이고, 책임과 의무를 회피하는 내가 대학생이 된 현실을 상징하고 있는 것 같았다.

사람들과 나는 진도가 맞지 않았다. 사람들은 행복해 보였다. 예전부터 행복했고 앞으로도 쭉 행복할 것처럼 보였다. 나는 불행을 모르는 사람들의 언어를 구사할 수가 없었다. 무엇을 해도 어디에 있어도 내 자리가 아닌 것 같았고 어색했다. 결심을 했다고 해서, 단어를 안다고 해서 입이 트이는 것이 아니었다.

내 감각은 세상의 불행한 일들에 예민하게 반응했다. 신문을 보다가도, 남루한 사람들이 노래를 부르며 땡이나 딩동댕을 기다리는 오래된 쇼 프로그램을 보다가도, 사람들의 발길에 채여 찢어진 대자보를 읽다가도, 누렇게 변한 강의 노트를 들고 로봇처럼 무표정한 얼굴로 판서를 하는 노교수의 등을 바라보고 있다가도 눈물이 났다.

세상은 온갖 불행한 일들로 가득했다. 어느 곳에서는 전쟁이 나서 사람들이 죽어가고 있었다. 어느 날은 태풍으로 집이 무너졌는데 그 아래에서 꼭 끌어안은 채 죽어 있는 할머니와 손녀가 발견되었다. 철거를 앞둔 판자촌에서 자살하는 사람들이 있었고, 어느 시간강사는 임용에서 탈락하자 준엄한 유서를 남기고 자살했다. 매일 쏟아지는 그런 뉴스들을 보면서 해맑게 웃을 수가 없었다. 나는 세상에 대해 아무것도 관여하고 싶지 않았고 실제로 아무 일도 하지 않았는데, 세상은 슬픔과 절망의 아우성으로 나를 공격했다. 매일 고아로 다시 태어나는 상상을 했고, 어디 먼 곳으로 떠날 수 없을까 궁리했다.

나는 수업 직전에 강의실에 들어가서 맨 뒷줄에 앉아 있다가 수업을 마치면 도서관이나 자취방으로 돌아가는 일상을 반복했다. 과에서 인사를 하고 지내는 사람은 학과 조교뿐이었다. 저녁에는 언제나 아르바이트가 있었고, 주말 낮에는 엄마와 언니가 있는 집에 갔다. 수업은 간간이 빼먹어도 괜찮았지만 아르바이트는 사정이 생겨도 빠질 수가 없었다. 너무 피곤한 날은 낮에 수업을 쉬고 저녁에 아르바이트 일자리로 출근을 했다.

어느 날 전공 수업 시간에 출석을 부르는데 내 이름이 호명되자 두 목소리가 동시에 대답을 했다. 내 이름에 답하는 사람이 나 말고 한 명 더 있었다. 학생들이 키득거리는 가운데 교수가 한 번 더 내 이름을 불렀다. 이번에는 나 혼자 대답했다. 강의 중간 쉬는 시간에 옥자가 맨 뒷자리에 앉아 있던 나에게 다가왔다. 내가 결석을 하면 때때로 대리출석을 해왔노라고 했다.

—아까 둘러봐도 없어서 안 올 줄 알았지 뭐야.

교수가 출석을 부르기 직전에 강의실에 들어오긴 했었다. 왜? 하고 묻자, 옥자는 그냥, 하고 웃었다. 해줄 사람이 없는 것 같아서, 라고 덧붙였다. 앞으로는 하지 마, 그런 거 싫어. 나는 차갑게 말했다. 그런 소소한 편법을 쓰고 싶지 않았다.

나중에 옥자는 처음부터 나에게 의도적으로 접근했다고 했다.

—운동권으로 만들 수 있을 것 같았거든.

그것은 옥자 식의 농담이었다.

주말에 빨래를 들고 집에 가면 언니가 시무룩한 얼굴로 텔레비전을 보고 있었다. 언니의 시간은 뒤죽박죽이었다. 언니는 세 살에서 다섯 살이 되었다가 다시 세 살이 되었다가 네 살이 되었다가 일곱 살이 되었다. 일곱 살의 나이에 정착한 언니에게는 더 이상 보여줄 기적이 없었다.

언니의 지능이 일곱 살 정도라는 이야기를 들었을 때, 엄마와 나는 그런대로 기뻤다. 우리는 보통의 일곱 살처럼 언니가 여덟 살이 되고, 아홉 살이 되는 줄 알았다. 당연히 언젠가는 스무 살이 되고 서른 살이 되어서 시집도 가고, 아이도 낳을 줄 알았다. 몸은 완전히 회복되지 않고 고통이 남을지라도 그렇게 언니도 나이를 먹을 것이라고 생각했다.

삼월의 마지막 주말이었다. 집에 갔을 때 진희 언니와 민홍 오빠가 와 있었다. 친구들 때문인지 언니의 표정이 밝았다. 저녁이 되어 집을 나서면서, 진희 언니가 다음 주 중에 시간이 나면 언니가 다녔던 대학교 근처에서 만나자고 했다. 대학생이 되었으니 술을 사겠다고 가볍게 말했지만 할 말이 따로 있는 것 같았다.

—축제제과에서 만나. 정문 앞에 있는 커다란 빵집이니까 눈에 잘 띌 거야.

우리 언니도 예전에 그렇게 말했었다. 언니가 다니던 대학의 정문 앞 축제제과에 가면 널찍한 실내에 약속을 기다리는 사람들이 많았다. 주문을 하지 않아도 눈치를 보지 않았고 뭐라 하는 이가 없었다. 두세 개의 테이블을 붙여놓고 스터디나 토론을 하는 사람들도 있었다. 진열장에는 갓 구운 빵들이 가득했고, 쉴 새 없이 띵, 띵, 금전출납기가 열리는 소리가 들렸었다.

다시 찾아간 그 대학교 정문 앞에 축제제과는 없었다. 사람들은 이제 어디에서 만날 약속을 하는 것일까. 없어진 것은 축제제과 하나였는데 그 자리에는 아주 많은 상점이 들어와 있었다. 셀프서비스 커피점, 편의점, 약국, 일식 우동집, 구두가게, 가방 가게까지 얼핏 보아도 대여섯 개가 넘었다. 먼저 도착한 나는 편의점 앞을 서성이다 진희 언니를 만났다.

—없어졌구나. 몰랐네.

늦게 도착한 진희 언니는 나를 길에서 기다리게 한 것도 잊고 씁쓸한 표정을 지었다.

—여긴 아직 있네. 다행이다. 여기 갈까?

지하로 내려가는 계단 앞에서 진희 언니가 활짝 웃었다. 구석진 골목의 안쪽에 있던 그 술집의 입구에는 옛날 프랑스 영화의 제목과 같은 간판이 붙어 있었다. 손바닥만 한 나무에 음각으로 판 글자 중 몇 개는 거의 없어지는 중이었다. 어두컴컴한 실내에는 낙원여관을 떠올리게 하는 복잡한 냄새가 스며 있었다. 우리 말고 다른 손님은 없었다.

그곳에 그리 오래 있지는 않았다. 나는 저녁에 아르바이트가 있다고 미리 진희 언니에게 선을 그었다. 진희 언니는 나와 우리 가족의 미래에 대해 희망적인 말들을 늘어놓았다. 대학 생활에 대한 이런저런 조언도 했다. 대학에서는 비가 오든 눈이 오든 미리 정해놓은 일정이 바뀌지 않는다고 했다. 그러니까 체육대회도 엠티도 날씨 때문에 연기되거나 취소되지 않는다고. 시험 일정이나 장소 같은 것도 따로 알려주는 사람이 없기 때문에 필요한 정보는 알아서 챙겨야 하고 과제물은 샤프나 연필이 아닌 볼펜으로 써내라고도 했다. 우리 언니가 해주면 좋았을 이야기들이었다. 이야기는 진희 언니가 하고 술은 내가 마셨다. 말 좀 해, 술만 마시지 말고, 그러다 금방 취해. 진희 언니가 중간 중간 경고했다.

그리고 결국 진희 언니는 결혼식 청첩장을 내밀었다. 상대는 지민홍이었다. 엄마와 언니는 알고 있다고 했다. 예상대로였다. 이상할 것이 없는 자연스러운 수순이었다. 그러나 기분이 뭐라 말할 수 없이 서글펐다. 슬프고 외로웠다. 자연스러운 세상의 일들에 우리는, 엄마와 언니와 나는 쉽게 상처를 받았다. 엄마와 언니도 그랬겠지. 축하한다고 잘된 일이라고 놀라고 기쁜 척해주었겠지만 한편으로는 말할 수 없이 씁쓸했겠지. 지난 일요일, 유난히 텔레비전에 집중하던 언니의 표정이 생각났다.

소주에서 쓴맛이 느껴지지 않았다. 신입생 환영회에서 마셔보려다가 놀라서 뱉어내고 말았던 그 맛이 아니었다. 나는 잔에 담긴 그 무색무취의 액체를 홀짝홀짝 삼켰다.

실은 축제제과 자리에 도착한 때부터 내 마음은 이미 엇나

가고 있었다. 언니가 다녔던 학교, 언니와 만났던 장소, 언니가 쓰러졌던 곳, 다시 돌아오지 못한 곳. 사라진 축제제과 자리 앞에서 서성이면서 나는 언니가 처참하게 버려졌던 장소가 어디쯤이었을지 가늠해보지 않기 위해 교문을 등지고 서 있었다. 진희 언니와 민홍 오빠는 그 장소를 매일 지나 학교에 다니고 졸업을 했다. 그래서 익숙해졌다는 건가. 나를 거기에 세워두고 늦게 나타난 진희 언니가 미웠다. 세상 무엇보다 밝고 예뻤던 그 얼굴, 사랑에 빠진 스무 살의 얼굴, 달빛이 닿은 것도 아닌데 환하게 빛났던 언니의 얼굴이 어른거렸다. 단 한 번 나 혼자 보았던 그 얼굴이 자꾸 술잔 속에서 뽕뽕 올라왔다. 마셔버리면 다시, 마셔버려도 다시 새롭게 떠올랐다.

다른 손님이 한두 팀 들어올 때쯤 우리는 시간을 알 수 없는 그 컴컴한 지하 술집에서 나왔다. 진희 언니와 어떻게 헤어졌는지는 기억이 나지 않았다. 버스 정류장으로 갔는데 공중전화 부스가 있었다. 공중전화 부스를 보니 여태 이름도 모르는 그 아이가 생각났다. 나는 공중전화 부스로 들어갔다. 천장의 높이와 전화기 선을 바라보았다. 천장에는 무언가를 걸 수 있을 만한 구조물이 없었고 배배 꼬인 전화기 선은 무척 튼튼했다. 문구용 칼로 자른다고 잘라질 것 같지 않았다. 있는 힘을 다했을 것이다. 목을 매기 전에 그 아이는 이미 자기의 온몸을 칼로 베서 피를 많이 흘렸다고 했다.

가방을 바닥에 내려놓고 주저앉아서 한참을 뒤적거린 후에 지갑을 찾아냈다. 전화를 걸기 위해 일어서다가 무언가에 머리를 찧었다. 겨우 공중전화 수화기를 들고 동전을 넣으려고 하는데 지갑이 없었다. 바닥에 떨어진 지갑을 찾아 동전을 꺼내다가 떨어트렸다. 동전을 주워서 투입구에 집어넣다가 이번에는 수화기를 떨어트렸다. 내 몸의 팔다리와 머리가 모두 따로 놀았다. 언니는 술에 취하지 않고도 매일 매 순간이 이럴 거라는 생각이 들자 후두둑 눈물이 떨어졌다. 언니의 목소리를 듣고 싶었다. 품에 안겨 울고 싶었다. 뒤에서 기다리던 사람이 신경질적으로 유리문을 두드렸다. 바닥에 흩어져 있던 물건들을 주워 담아 나왔다.

공중전화 부스에 들어갈 때까지만 해도 멀쩡했던 것 같은데, 나왔을 때는 완전히 취해 있었다. 몇 걸음 걷다가 길바닥에 주저앉았다. 아직 날이 환했다. 사람들은 단호한 표정으로 바삐 움직이고 있었다. 갈 곳은 정해져 있고, 삶은 의미가 있다는 듯. 그다음의 기억은 흐릿했다. 나는 낙오병처럼 숨을 헐떡이며 바닥에 달라붙어 꼼짝할 수 없었다. 눕고 싶었다. 누워버릴까? 바닥이 액체처럼 일렁거렸다. 어? 강지영, 너 여기서 뭐 해? 옥자다, 네가 왜? 나는 홀연히 나타난 옥자에게 말을 걸고 싶었지만 소리는 내 속에 머물 뿐 목을 통해 올라오지 못했다. 옥자가 뭐라 뭐라 꿱꿱거렸다. 내 몸이 들어올려졌다. 차를 탔다. 등에 업혀 있는 것 같았다. 누군가의 육체에 밀착된 내 몸이 위아래로 흔들렸다. 재미있었다.

다음 날 눈을 떴을 때 나는 혼자 있었다. 침대 맞은편 옷걸이에 내 옷들이 가지런히 걸려 있는 게 보였다. 내가 놓인 장소와 상황을 이해해보려고 열심히 노력한 결과 옥자의 얼굴이 생각났다. 침대 옆 테이블에 약봉지와 쪽지가 있었다.

—수업 간다. 일어나면 약 먹고 기다려. 옥자.

저것들이 왜 저기 있을까, 허물처럼 저쪽 편에 걸려 있는 내 옷들을 보고 있다가 연락도 하지 않고 아르바이트를 빼먹은 것이 생각났다.

옷걸이 옆으로 거울과 책상이, 그 옆으로 싱크대와 찬장이 보였다. 원룸인가, 하는 순간 속이 메스꺼웠다. 겨우 몸을 움직여 화장실로 갔다. 변기에 머리를 박고 아무리 애를 써도 푸르스름한 액체만 나왔다. 진땀이 흘렀다. 다시 침대로 돌아와 누웠다. 몇 시쯤 되었는지 확인하고 싶었고, 최소한 누구 것인지 알 수 없는 흰색 면 티셔츠를 벗고 내 옷으로 갈아입기라도 해야겠다고 생각했지만 아무것도 할 수 없었다. 다시 깜빡 잠이 들었다가 깨어보니 옥자가 와 있었다.

옥자는 자기가 나를 발견하지 못했으면 어쩔 뻔했냐며 생명의 은인인 양 생색을 냈지만, 옥자가 전해준 전날 나의 행각을 들을수록 옥자를 죽여 없애는 편이 낫겠다는 생각이 들 정도로 처참했다. 옥자는 집회 때문에 그 대학교 앞에 갔다가 길바닥에서 나를 발견했고 같이 있던 선배의 도움으로 그 선배의 방에다 나를 옮겨놓았다고 했다. 더구나 내가 그 선배의 신발과 옷뿐 아니라 택시와 원룸 건물 계단에도 토사물을 쏟아냈다고 했다.

—아주 뭐 가시는 걸음걸음, 아우, 내가 미안해 죽는 줄 알았어. 선배가 다 치웠어. 너 이제 어쩔 거야. 풉, 게다가 형은 우리한테 방도 빼앗기고 과방에서 잤어. 오다가 만났는데 해장국 사준다고 너 데려오라더라.

석형준. 내가 입고 있던 흰색 면 티셔츠는 그의 것이었다. 옥자는 그를 형이라고 불렀다. 나중에 형준 선배는 내가 말을 못하는 줄 알았다고 했다. 밥을 먹고 헤어질 때까지 한마디 말도 하지 않았다고. 나는 몇 번이고 미안하다는 말을 한 것 같은데, 목소리가 너무 작았거나 어쩌면 말을 했다고 생각하는 것이 내 착각일 수도 있었다. 나는 꼭 필요한 때가 아니면 말을 하지 않는 데 익숙했고, 때로는 꼭 필요한 말조차도 하지 않았다.

진희 언니와 민홍 오빠의 결혼식은 유별났다. 웨딩드레스를 입지도 않았고 주례도 없었다. 언니의 병원에서 가끔 본 적 있던 사람들이 잔뜩 와 있었다. 부모님을 비롯한 일가친척들은 멀뚱히 구경만 하고 집회에서 놀이패가 공연하듯 한판 요란하게 놀더니 곧이어 결혼식이 끝났다며 전통주점으로 몰려갔다. 엄마가 왔다면 모처럼 웃을 일이 많았을 텐데, 양가 부모님들 보기 민망하다며 괜한 고집을 부려 나를 보내는 바람에 어색하기만 했다. 진희 언니는 결혼식 비용에서 아낀 것과 부조로 받은 돈, 그리고 즉석에서 거둔 돈을 모아 엄마에게 주었다. 그들은 여전히 심금을 울렸다.

옥자는 역사경제연구회라는 동아리 회원이었다. 정말로 나를 포섭하고 싶었던지 같은 동아리에 들어오지 않겠냐고 몇 번 물어본 적이 있었다. 싫다고 하면 왜 싫은지 물어볼 게 귀찮아서 나는 그때마다 아르바이트 핑계를 대면서 대충 얼버무렸다. 옥자가 학생회와 동아리 일에 열성이고, 집회에도 거의 빠짐없이 참가한다는 것을 알고 있었다. 관심이 있어서가 아니라 그녀가 워낙 말이 많고 시끄러운 타입이었기 때문에 주워듣게 되었다.

학생회 사람들은 대개 세상 인자한 표정과 말투로 일반 학우들을 대했고 언제 어디서나 토론의 장을 펼치고 싶어 했다. 그리고 토론이 시작되면 어김없이 심각하고 진지해졌다. 나는 고등학생 때로부터 한 치의 정신적 성장도 없이 화장을 하고 귀를 뚫기만 한 아이들만큼이나 꽤나 어른 행세를 하는 학생회 사람들에게서도 이질감을 느꼈다. 옥자는 달랐다. 옥자는 세상 순진무구한 사람처럼 유치한 장난을 좋아하고 농담을 즐겼다.

중간고사 기간이 끝나갈 무렵 학생회관에서 '80년 광주'를 다룬 영화 상영이 예고되어 있었다. 영화는 심의를 통과하지 못해서 공공장소에서 상영하는 것도 관람하는 것도 불법이었다. 그날 학생회관으로 가는 길에 옥자를 봤다. 옥자는 인도에 주저앉아 보도블록을 망치로 깨고 있었다. 밭에서 감자를 캐는 아줌마 같아서 우스웠다. 그 꼴을 보고 있자니 옥자가 나를 발견하고 환히 웃으며 영화 보러 가는 거냐고 물었다. 옥자는 내 대답을 기다리지 않고 큰 소리로 덧붙였다.

—걱정하지 말고 편안하게 감상해. 우리가 학생회관을 사수할 거야.

영화가 끝날 때까지 옥자가 깬 보도블록을 던질 일은 일어나지 않았다. 영화는 슬프고 처참하고 심란했다. 모두들 울다가 눈이 벌게져서 나왔다. 그러나 나중에 그 영화를 떠올릴 때면 옥자가 인도에 주저앉아 돌을 깨던 모습이 같이 생각나서 웃음이 났다. 다음 학기에 학내 모든 보도블록이 우레탄으로 바뀌었다. 옥자는 학생운동을 말살하려는 술책이라며 분개했다. 옥자는 대운동장 한쪽에 공과대학 건물을 신축할 때도, 사회과학대학 앞 잔디밭에 연못이 생겼을 때도, 인문과학대학 건물을 건축적 가치 보전을 위해 예전 모습으로 복원한다고 했을 때도, 학내에 차량 통행량이 늘어나면서 바닥에 차선이 생기고 횡단보도가 그려질 때도 달려가서 공사를 방해하고 투쟁의 대오를 짰다. 그 모든 것들이 학생운동을 말살하고 조직을 와해시키려는 고도의 공작이라고 주장했다. 옥자의 적은 교활하고도 성실했다. 옥자는 한 번도 이긴 적이 없었다. 캠퍼스 발전 계획은 착착 진행되었고 학생운동은 말살되는 중이었다.

언니가 『대학신문』에 쓴 글 중에는 이런 말이 있었다. '시간이 거꾸로 흘러가지 않는 것처럼 역사는 뒷걸음질 치지 않는다. 다만 전진할 뿐이다. 그러므로 우리의 투쟁은 아무리 미약해 보이더라도 커다란 의미를 가지는 것이다.' 시간이 거꾸로 흐르지 않는지는 몰라도 누구에게나 공평하게 흐르는 것은 아니었다. 나에게는 흐르지 않고 고여 있던 시간이 다른 사람들에게는 쉽게 흘러갔다.

대학 캠퍼스는 텔레비전 청춘드라마의 배경처럼 평화로웠다. 대규모 집회는 일 년에 한두 번 있을까 말까, 시국 사건이 터져도 대부분의 학생들은 집회가 어디에서 시작되어 어떤 식으로 해산되는지 알지 못했다. 새로 나온 문예지들은 앞다투어 세상이 달라졌다고, 적이 없어졌다고 했다. 불과 몇 해 전까지도 높은 곳에서 떨어져 내리고 몸에 불을 살라 지켜야 했던 가치들이 있었고 흉악무도한 적이 있었는데, 갑자기 적이 없어져버려서 이제 사람들은 옛날이야기나 하며 한가로웠다. 바야흐로 민중이나 이데올로기가 아닌 가족과 개인의 작은 소망에 대해 이야기할 수 있는 시대였다. 덩어리가 큰 구호와 선언은 여러 각도에서 해석되고 해체될 필요가 있다고 했다. 이 나라 역사상 처음으로 군인 출신이 아닌 사람이 대통령이 되어서 그런 것이라고 했다.

나는 그 빠르고 거침없는 세상의 변화와 그에 대한 사람들의 정세 판단에 공감할 수 없었다. 언니는 아직 일곱 살이었다. 보지 않으려 해도 자꾸만 보였다. 그렇게 달라졌다는데, 대학의 벽과 바닥에는 하루가 멀다 하고 벌어지는 불의한 일들이 적힌 대자보가 가득 붙어 있었다. 군인 출신이 아닌 대통령 아래에서도 경찰들은 손수건으로 겨우 얼굴만 가린 사람들을 향해 각종 신개발 최루탄을 쏘았고 곤봉과 전투화로 때리고 짓밟았다. 조작이 분명한 공안 사건들이 있었다. 증거가 불충분한 시국 사건이 졸속으로 처리되어 사람들이 어이없는 죄목으로 감옥에 잡혀갔다. 군인 출신이 아닌 대통령은 지금까지의 군인 출신 대통령들의 말과 토씨 하나라도 틀릴까 봐 염려하며 경고했다. 불법 폭력 시위는 어떤 경우에도 용납할 수 없고, 좌경용공 세력은 뿌리 뽑을 것이라고.

벌거벗은 임금님의 용포도 아닌데, 분명히 뚜렷이 존재하는 적을 두고 적이 없어졌다고 말하는 사람들이 원망스러웠다. 적이 없어진 것이 아니라, 목적을 알 수 없는 적이 훨씬 더 늘어난 것 같았다. 어차피 늘 그래 왔으면서, 언니가 총칼을 휘두르는 자들에게 함부로 죽이지 말라고 대들었을 때도 어차피 자기들은 예쁘게 화장을 하고 데이트를 하고 행복했으면서, 언니가 죽음의 사투를 하고 있을 때도 어차피 자기들은 취직을 하고 돈을 벌고 휴가를 즐길 계획이나 세우며 한가

했으면서, 어차피 늘 그렇게 살아왔으면서 그들은 이제 와서 좀 더 마음 편하게 이기적으로 살아가고 싶어 했다. 어차피 언니가 영혼까지 뜯겨 나가도록 얻어맞고 쓰러졌을 그때도, 언니의 편은 소수였는데 훨씬 더 소수가 되어버렸다. 적에게는 뚜렷한 타격 한 번 가하지 못한 채 우리 편만 훅 빠져나간 것 같았다.

다들 변했다고, 달라졌다고 하는데 고집쟁이 늙은이처럼 나 혼자 아직 아니라고, 달라진 것이 없다고, 저기 뚜렷한 적이 있지 않느냐고 우기는 꼴이었다. 어쩌다 옥자에게 그런 이야기를 하면 옥자는 나보다 열 배는 분개하며 맞장구를 쳤다. 그렇다고 옥자처럼 학우들을 모으고 대오를 짜고 주먹으로 허공을 때리며 노래를 부르지도 못했다. 그쪽은 그쪽대로 능력이 있어야 했다. 정상적인 대인관계를 견딜 수 있는 능력, 함께 모의하고 밥 먹고 토론하는 집단생활을 감내할 수 있는 능력, 내 생각을 말하고 주장하면 세상이 그 생각에 가깝게 변할 수 있다는 상상을 믿을 수 있는 능력. 그런 것들이 나에게는 없었고, 그런 능력을 가지고자 하는 의지도 없었다. 사람들은 각자의 시간을 흘려보내고 있었는데, 우리만, 엄마와 나와 언니만 멈춘 괘종시계처럼 어색하게 아무도 보지 않는 벽면에 걸려 있었다.

아마도 무언가 달라지긴 했을 것이다. 한 사람의 백 걸음보다 백 사람의 한 걸음이 중요하다고 했으니, 어쩌면 기적 같다고 해도 좋을 한 걸음을 떼었을지도 모른다. 그러나 지구의 한 끄트머리에 간신히 붙어살고 있다고 느끼는 스무 살짜리 비관주의자의 눈에는 보이지 않았을 것이다. 언니는 미약한 것도 커다란 의미를 가진다고 믿어야만 했고, 나는 그것을 믿지 않아야 숨쉬기가 편했다.

옥자는 운동권이라는 것이 들통 나서 집에서 쫓겨났다. 여름방학에 옥자와 같이 살기로 하고 자취방을 옮겼다. 학교와 조금 떨어진 대신에 공용화장실과 욕실이 거실에 있고 지난번보다는 방음이 잘되는 방이었다. 욕실에는 세탁기도 있었다.

여름방학 동안에도 옥자는 농촌활동을 다녀오고 시민단체에서 주최하는 각종 세미나와 집회에 나가느라 얼굴 보기가 어려웠다. 방학 동안 나는 멀티플렉스 영화관에서 주간 아르바이트를 하고 저녁에는 술집에서 카운터를 봤다. 80년대풍의 디제이 박스가 있는 술집이었다. 디제이 두 명이 월수금과 화목토를 맡고 있었다. 장사가 잘 안 돼서 방학이 끝나갈 때 우리 셋 다 그곳을 그만두어야 했다. 얼마 뒤 디제이 박스가 있던 술집은 노래방이 되었다가 피시방이 되었다. 아르바이트와 주말에 집에 가는 것을 제외하고 시간이 남으면 버스를 타러 나갔다. 드물게 하루나 이틀 정도 온전한 시간이 생기면 시외버스터미널로 가서 좀 더 멀리 가는 버스를 탔다.

언니는 그즈음 동네 복지센터에서 미술놀이치료를 받았다. 어릴 때 언니는 그림을 잘 그려서 여러 대회에서 상을 받았었다. 복지센터 미술 교사는 언니의 그림이 무척 따뜻하고 이야기를 담고 있어서 재미있다고 했다. 그런 이야기를 들으면 이제 곧 언니는 열 살 정도라는 진단을 받을 것만 같았다. 언니의 그림 중에 흰 담벼락을 배경으로 커다란 머리를 빳빳이 세운 해바라기들을 그린 것이 있었다. 까만 씨를 가득 품은 해바라기밖에 없는 그 그림의 제목은 '우리 집'이었다. 나는 언니에게 이제 우리가 살던 집은 언덕 위의 하얀 집도 아니고 해바라기가 자라던 공터도 없어졌다고 말해주었다. 언니는 대수롭지 않다는 듯 대꾸했다.

—그래? 상관없다, 뭐. 어차피 우리 집은 우리 마음에 있으니까. 그 집은 우리 집이 아니야.

2학기가 시작되고 얼마 되지 않아 형준 선배를 다시 만났다. 경제학과에서 개설한 교양과목을 듣고 나오는데 강의실 밖에서 나를 기다리고 있었다. 놀라는 나에게 그는 우리가 같은 수업을 듣고 있다고 했다. 1학년 때 펑크 난 과목이라 다시 듣는다며 웃었다.

—그땐 아예 출근을 대운동장으로 했더랬지. 군대 갔다 왔더니 이건 뭐 세상이 확 바뀌었더라. 지하철 잘못 내린 줄 알았어. 이젠 학교가 다 낯설어.

80년대 마지막 학번인 형준 선배는 공대생이라 집회마다 노가다로 불려 다녔고 형들하고 어울려 다니면서 술이나 마셨을 뿐 별생각이 있었던 건 아니라고 했다. 옥자도 그저 기특한 후배라고 생각하고 만나면 인사하는 정도인데 그날은 각자 다른 볼일로 그 대학에 갔다가 만난 거라고 했다. 덕분에 너도 구했고.

옥자는 말했다.

—형준 형은 출신 성분이 안 좋아. 부르주아야.

형준 선배는 우리 대부분이 삐삐와 시티폰을 쓰고 학교 전산실에서 텔레비전만큼 큰 컴퓨터로 한글 타자 연습을 하고 있을 때 최신 핸드폰과 개인 노트북을 가지고 있었다. 외국 유명 브랜드의 운동화와 옷을 입고 다녔고 아르바이트 같은 건 하지 않았다. 그리고 대학교 인근의 비싼 신축 원룸에서 혼자 살았다.

크지도 작지도 않은 체구, 잘생기지도 못생기지도 않은 안경 낀 얼굴, 과격하지도 내성적이지도 않은 성격의 형준 선배는 친한 친구도 선후배도 많았고 두루두루 잘 챙겨주는 사람이었다. 나도 그 두루두루 속의 한 명이었을 거라고, 긴 시간이 지난 다음 가끔 그 무렵 내 행동에 대한 핑계처럼 생각해 볼 때가 있었다.

그는 점심시간에 예상하지 못한 방향에서 나타나 새로 생긴 레스토랑으로 나를 데리고 갔다. 와인바에 같이 가자고 했고 주말에는 놀이공원 같은 곳에 가자고도 했다. 아르바이트를 마치고 나올 때 기다리고 있다가 아이스커피와 커피 냄새가 나는 따뜻한 번을 내밀었다. 나중에는 자취방 골목 어귀에서, 그리고 지하철역이나 버스 정류장에서 기다리고 있기도 했다.

옥자가 우리 자취방에서 세미나를 해도 되는지 물었다. 일주일에 한 번 정도 하는 스터디 모임 같은 건데, 장소를 구하기가 어렵다고 했다.

—동아리 방에서 하면 되잖아.

—그게, 동아리하고는 별개의 조직이라 그래. 우리 학교 학생이 아닌 사람도 있고.

그러라고 했지만 세상 험한 줄 모르는 아기처럼 무턱대고 앞으로 나가기만 하는 옥자의 걸음이 불안했다. 집에 갔다가 돌아온 어느 날, 자취방 앞에 신발이 엄청나게 많았다. 전에 말한 적이 있던 스터디 모임인가 싶어 인기척이 나지 않게 조심하며 밖으로 나왔다. 같은 시간, 카페에서 싸구려 커피를 앞에 두고 담배를 피우면서, 내가 옥자보다 안전한지를 생각했다. 체제와 정권에 무해한 인간이니까 어딘가로 잡혀가지는 않겠으나 늙기도 전에 심장병이나 폐병을 얻는다면 엄마와 언니는 어떻게 살까. 낮에 집에서 챙겨 온 짐을 자취방에 풀어놓지 못해서 다 들고 아르바이트하는 가게로 출근했다.

엄마의 걱정은 괜한 것이었다. 대학에 가서 나는 데모는커녕 아무것도 하지 못하는 인간이 되어가는 중이었다.

시월 개교기념일을 전후해 축제가 있었다. 학과에서는 주점을 연다, 학과를 알리는 퍼포먼스를 한다, 몇 주 전부터 들썩였다. 유명 가수의 공연과 불꽃놀이가 메인 프로그램에 올라 있었고, 정문 앞에는 졸업식이나 입학식 때처럼 노점상들이 몰려와서 자리를 잡았다.

나에게는 수업이 없는 며칠일 뿐이었다. 전야제가 있던 날 낮에 사물함에서 꺼내올 책이 있어 학교에 들렀다가 광장의 메인 무대 위에 선 엄마를 보았다.

사회자가 사람들의 이름을 한 명 한 명 호명하고 있었다.

—다음은, 팔십사년 오월 폭력시위 주동자로 경찰에 연행되었다가 의문사한 고 김이정 열사의 어머니 윤말년 여사이십니다. 다음은, 팔십육년 사월 오일팔 진상규명 투쟁 중 연행되어 고문을 받다 사망한 고 박재호 열사의 어머니 김정순 여사이십니다. 다음은……

걸음을 멈추고 무대를 바라보았다. 열사 누구의 어머니로 이미 호명되었거나 호명을 기다리고 있는 사람들이 한 줄로 쭉 서 있었다. 검은 상복 차림의 어머니들 중 맨 끝에 하얀 손수건을 손에 들고 엄마가 서 있었다. 비슷한 차림, 비슷한 체구의 사람들 속에서도 단번에 알아볼 수 있었다.

—다음은 팔십칠년 유월항쟁 중 경찰의 과잉 진압으로 두개골이 함몰되어 뇌사상태에 빠진 후 아직도 투병 중인 강영옥 열사의 어머니 김명자 여사이십니다.

이름을 불린 엄마가 한 걸음 앞으로 나와 사람들을 향해 허리를 숙였다가 천천히 몸을 일으켜 세웠다. 많이 해본 일인 듯 엄마의 몸짓은 자연스러웠다. 나는 붙박인 것처럼 서 있었다. 눈물에 가려 검은 상복의 대열이 한 덩어리로 뭉쳐졌다. 죽은 자식들의 이름 뒤에 호명되는 어머니들이 너무 많았다.

—우리가 왜 이 자리에 나오게 되었느냐 하면요, 우리 아들딸들이 이제 이렇게 목숨 바쳐 지켜온 이 나라의 민주화를 이제 좀 후퇴시키려는 움직임에 대해 이제 아들딸들을 앞세워 보낸 이 오장이 끊어지는 고통을 겪은 우리 엄마들이 이제 아들딸들이 못다 이룬 민주화를 위해 힘을 보태고 우리 아들딸들의 후배들 얼굴이라도 보면서 이제 우리가 앞으로 무엇을 해야 할 것인가를 이야기해보려고 이제 이렇게 몇몇 분들을 모시게 되었습니다.

대표로 마이크를 잡은 한 어머니는 '이제'라는 말을 수없이 섞으며 두서없이 인사말을 했다. 십 년도 더 전에 죽은 아들의 이름을 부를 때는 결국 오열했다. 인사말이 끝나자 사회자는 가라앉은 분위기를 바꿔보려는 듯 이제 어머니가 이제를 너무 많이 쓰셔서 저도 이제 이제가 입에 붙어버렸습니다 이제, 하며 익살을 떨었다. 청중들 속에서 웃음소리가 나왔다.

무대 맞은편 객석에는 수십 명의 학생들만 자리를 지키고 있었다. 차마 더 보고 있을 수가 없었다. 대체 언니는 어떡하고 저러고 돌아다니는 거야. 나는 중얼거리며, 엄마가 마이크를 잡아도 목소리가 들리지 않을 곳까지 뛰어갔다.

옥자는 종종 외박을 했다. 수업도 잘 들어오지 않았고, 밤에도 돌아오지 않다가 어느 날 방에 가보면 멀쩡히 들어와 잠을 자고 있었다. 겨울방학 동안 옥자는 '공장활동'을 한다며 짐을 꾸려 자취방을 떠났다가 개학하기 전날 다시 돌아왔다. 전승을 세우고 돌아온 장군처럼 떠들썩하게 웃는 옥자의 얼굴은 조금 야위어 있었다. 뾰루지도 여러 개 올라와 있었다. 그러거나 말거나 옥자는 돈을 벌었다며 고기를 사가지고 와서 불고기 반찬을 했다. 밥을 먹으면서 다니던 공장의 공장장 욕을 한바탕 했다.

—사장보다 더 나빠. 아씨, 노동자의 적은 사장인데 사장은 나서지 않으니까 매일 부딪히는 공장장이 더 미운 거야. 악질 자본가. 노동자끼리 싸우게 만든다니까. 회식하다가 알게 됐는데 아이가 셋이나 있다더라. 막내는 아직 중학생이래. 낼모레 환갑인데 언제 다 키워. 자기 자식은 끔찍이도 아끼더라, 여공들에게는 개처럼 굴면서. 우리 아버지는 밖에서는 온순하고 성실한 사람인데 집에만 들어오면 개가 돼버리거든. 어느 쪽이 더 나은 거냐?

옥자는 정작 노동자인 자신의 아버지를 몹시 싫어했다. 아버지를 증오하지만 그가 알코올중독자가 되고 가족에게 폭력을 휘두르게 된 것은 구조적 모순 때문이라고도 했다. 언니가 엄마와 사진 속의 아버지를 사랑하면서도 부끄러워했던 것처럼 옥자는 자기 아버지를 이해하면서도 용서하지 못했다. 옥자는 사람이라는 복잡한 존재가 계급으로 온전히 설명될 수 없는 현실을 보면서도 계급혁명이 모든 사람이 행복하게 입장할 수 있는 이상 사회를 열어젖힐 것이라는 꿈을 포기하지 않았다.

옥자는 인간들이 얼마나 세밀하고 다양한 욕망을 가지고 있는지 인정하지 않았다. 구조적 모순이 해결되면 사람들의 욕망은 자연스레 다른 모습으로 표출될 것이라 했다. 그러나 나는 모두가 함께 행복한 세상이 있다 해도 그곳에 가기 싫었다. 아무것도 하지 않고 골방에서 나오지 않는 것이 소망이었다. 나 같은 자는 어떤 세상에서도 불편하고 거북한 존재일 것이다. 옥자의 사회주의가 현실이 된다면, 열사의 가족인 나는 과분한 대접을 받을지도 몰랐다. 그러나 뼛속까지 회색주의자인 것이 들통나고, 심지어 혁명 이후의 사회를 의심하고 회의한 채 정신적 육체적 안락만을 추구하다 권태에 빠진 전력 때문에 정신개조 교육을 받아야 할 것이었다.

옥자가 자취방에 가지고 온 책들을 읽었다. 신입생 세미나를 위한 입문서라는 것을 감안한다 하더라도 사회적 이슈와 사건에 대한 단편적인 견해와 일방의 주장만 난무했다. 반대쪽에서 꼭 그 방식으로 정반대의 이야기를 한다면 반박할 논리와 근거가 없었다. 그들이 꿈꾸는 사회는 추상적으로 훌륭했고 그 꿈으로 가는 길은 어이없을 만큼 단순했다. 혁명에 대한 무한한 열정, 가난하고 억압받는 계급에 대한 맹목적 사랑. 해학과 아이러니도 비유와 상징도 없었다. 나는 아무 감동도 느끼지 못했다.

옥자와 같이 생활하다 보니 피하려고 해도 몇 번은 그런 주제로 부딪히게 되었다. 의식화와 세뇌의 경계는 어디인지, 혁명과 반란의 차이는 무엇인지, 대리출석과 커닝을 해서 학점을 받는 것이 학생운동가의 불가항력적인 방어행위인지 단순한 부정행위인지, 결과를 위해 과정의 정당함을 포기하고, 성평등이나 각종 차별철폐 투쟁이 끝없이 우선순위 투쟁에서 밀려나고, 단결을 위해 조직 내 군대식 상명하복이 허용되어야 하는지, 대략 그런 질문들에 대해 옥자는 혁명은 단순해야 하는 거라는 취지로 그녀가 꿈꾸는 혁명처럼 단순하게 대답했다. 나에게는 그 말이 대기업이 잘되면 나머지 국민들도 더 잘살게 된다는 말과 별반 다르게 들리지 않았다. 그래서 결국 네가 꿈꾸는 사회는 뭐야, 옥자가 물었을 때 내가 아무것도 꿈꾸지 않는다는 것을 새삼 깨달았다. 굳이 꿈 같은 것이 있어야 한다면 꿈 따위 아무거나 가져도 되는 세상 정도랄까.

—어차피 나는 이 세상도 그닥 지지하지 않으니까 네가 꿈

꾸는 세상도 응원해줄게. 하지만 나에게 너와 같은 꿈을 꾸라고 강요하지는 마라.

옥자는 누가 너더러 말 못하는 줄 알았다고 하더라, 이렇게 청산유수인 줄 알면 형준 형이 까무러치겠다, 하고 눙쳤다.

더 이상 거대한 적은 없다고 하는 쪽이나, 유월의 투쟁은 실패했으며 싸워야 할 이유는 더욱 많아졌다고 하는 쪽이나 양쪽 편 모두 역사는 발전하고 시간은 어쨌거나 보편적인 가치를 실현하는 방향으로 흐른다고 믿었다. 내가 경험한 시간은 그렇지 않았다. 어제와 오늘은 다르고 새로운 날이 시작되었다는 말을 지겹도록 들었지만 무엇 하나 새로운 것은 없었다. 텔레비전에 나오는 연예인의 얼굴, 음악을 재생하는 기계의 종류, 자살하는 사람들의 이유 같은 것이 달라졌을 뿐이었다.

언니처럼 옥자도 시간은 진보를 향해 흐르고 사람의 본성은 선하다고 믿었다. 구조가 바뀌면 민중은 저절로 다수가 이익인 방향으로 움직이게 되어 있다고 믿었다. 그래서 옥자는 예수의 열두 제자처럼 부지런히 복음을 전파하고 전도를 하러 다녔다. 그러나 사람은 본래 이기적이고 악하다고 믿는 나는 구조가 달라지고 법이 바뀐다고 미친개나 불독이, 언니를 짓이긴 외계인이, 자식을 버리고 남의 돈을 훔쳐 달아난 조지의 아버지가, 앞다투어 투표소로 달려가 쿠데타로 정권을 잡은 사람과 그 정권에 야합한 사람에게 차례로 표를 몰아준 나의 평범한 이웃들이 달라질 리는 없다고 생각했다. 조금의 틈만 있어도, 조금의 이익만 있어도, 조금만 희망적인 말로 속살거려도 옳고 그름의 판단 같은 것은 내던지고 부끄러움도 없이 권력에 협력하는 것이 내가 아는 보통의 사람들이었다. 사랑할 수 없었다.

나에게 결핍된 것은 무엇이었을까. 정직하고 단순한 사랑. 정직하고 단순한 사랑을 하기에는 나는 너무 일찍 타락해버렸다. 언니의 꽃다운 얼굴이 망가진 채 우리에게 돌아왔을 때, 모든 사랑의 가능성도 끝나버렸다. 언니가 서슴지 않고 사랑한다고 말했던 나라와 민중은 폭력과 배신으로 화답했다. 그것은 짝사랑이었다. 지민홍이라는 남자에 대한 사랑처럼.

처음 형준 선배가 다가왔을 때 나는 무심히 그의 친절을 받아들였다. 우리를 커플로 취급하는 사람들이 하나둘 생기기 시작하고서야 그를 의식하기 시작했다. 그리고 내가 달라지고 있는 것을 나도 알아차렸다. 형준 선배와 함께 있는 동안은 외부의 자극에 예민하게 반응하지 않았다. 그와 같이 있고 싶었고 오래오래 이야기를 하고 손을 잡고 걷고 싶었다. 때때로 나는 예쁘고 사랑스러운 여자라는 생각도 했다. 선배가 준 핸드폰 숫자판의 1을 길게 누르면 언제라도 활기찬 그의 목소리가 흘러나왔다. 응, 나야, 뭐 해, 밥 먹었어? 그는 밥을 엄청나게 많이 먹었고, 뼈가 단단했고, 세상에 심각한 일이 하나도 없었다.

그는 세상 모든 문제를 단 두 종류로 구분했다. 자기가 할 수 있는 일과 할 수 없는 일. 할 수 있는 일이면 했고 할 수 없는 일이면 간단하게 포기했다. 저번에 고민하던 일 어떻게 됐어? 하고 물으면 이미 그게 무엇이었는지조차 잊어버린 뒤였다. 아아, 해치워버렸지, 라거나 어쩔 수 없으니까 포기했지 뭐, 하고 그만이었다. 마음에 담아두는 일이라곤 없었다. 영 기분이 회복되지 않을 때도 맛있는 음식을 배불리 먹기만 하면 만사를 해결한 듯 편안해졌다. 그의 육체와 정신의 단단하고 단순한 구조가 부러웠다.

공중전화 부스에서 죽은 친구에 대해 이야기했을 때 형준 선배는 말했다.

—그건 말야, 학교 교육에 문제가 있어서야. 지구과학은 가르치면서 철학은 가르치지 않잖아. 우주에 대해 배울 때, 태양계는 은하계의 한 조각일 뿐이고 은하계는 또 수없이 많은 은하들 중의 하나고 어쩌고저쩌고하는 거, 그거 배우면 누구나 그 생각하게 돼 있어. 우주의 한 점 먼지만도 못한 나, 잠깐 머물다가 백 년도 못 되어 소멸할 나. 과학은 나에게 먼지 깜냥도 안 된다고 가르치면서 그럼에도 불구하고 살아가는 의미를 어디서 찾아야 하는가, 우리는 왜 고통 속에서도 삶을 놓지 못하는가, 이런 문제에 대해서는 전혀 생각할 방법도 기회도 주지 않는 거야. 그래서 그래. 그래서 우리나라 청소년

들은 그토록 죽고 싶어 하는 거야.

마치 철학자처럼 이야기해놓고 선배도 죽고 싶었던 적 있어요? 물었더니 이내 머쓱한 얼굴로 아니, 너는? 하고 도로 물었다. 죽고 싶다는 생각까지는 모르겠지만 여기가 아닌 다른 곳, 내가 아닌 다른 사람이라면 좋겠다는 생각은 수도 없이 했다.

형준 선배 같은 사람이 애인이라면 나쁠 것이 없었다. 부모님은 두 분 다 지방의 국립대학 교수였다. 그는 엄격한 아버지와 자상한 어머니의 보호를 받으며 잘 자란 외아들의 모범 같은 사람이었다. 그의 인생에 묻어서 같이 가고 싶었다. 그런 마음을 사랑이라고 할 수 있을까. 석형준이라는 사람에게 반하기도 전에, 그와 나의 마음에 대해 깊이 생각하기도 전에 손익계산부터 했다.

한편으로 내 마음을 무겁게 하는 것은 내가 혼자가 아니라는 사실이었다. 나에게는 빚을 산더미처럼 지고 살아가는 엄마와 언젠가는 내가 보살펴야 할 언니가 있었다. 언니 이야기를 했을 때, 그는 갑자기 나를 끌어당겨 품에 안았다. 언니에 대해 모르는 사람에게 내가 먼저 이야기하기는 처음이었다. 그의 마른 가슴은 딱딱했지만 따뜻하고 편안했다. 그가 말없이 내 등을 토닥였을 때 나는 기다려왔던 사람처럼 큰 소리로 울었다. 형준 선배는 진심으로 아파했고, 우리 가족의 불행과 아픔을 나누고 싶어 했지만 그 마음이 변하지 않으리라고 확신할 수는 없었다. 그는 겪어보지 않은 것이다.

그를 나에게 붙들어두고 싶은 욕심과 그것이 사랑이 아니고 이기적이며 비굴한 계산이라는 자각 사이에서 나는 진자 운동을 거듭했다. 형준 선배 때문에 나도 사람들 사이에 섞여서 하고 싶은 일이 생기기 시작했지만, 또 꼭 그만큼 할 수 없는 일이 늘어났다. 이 년여 동안 내가 형준 선배에게 가장 많이 한 말은 '다음에'였다.

나보다 바빴던 옥자는 나더러 김빠진 사이다처럼 맥이 빠져 있거나 술에 취해 있거나 둘 중 하나라고 잔소리를 했지만 빠듯한 시간표 안에서 쳇바퀴 돌리는 다람쥐처럼 숨이 가빴다. 읽고 싶은 책을 읽을 시간이 없었다. 해야 할 공부도 관심이 가는 분야에 대한 탐구도 마음껏 해보지 못했다. 가보고 싶은 곳에 가지 못했다. 돈도 시간도 부족했다. 카페나 식당에서는 약속한 만큼의 보수를 받지 못하거나 하기로 한 일보다 더 많은 일을 해야 하는 경우가 비일비재했다. 보수라도 제대로 받으려면 규모와 체계가 있는 곳이 나았다. 그러나 그런 곳은 늘 바빴다. 저녁 알바를 하고 나면 손끝부터 발끝까지 아프지 않은 곳이 없었다. 손님이 많은 날이 며칠 이어지면 아침에 일어나기가 어려웠다. 기운이 떨어지면 버릇처럼 자양강장제 뚜껑을 열었다. 해야 할 일은 많은데 하루에 할 수 있는 일은 한 줌밖에 되지 않았다. 밤에 잠자리에 누우면 내일 할 일을 다 헤아리기도 전에 잠들었다. 뜻밖의 여유가 생겨서 버스를 타러 갈까 궁리하고 있으면 집에 뜻밖의 일이 생겼다.

무언가 내일로, 다음으로 미루어야 할 때 일순위는 언제나 형준 선배와의 약속이었다. 그렇게 해야 할 때마다 나는 짜증을 냈다. 더 잘해달라고, 더 배려해주고 더 근본적인 해결책을 마련해달라고. 상처를 주고 싶었다. 너는 몰라, 남 일이잖아, 너는 종말이 무언지 모르잖아. 형준 선배는 어쩔 줄 몰랐다. 그에게 나라는 존재는 해결을 할 수 있는 일에도 어쩔 수 없는 일에도 속하지 않는 새로운 문제였다. 사소한 말다툼 끝에 두 번이나 세 번쯤 나는 이별을 선언했고, 그럴 때마다 그는 안절부절못했다. 자기가 다 잘못했다며, 몇 시간이고 나를 기다렸다.

네번째인가 다섯번째인가 늦은 밤 햄버거를 먹다가 헤어지자고 했을 때 그는 테이블을 밀치고 의자를 넘어뜨리며 요란하게 가버렸다. 기말고사 기간이었고 레스토랑에서 같이 일하는 사람이 제 역할을 못해서 더 힘들었다는 이야기를 하고 있는데 형준 선배가 기분도 전환할 겸 산책이나 하자고 해서였다. 이게 기분을 전환한다고 될 일이야? 기절하기 직전인데 산책은 무슨 산책이야, 그런 건 선배처럼 한가한 사람들이나 하는 거야, 손잡고 살랑살랑 산책이나 같이해줄 여자를 찾아봐, 나처럼 힘든 여자 그만 만나, 대충 그런 식이었다. 만약 선배가 나에게 얼른 들어가서 쉬라고 했다면 쉬라고 한다며

화를 냈을 것이다. 기분 전환을 하고 들어가야 책이라도 몇 자 볼 거 아니냐며.

뒤돌아보지 않고 뚜벅뚜벅 멀어져 가는 그의 얼음 같은 뒷모습을 보면서 꼭 지금이 아니어도 선배는 언젠가 저 모습으로 남겠구나, 하는 생각을 했다. 그는 한동안 어디에도 나타나지 않았다. 내가 있을 법한 곳이라고 그가 생각할 만한 장소 여기저기에서 서성였다. 핸드폰의 1을 아무리 눌러도 응답이 없었다.

—형준 형, 집에 내려갔다며? 언제 와?

옥자가 물었다.

여름방학부터 학과 조교가 소개해준 연구소에서 일을 시작했다. 정외과 교수가 책임을 맡고 있는 아시아연구소라는 곳이었다. 탈식민주의와 오리엔탈리즘이 유행이었다. 내가 할 일은 그런 것과는 무관한 기타 등등의 잡일이었고 일요일을 제외하고 하루 종일 잡혀 있어야 했지만 그동안 해본 일 중에서 가장 좋은 조건이었다. 퇴근 후에 따로 아르바이트를 하지 않아도 등록금과 방세를 낼 수 있었다.

지하철역 인근에 연구소가 있었다. 엘리베이터가 없는 사층 건물의 사층이었다. 밤 열한시에 관리실에서 전체 소등을 하고 현관문을 잠갔다. 그전까지 사무실에 남아서 낡은 286컴퓨터로 한글과 영문 타자 연습도 하고 지뢰도 찾고 책도 읽었다. 에어컨은 다섯시에 꺼졌다. 폭염이 이어졌다. 해는 좀체 지지 않았다. 밤에도 열기가 남아 한낮처럼 더웠다. 도서관에는 가고 싶지 않았다. 형준 선배가 나타날까 봐 끊임없이 들어오고 나가는 사람들을 쳐다보고 있기 십상이었다. 옥상에서 담배를 피우며 내려다본 거리는 점멸하는 상가의 네온사인 때문에 환했지만 지저분하고 무질서했다. 지하철역 앞 복제 테이프 노점에서는 하루 종일 똑같은 노래가 흘러나왔다.

칠월 어느 날 전화가 왔다. 모르는 번호였지만 형준 선배의 본가 쪽 지역번호로 시작되는 번호였다. 공중전화였을 것이다. 수화기 저편에서는 아무 말도 건너오지 않았다. 쉬익쉬익 바람 소리만 들렸다. 나는 귀가 아프도록 전화기를 바짝 대고 어떤 신호라도 감지해보려고 애를 썼다. 한참 만에 깨달았다. 바람 소리가 아니었다. 그가 울고 있었다.

—아이 씨…… 내가…… 왜…… 왜 이러는지 모르겠다.

그가 물기 어린 목소리로 간신히 한 문장을 이야기했을 때 딸깍, 하고 경고음이 울렸다. 그리고 동전 들어가는 소리. 철커덕 철커덕. 몇 분의 시간을 더 벌고 나서 여유가 생겼는지 형준 선배가 말했다.

—뉴스 봤어? 김일성이 죽었대.

다음 날 형준 선배가 돌아왔다. 핸드폰의 1을 길게 누르면 다시 응답했다.

우리는 아직 문을 닫지 않고 버티고 있었던 옛날 주점에 마주 앉았다. 삼천 원 정도에 말도 안 되게 푸짐한 안주를 내주는 집이었다. 구석 자리에서 주점의 주인아저씨가 텔레비전을 보고 있었다. 화면에서는 땅을 치며 오열하는 북한 사람들의 모습이 반복적으로 나왔다. 언니가 부끄러워했던 아버지의 사진 속 그 대통령 각하가 죽었을 때 우리나라 사람들도 그렇게 했었는데 주인아저씨는 북한 사람들이 몹시 못마땅한 표정이었고 가끔 한심하다는 듯 혀를 끌끌 찼다.

형준 선배는 내내 집에서 축구만 봤다고 했다. 나는 거리에서 서성였다고 말하지 않았다. 우리는 서로 잘못했다고 했다. 다시는 헤어지자는 말 같은 거 하지 않기로, 싸우더라도 핸드폰 끄고 잠수 타지 말기로 맹세했다. 술에 취해서 조금 울기도 했고, 사랑한다는 말을 몇 번이나 했다. 김일성만 죽으면 통일이 될 줄 알았는데 거기나 여기나 아무 일도 일어나지 않을 모양이었다. 그리고 나는 사랑한다는 말 같은 거 아무리 해봤자 언제까지나 형준 선배가 내 곁에 있을 리는 없다는 생각을 했다. 절대 헤어지지 않기로 약속을 한 김에 형준 선배의 원룸에 가서 같이 자기로 했다. 그날 밤, 형준 선배는 손만 잡고 자겠다던 약속을 깨고 가슴을 만지게 해달라고 꽤 끈질기게 졸랐다.

그렇고 그런 날들이 지나갔다. 이제 헤어지자는 말을 하면 정말 끝이라고 생각해서인지 나는 선배에게 조심했다. 방학이 끝난 후에도 계속 연구소에서 일을 할 수 있었다. 강의가 비는 시간과 수업이 끝난 이후와 주말에도 출근하는 조건이었지만 어쨌건 내게는 고마운 배려였다.

3학년 겨울방학을 앞두고 형준 선배가 미국으로 어학연수를 떠났다. 그전에 형준 선배의 부모를 만났다. 아들로부터 미리 언질을 받았는지, 언니가 아프다고 들었는데 어린 나이에 힘든 일이 많았겠다고 선배의 어머니가 한번 이야기했을 뿐 나와 우리 가족에 대해 더 이상 묻지 않았다. 내가 얌전하고 착하게 생겼다며 자주 칭찬을 했다. 교양 있고 친절한 사람들이었다. 다만 우리가 아직 어리다는 말을 여러 번 했다. 그 말은 우리의 관계를 심각하게 여기지 않는다는 뜻으로 들렸고, 심각해져서는 안 된다는 경고처럼도 들렸다. 형준 선배는 함께 미국으로 가자고 했다. 나만 그러겠다고 하면 비용은 부모님께 말해보겠다고. 그 정도는 해주실 거라고. 나중에 갚으면 된다고도 했다.

몇 번이나 짐을 쌀까 궁리를 했다. 괜히 여기저기 뒤적이다가 오랫동안 열어보지 않은 책상 서랍에서 자물쇠가 달린 일기장을 발견했다. 열쇠를 잃어버려서 아무것도 쓰지 못한 일기장이었다. 언니 강영옥이 내 열 살 생일에 선물해준 것이었다. 원래부터 그랬는지, 시간이 지나 바랜 것인지, 일기장 앞면에 인쇄되어 있던 소녀는 내 기억보다 더 파리해 보였다. 그림자에 잡아먹히지 말라고 했던 말이 생각났다. 늘 옳기만 했던 언니의 말들로부터 도망치고 싶었다.

형준 선배가 떠나던 날, 나는 공항에 가지 않았다. 연구소를 무단결근하고 시외버스터미널로 가서 무작정 가장 먼 곳으로 갔다. 버스의 의자에 납작하게 달라붙어서 울다가 자다가 했다. 어딘가로 끝없이 움직이는 버스의 의자에 그대로 스며들어 꺼지고 싶었다. 어떤 그럴싸한 이유로 포장을 해도 나는 버려졌다는 결론에 도달했다. 영리하게도 그는 먼저 헤어지자는 말을 하지 않고도 나로부터 벗어난 것이었다. 같이 가자는 말도, 가서도 계속 연락하고 마음을 지키겠다는 말도, 육 개월은 금방 지나갈 거라는 말도 말만 그럴싸할 뿐이었다.

어찌할 수 없는 일이라고 금방 잊어버리는 법을 나는 끝내 그에게서 배우지 못했다. 남겨지는 일은 어려웠다. 집을 제외한 모든 생활 반경 안에서 남겨졌다는 것을 실감해야 했다. 떠난 쪽에서는 적어도 그럴 일은 없을 거라는 사실이 분했다. 다음에 이별을 하게 된다면 반드시 내가 떠나는 쪽이 되겠다고 부질없는 결심을 해보기도 했다. 모든 것이 낯설었다. 늘 시간에 쫓겼는데 할 일이 아무것도 없는 것 같았다. 세상 모든 여자가 나보다는 나아 보였다.

널브러져 있던 나에게 옥자가 소개팅을 제안했다. 활동가의 여자가 될 수 있겠어? 옥자가 물었다. 나는 옥자가 소개하는 남자를 만나보고 그 사람이 정말 좋으면 기꺼이 학생운동에 열심히 참여하겠다고 답했다. 이름이 경훈이라고 했다. 한 학번 위였던 그 남자에 대해 설명할 때 옥자의 얼굴은 언니가 지민홍에 대해 이야기할 때와 흡사했다. 그것은 진희 언니가 지민홍을 바라볼 때의 표정과도 닮았고, 상훈 오빠와 이야기할 때 서혜영이 지은 표정과도 비슷해 보였다. 형준 선배와 함께 있었을 때 내 표정도 그랬을까? 아니었다. 나는 한 번도 그런 얼굴이 되어본 적이 없었다. 그렇게 멋있고 좋은 사람이면 네가 사귀면 되잖아, 내 말에 옥자는 씁쓸한 표정을 지었다.

—아니야, 선배는 선배만을 사랑해주는 여자하고 행복하게 살아야지. 나는 그러기에는 너무 부족한 게 많아. 해야 할 일도 많고. 그리고 젤 중요한 건 선배는 나를 전혀 여자로 봐주지 않는다는 거. 그건 나도 마찬가지야. 하하하.

옥자는 지고지순해 보였다. 내 속의 악마가 고개를 들었다. 그를 만나기로 한 날 나는 공들여 화장을 하고, 화사한 옷을 골라 입었다. 경훈이라는 이름의 그 선배에 대해 궁금한 것은 없었다. 옥자의 표정을 보고 싶었다. 그가 나를 좋아하게 되었을 때 어떤 기분을 느낄지 궁금했다. 그리고 형준 선배가 나에게 새로운 남자가 생겼다는 소식을 듣게 되길 바랐다. 그래서 나를 혼자 내버려둔 것을 뼈저리게 후회하고 아파하길 바랐다. 그런 식으로만 나는 사람에게 다가갈 수 있었다. 사랑이 아닌 다른 이유가 필요했다.

어쩌면 꼭 그렇지는 않았을지도 모른다. 어쩌면 단순히 다시 의지할 사람이 있으면 좋겠다고 생각했을지도. 나는 외부를 향해 담을 쌓고 타인으로부터 멀리 떨어지고 싶다고 생각했지만 실은 나 자신에게 가장 무지했고 나 자신을 가장 가혹하게 평가했다. 자신을 혐오하는 것으로 아무것도 하지 않는 나태와 무능을 스스로에게 숨기려 했을지도.

육 개월을 기한으로 떠난 형준 선배는 삼 년이 지나서야 잠깐 한국에 들어왔다가 다시 떠났다고 소문으로 들었다. 어학연수니 세계여행이니 배낭여행이 대학 생활의 절정으로 떠올랐던 때가 있었다. 어느 날 갑자기 국가부도 사태가 났고 두 배 이상이 되어버린 환율을 견디지 못하고 국내에서 지원을 받던 사람들이 속속 들어왔을 때에도 그는 돌아오지 않았다. 언제 어떤 결정적인 계기로 그와 연락을 끊기로 했는지는 정확히는 기억나지 않는다. 거리에서 공중전화 부스를 보면 중학교 때의 친구보다 형준 선배가 먼 곳에서 바람 소리를 내던 날이 생각났다. 매번 마음이 아팠다. 아무도 공중전화를 쓰지 않게 된 이후에도 부스는 곳곳에 아주 오랫동안 남아 있었다.

귀로

시험과 아르바이트를 핑계로 거의 두 달 만에 집에 갔다. 텔레비전 아래 서랍에 약봉지가 가득했다. 오른쪽은 언니의 약, 왼쪽은 엄마가 먹는 약이었다. 재활치료를 위해 일주일에 두 번씩 병원에 데리고 가고, 매일 언니를 보살피는 일은 아무리 이골이 나도 힘든 일이었다. 엄마의 몸도 아프지 않은 곳이 없었다.

언니가 잠든 후, 엄마가 나를 주인집 거실로 불러냈다. 엄마는 언니를 요양원에 보냈으면 했다. 엄마가 한숨을 쉬었다. 다른 설명을 덧붙이려고 하는데 내가 말을 잘랐다. 나에게 해명을 들을 자격은 없었다.

—비용은?

돈은 어떻게 될 것 같다고 했다. 이번에도 진희 언니가 돈을 구해왔다. 나도 모르게 속에 있어야 할 말들이 튀어나왔다.

—그 사람들은 언제까지 언니 뒷바라지를 하겠대? 진짜 그날 우리가 모르는 무슨 일이 있었던 거 아냐? 우리 언니만 저렇게 되도록 그 사람들이……

엄마가 내 뺨을 때렸다. 뺨에서 금방 열이 났다. 말이 나오지 않았다. 멍하니 엄마의 얼굴을 바라보았다. 아무리 봐도 슬픈 얼굴이었다. 눈물이 후두둑 떨어졌다. 못된 말이 머리를 거치지 않고 입으로 나와버린 것을 나도 알고 있었다. 그러나 억울했다. 이십대 청춘에 한 번도 빛나본 적 없이 늙어버린 나는 애인을 따라가지도 못했고, 야한 화장을 하고 화려한 옷을 입어도 촌스러운 운동권 남자 하나 꼬드길 수 없었다. 그리고 이제 와서 엄마에게 뺨이나 맞고 앉아 있었다.

그 사람들이 훌륭하다는 것을 나도 알았다. 그들은 진심이었고, 기꺼이 우리를 대신해 싸워주었고, 최선을 다해 우리를 도왔다. 그러나 나는 의심스러웠다. 그들은 내가 아니라서 다행이라는 생각을 하지 않을까. 스물세 살까지 먹었던 사람이 다시 일곱 살이 되어 사는 것이 흥밋거리는 아닐까? 그들도 나처럼 언니는 죽었어야 했다고, 그날 죽었더라면 언니는 잊히지 않고 열사의 명단에 올랐을 테고, 내내 보살펴야 하는 수고를 하지 않아도 되었을 텐데, 하고 생각하지 않을까?

진희 언니는 우리 언니를 후원하는 모임을 만들고 언니의 이름을 건 홈페이지도 만들었다. 언니의 일이 잊히지 않게 하려고 매년 사월이면 언니가 다녔던 대학과 학과를 찾아가 새로운 유인물을 돌렸다. 결혼을 하고, 아이를 낳아 기르고, 직장에 다니면서 그렇게 하기는 정말 어려운 일이었다. 진심이 아니면 할 수 없는 일들이었다.

사월이 되면 얼마 동안 언니를 한 번도 본 적 없는 후배들이 집으로 찾아왔다. 언니를 위로하기 위해 찾아온 그들의 반응은 대개 비슷했다. 언니의 상태에 대해 충분히 들었어도 실제로 언니를 만나면 충격을 받았다. 울음을 참기 위해 애쓰는 것이 역력했고, 언니의 기분을 북돋우기 위해 과장되게 웃고 떠들다가 이어갈 화제가 금방 떨어져버려서 어색해했다. 그러면 언니에게 그림을 그려보라는 둥 산수 공부를 같이 하자는 둥 제안을 했고, 언니는 기분이 내킬 때나 그렇지 않을 때나 그들이 하자는 대로 해주었다. 그들이 돌아가고 나면 언니는 금방 곯아떨어질 정도로 피곤해했다. 그러나 다음 날이 되면 혹시 그들이 또 오지 않을까 기다렸다. 많으면 열 번쯤, 보통은 서너 번쯤 방문이 이어지다가 더 이상 오지 않게 되었고, 다음 해에는 또 비슷한 사람들이 다시 언니를 찾아왔다.

진희 언니의 노력을 폄하하고 싶지는 않았다. 언니가 좋아하니까 엄마도 좋아했고, 그 두 사람이 좋아하는 일이면 나도 좋았다. 싫었던 것은 그들이 나와 엄마에 대해 기대하는 이미지였다. 우리는 민주화 열사의 가족이었다. 그 사람들은 우리와 한 번 또는 두 번 마주쳤지만 우리는 똑같은 일을 수십 번은 겪었다. 얼마나 힘들었겠어요, 지금껏 무관심해서 죄송해요, 같은 말 정도는 참을 수 있었다. 그러나 언니는 정말 훌륭한 일을 하셨으니 가족분들이 언니를 잘 보살피라는 둥, 언니를 본받아 이 나라의 민주화를 위해 더욱 애써달라는 둥의 인사를 들으면 화가 났다. 대놓고 언니가 죽을 짓을 했으니 가족들이 반성하라는 미친 극우들보다 그 어중간한 우리 편의 말이 더 싫었다.

진심으로 그리고 열성으로 언니 곁을 지키는 진희 언니와 지민홍도 부담스러웠다. 그들은 착하고 우직한 사람들이었다. 그들도 상처를 입었다. 그러나 이 나라에 대한 무한한 사랑도, 민중이라는 애매한 대상에 대한 무조건적인 사랑도 포기하지 않는 사람들이었다. 그들은 내가 그들과 같아지기를 바랐다.

진희 언니가 나에게 동생의 입장에서 경험담을 써달라고 한 적이 있었다. 언니를 후원하는 홈페이지에 게재하고 싶다고 했다. 어물쩍 엄마에게 공을 넘겼다. 꼭 나여야 한다고 고집을 부리면 얼굴을 붉히고 짜증을 내서 포기시킬 수밖에 없었다. 진희 언니가 빚을 받아내듯 강요한 적은 없었지만 나는 빚쟁이에게 쫓기는 기분이었다. 한두 번은 진희 언니도 나에 대한 실망감을 숨기지 않았다. 나는 언니처럼 세상에 대고 당당하게 주장하는 법을 알지 못했고 하고 싶은 말도 없었다. 나는 또한 그렇게 해서 역사건 인간이건 달라지는 예를 본 적이 없었고, 보지 않은 것을 믿을 만큼 순진하지 않았다.

가장 대하기 난감했던 것은 언니의 사건을 기록으로 접하고 스스로 찾아오는 사람들이었다. 그들은 비분강개를 금치 못했다. 그들에게 나와 엄마는 언니와 함께 이 나라의 민주화를 위해 희생당한 선한 양이었다. 다짜고짜 찾아와서 용기를 내시라며 몇만 원의 돈을 내놓고 가는 사람들을 막을 수도 욕할 수도 없었다. 내가 불행하면 그것은 국가의 폭력이 야기한 희생의 표본이었고, 내가 행복하면 그것은 국가의 폭력에 굴하지 않은 인간 승리의 표상이었다. 어떻게 해도 그들이 믿는 나와 실제의 나를 맞추기는 어려웠다.

엄마에게 뺨을 맞고 눈이 퉁퉁 붓도록 울고 있는데, 자다 깬 언니가 말했다.

—지영이 울었어? 울지 마. 내 동생 지영이, 소시지 먹고 싶어서 어릴 때도 그렇게 울더니.

그렇게 말하는 언니의 눈에도 눈물이 가득 고여 있었다. 언니는 마치 자신의 기억인 양 말했다.

—기억나? 너 많이 울었어, 발을 이렇게 쿵쿵 굴리면서.

언니는 요양원에서 운동을 하다가 넘어져서 어깨 골절상을 입고 병원으로 후송되었다. 두 달도 채우지 못하고 퇴원을 하겠다고 했더니 요양원 쪽에서 이미 지급한 일 년 치 비용을 환불해줄 수 없다고 했다. 엄마는 요양원을 상대로 싸웠다. 다른 것에 비하면 싱거운 싸움이었다. 자기들 잘못이 없다며 냉담하던 요양원 쪽은 소송을 제기하겠다고 하자 자세를 수그렸다. 언니가 민주화운동 과정에서 장애를 얻게 된 점을 참작해 예외적으로 환불해주겠다고 한 것이다. 치료비나 이후의 후유증에 대해 요양원의 책임을 묻지 않겠다는 데 동의하는 조건이었다. 엄마는 독재정권이라도 무너뜨린 양 의기양양했다. 치료비도 받아냈어야지 그게 뭐냐고 볼멘소리를 하는 나에게 엄마가 말했다.

—아이고, 무슨 규정이 그렇게 자기들 편한 대로인지 원. 거기다 사인을 한 게 잘못이지. 그 돈이 어떤 돈인데, 그거 받아낸 것만 해도 어디야. 그만하면 됐다. 그래도 두어 달 엄마가 좀 편하게 쉬었다. 이제 다시는 우리 딸 요양원 같은 데 보내지 않을 거야. 힘이 들어도 같이 얼굴 보고 사는 편이 훨씬 나아. 안 그래도 일 년을 어찌 이러고 사나 캄캄했거든.

엄마는 요양원을 감쪽같이 속여 넘겨서 통쾌하다는 듯 야릇하게 웃었다.

—요새는 민주화가 꼭 유행어가 된 것 같아. 개나 소나 민주화 타령이네.

엄마가 혼잣말을 하며 잠든 언니의 얼굴을 바라보았다.

그 뒤로 언니는 한동안 다시 자기를 어디로 보낼 거냐고 기가 죽어 물어보곤 했다.

—나는 더 건강해지려면 요양원 가야 해?

아니라고, 다시는 다른 곳에 보내지 않는다고 엄마가 여러 번 말해주어도 불안한 얼굴이었다. 요양원에서 다친 어깨는 정상으로 돌아오지 않았다. 언니는 오른팔을 들지 못하는 일곱 살이 되었다.

4학년 첫 학기 막바지쯤부터 옥자가 연락 없이 방으로 돌아오지 않았다. 여름방학 중반이 지났을 때 우연히 학교에 들렀다가 사물함에서 쪽지를 발견했다. 옥자의 글씨였다. 수배가 내려져서 당분간 모처에 머물다가 이후에는 행선지를 남기지 않고 잠수할 거라는 내용이었다. 돈을 좀 마련해줄 수 있을까? 하고, 마지막 부분에 적혀 있었다. 쪽지를 너무 늦게 본 것은 아닌지 조마조마한 마음으로 옥자가 적어놓은 장소로 갔다. 누구에게 배운 적도 없는데 들어갈 수 있는 모든 상점에 들어갔다 나오기를 반복하며 미행하는 사람이 없는지 살폈다.

힘들게 도착한 장소는 평범한 동네 슈퍼마켓이었다. 주인에게 내 이름을 말하자, 학생증을 보여달라고 했다. 이름을 맞춰본 주인은 인터폰으로 연락을 했다. 잠시 후에 나타난 옥자의 얼굴은 의외로 밝았다. 보자마자 눈시울이 뜨거워진 건 내 쪽이었다.

—뭐야, 여긴……

—하하, 사장님하고 내가 좀 친하거든. 어릴 때, 저쪽 골목에서 살았어. 갑자기 수배가 떠서 집에도 못 가고 여기 창고에서 지내고 있어. 야, 그래도 때맞춰 왔네. 오늘 밤에 여기 뜰 거야. 수상한 사람 못 봤지?

옥자가 가리킨 골목 쪽은 해가 들지 않아 어두웠다. 내가 돈 봉투를 꺼내자 옥자가 고마워, 하고 말했다. 내가 가진 돈 전부였지만 마지막 등록금을 낸 뒤라 얼마 되지 않았다. 뒤에 있던 슈퍼마켓 주인이 다가와 봉투 하나를 던지듯 옥자 손에 얹어주고선 재빨리 카운터로 돌아갔다. 옥자가 사장님, 괜찮아요, 이러시면 제가 미안해요, 하고 말했지만 대꾸가 없었다. 어울리지 않게 옥자 눈에 물기가 어렸다. 무슨 일인지 묻는 나에게 옥자는 잘 모르겠다고 대답했다. 그저 지금으로선 잡히지 않는 것이 자기의 임무라고 했다.

—혹시 우리 방으로 짭새들이 올지도 모르니까 누가 찾아오면……

—나는 금방 다 불어버릴 거야. 걱정 마.

—하하하. 그래. 하지만 여기는 비밀로 해줘. 사장님이 불쌍하잖아.

—그럼 경훈 선배는?

—실은 같이 있어, 안에. 이인일조로 움직여야 해서.

그래서였을까. 속마음은 어땠을지 몰라도 옥자는 좋아해 마지않는 선배와 한 조가 되어 낯선 곳으로 숨어야 하는 처지를 그다지 두려워하지 않는 것 같았다. 언니도 그랬을까? 속으로는 겁이 많았던 언니도 지민홍이 근처에 있어서 두렵지 않았을까.

옥자와 헤어져 돌아오던 길에서 울었다. 미친 세상. 다른 세상에 대해 꿈도 꿀 수 없는 세상. 옥자가 읽던 그 조잡한 논리의 책마저 용납하지 못하는 나라. 비겁하고 이기적인 사람들만 떠들며 살아가는 골목. 장난감 병정처럼 정권이 세뇌시킨 대로 졸졸 따라 움직이는 바보들의 우주.

수배가 풀리고 옥자가 학교로 돌아왔을 때는, 경훈 선배와 자타공인 캠퍼스 커플이 되어 있었다. 몇 년 뒤, 옥자와 경훈 선배의 결혼식에서 후배들이 전대협 진군가를 축가로 불렀다. 두 사람의 전력을 아는 사람들은 웃겨서 쓰러졌고, 영문을 모르는 하객들은 시퍼렇게 날이 설 때까지 조금만 더 쳐달라는 가사가 나올 때 얼굴을 찌푸렸다. 졸업하는 데 남들보다 오래 걸린 두 사람은 활동가가 되지는 않았다. 옥자는 다른 학과에 편입해서 대학을 몇 년 더 다닌 후에 유치원 교사가 되었다. 착실히 교직 과목을 이수한 경훈 선배는 삼수 끝에 임용시험에 합격해 중등교사가 되었다. 은밀하게는 혁명을 꿈꾸던 활동가로 살아가는지 어떤지 알 수 없었지만 겉으로 보기에는 더없이 모범적인 가정의 아내와 남편으로 보였다. 둘의 결혼식 이후로는 몇 년 간격으로 연락이 이어지다

끊겼다.

대학 시절의 마지막 가을이 끝나갈 때쯤 엄마는 언니를 데리고 남쪽의 작은 바닷가 마을로 이사를 갔다. 엄마가 나고 자란 그곳에는 남아 있는 친인척은 아무도 없었지만 아직 엄마를 기억하는 사람들이 있다고 했다. 그곳은 동생 할머니가 살고 있는 곳이기도 했다. 동생 할머니의 언니는 몇 년 전에 돌아가셨는데 그만하면 암으로 가셨다고 하기도 뭣한 연세이기도 했다. 엄마는 동생 할머니가 알아서 찜해놓은 작은 연립주택을 세내었다.

언니가 일곱 살로 살아온 지 십 년이 지나가고 있었다. 그 사이 국가를 상대로 한 손해배상청구소송에서 일부 승소 판결을 받았다. 보상금으로 얼마간의 돈이 들어왔다. 묵은 빚을 다 갚기에도 모자란 금액이었다. 대법원 판결이 나던 날도 엄마는 그다지 기쁜 기색이 아니었다. 언니가 조금이라도 더 좋아지게 하려고 초인적인 능력을 보여주었던 엄마는 그 일을 끝으로 언니와 함께 잊히고 싶어 했다. 언제부터 엄마가 그런 생각을 해왔는지 나는 잘 알지 못했다.

—세상도 많이 좋아졌다고 하니까, 우리는 이제 시골 가서 조용히 살자, 응?

엄마가 나 들으라고 한 이야기인 줄 언니도 아는 듯 말이 없었다.

—병원은 어쩌고. 무슨 일이라도 생기면 엄마 혼자 시골에서 어쩌려고.

—엄마가 네 언니 몸에 대해서는 박사고 전문가야. 시골이라도 가까운 데 재활병원도 있고, 택시 타고 십오 분 거리에 종합병원도 있다더라. 걱정 말고, 너는 네 앞날만 생각해.

—그 할머니 운동권 싫어하잖아.

—별소리를 다 한다. 그 성님이 무슨 생각이 있는 분이겠어? 병원 있을 때도 인정 있게 대해주시고 얼마나 많이 도와주셨는데. 젊은 애가 누워 있으니 불쌍하다고. 집에 온 후에도 철마다 생선이니 나물이니 깨끗이 손질해서 보내주시고.

그런 연이 이어지고 있는 줄은 몰랐다. 만성 피로의 상태로 십 년 넘게 살아온 엄마는 그때쯤엔 누가 봐도 할머니였다. 하얗던 얼굴에 거뭇한 무늬가 생기고 동그랗던 얼굴이 바람 빠진 풍선처럼 푸석하게 졸아들어 있었다. 엄마가 늙어가고 있다는 것을 깨달을 때마다 마음이 조급해졌다.

우리는 민주화 투사의 가족이라기보다는 장애인 가족에 더 가까웠다. 일곱 살의 언니를 이해해보려고 많은 책을 뒤졌다. 일곱 살은 언어능력, 계산 능력, 기억력, 낮은 정도의 추상화와 사회적 행동이 모두 가능한 나이라고 나와 있었다. 자기중심적인 사고가 강하고 배려와 공감 같은 고차원적인 감정은 아직 발달하지 않은 때이며 사물이나 사건에 대해 종합적인 판단을 할 수 없다고 했다. 그러니까 일곱 살은 살아가는 데

크게 문제 될 것은 없는 나이라는 뜻이었다. 책대로라면 세상에는 멀쩡히 나이를 먹고도 책에 나와 있는 일곱 살에 이르지 못한 사람들도 얼마든지 있었다.

언니는 책에 나와 있는 일곱 살과는 다른 일곱 살이었다. 언니는 매 순간 남을 배려했고 재빨리 다른 사람의 감정에 이입되었다. 종합적인 판단을 할 수 없는지는 모르겠으나 나도 그런 것은 할 줄 몰랐다. 언니가 자기중심적이고 배려와 공감 같은 고차원적인 감정은 없는 사람이었다면 보는 우리의 마음만은 덜 아팠을 것이다. 신체적인 불편함과 고통을 빼면 언니는 보통의 사람보다 훌륭한 사람이었다. 그러나 언니는 혼자서는 살 수 없는 장애 1등급이었다.

이사를 하던 날, 진눈깨비가 날렸다고 엄마가 전화로 말했다. 눈 오는 날 이사하면 잘산다더라, 하더니 엄마는 큰 소리로 웃었다. 본인이 말해놓고도 실없이 느껴진 모양이었다. 엄마는 이제 입버릇이 된 그 말을 기어이 웃음 끝에 덧붙였다. 죽지만 않으면 됐지, 뭘.

엄마의 이야기를 듣는 동안 이제 갈 일이 없어진 그 지하 셋방이 딸린 집과 골목들을 잠깐 떠올렸다. 조지와 상훈 오빠가 살던 집은 없어지고 주차장이 되었다. 우리가 일층 주인집 문간방으로 옮겨간 이후에도 지하 셋방에는 세 얻어 사는 사람들이 있었다. 자물쇠가 달린 창살문의 색깔이 회색에서 검정색으로 바뀌었고, 주인집 정원으로 난 창문에는 새파란 비닐 코팅이 입혀졌다. 어차피 밝은 곳에서는 어두운 쪽이 안 보이는데 그곳에 새로 들어온 사람들은 그걸 몰라서 낮의 햇빛을 포기한 것일까. 언니와 이야기를 나누었던 정원 한쪽의 세면실에는 전기로 돌아가는 순간온수기가 갖추어졌다. 그 집에서 겪었던 수많은 일 중에 기억하고 싶은 일은 하나도 없었다. 그런데도 그곳에 나의 한 부분이 남아 있고, 어느 한 부분이 뚝 떨어지고 없는 내가 다른 곳에서 살아가고 있는 것만 같았다.

대학 졸업을 앞두고 있던 때에 IMF사태가 터졌다. 세계화, 세계화 하더니 세계화는 그런 식으로 우리를 덮쳤다. 방송에서는 돈을 아껴 쓰라고 잔소리를 했다. 그해를 전후해 많은 사람들이 파산하고 자살했다. 그리고 그 옛날 군사독재정권 시절 사형선고를 받은 적도 있었던 사람이 대통령이 되었다. 기업들은 구조조정에 들어가면서 신입 직원 채용 계획을 거두어들였다. 동기들이 휴학을 하거나 대학원에 진학하는 방법으로 졸업을 미루었다. 옥자는 졸업 시수를 채우지 못해 학교에 남았다. 나는 그럴 수 없었다. 하루빨리 대학을 떠나고 싶었고 돈도 벌고 싶었다.

어렵사리 들어간 첫 직장은 출판계의 재벌로 불리는 큰 출판사였다. 출판사라고는 해도 내가 맡은 업무는 책을 만드는 것과는 별 관련이 없는 일들이었다. 우리 회사에서 출간한 책의 판매실적과 국내외 베스트셀러 동향 등을 취합해서 보고서로 작성하는 일부터, 전집류와 전문 분야 도서의 판매처를 발굴하고 마케팅 전략을 세우는 따위의 일이었다. 이슈에 따라 새로운 역할과 책임이 할당되기도 했고 각종 잡무가 뒤따랐다.

다양한 아르바이트에 이력이 날 정도였지만 회사 생활은 차원이 달랐다. 사람들과 섞이기 싫다느니 세상이 나를 공격하는 것 같다느니 투덜대면서 회피하고 겉돌 수 있는 여지가 없었다. 회사를 그만두든지 닥치고 일이나 하든지 둘 중 한 길이 있을 뿐이었다. 야근은 기본이고 가끔은 주말 근무까지 하면서 이토록 열심히 일하면 누구에게 좋은 일일까 생각해 보면 하고 있는 모든 일이 한심했다. 그러나 상관없었다. 월급만 바라보자는 다짐을 수시로 했다. 한 달이 지나면 월급이 나온다는 사실이 중요했다. 하루하루는 길었지만 한 달은 금세 지나갔다.

연차가 쌓일수록 사람들과 어울리는 일도 그럭저럭 익숙해졌다. 여전히 회사에서 내 별명은 인조인간이나 나무토막 같은 무생물이었지만 그래도 조금씩 무뎌지고 있다고 느꼈다. 내가 다른 사람들과 비슷하게 되어간다는 자각이 들 때면 형준 선배가 생각났다. 지금이라면 다정하게 대해줄 수도 있을 텐데 싶은, 미안함과 회한이 범벅된 감정이었다.

이 년쯤 다니다가 어린이책 전문 출판사로 자리를 옮겼다. 그림책 기획을 해보고 싶었는데 어쩌다 보니 기획에 참여하게 된 학습 겸용 만화 시리즈가 크게 성공했다. 연봉도 올랐고, 다른 출판사에서 옮겨오라는 제의도 받았다. 빠르게 실적을 내고 싶었고, 좋은 평가를 받고 싶었다. 사흘만 지나면 잊어버릴 일에 미친 듯 흥분하고, 사사건건 부딪히는 사수를 저주하며 술을 먹고, 주말에는 좀 베껴 먹을 게 없을지 해외의 출판사 사이트를 뒤졌다. 그곳에서는 거의 오 년 정도 일했다.

엄마에게 보내는 생활비도 조금 더 늘렸고, 따로 적금도 들었다. 엄마와 언니가 시골로 내려간 이후 언니를 보살피는 일에서 나는 완전히 면제되었다. 엄마는 언니에게 문제가 생겨도 나에게 연락을 하지 않았다. 말해 무엇할까. 언니에게 들어가는 돈은 항상 부족했다. 목돈이 필요한 사고도 일상처럼 일어났다. 재활치료를 멈추면 언니의 상태는 금세 악화되었다. 언니의 몸은 정상인처럼 자동으로 돌아가는 부분이 하나도 없었다. 팔을 신경 쓰느라 다리에 무심하면 그쪽에서 탈이 났다. 등이 아프다고 해서 주의하다 보면 어깨에 문제가 생겼다. 모든 근육과 뼈를 세심히 살피고 무리가 가지 않도록 움직여주어야 했다. 돈을 많이 들이면 그만큼 세심한 치료를 받을 수 있었고, 돈을 아끼려 들면 엄마의 수고가 몇 배는 더 필요했다. 병원을 바꾸거나 물리치료사가 바뀌면 적응하는 데 큰 애를 먹었다.

엄마에게 더 많은 돈을 보내고 싶었다. 조금 더 많은 돈을 보내고 나면 조금 더 오래 언니를 보러 가지 않아도 마음이 덜 괴로웠다. 끼니를 제대로 챙길 수 없을 만큼 바쁜 한 달을 보내면 월급이 들어왔고, 엄마의 통장으로 돈이 빠져나가는 것을 보면 전화 한 번 하지 않아 불편했던 마음이 나아졌다. 그렇게 나는 서서히 엄마와 언니로부터 멀어져 사람들의 세상으로 옮겨갔다.

주식을 사고 펀드에 투자했다. 회사 일에 조금씩 여유가 생기고 나서는 다시 아르바이트를 시작했다. 논술학원의 글쓰기 특강이 유행했다. 대입 시즌이 되면 평일 야간에도 며칠씩 특강을 했다. 더 좋은 조건을 제시하는 데가 있으면 자리를 옮겼다. 그런 일을 하자면 폭넓은 인간관계가 필요했다. 당장 필요하지 않아도 안부를 묻고 인사를 전하는 넉살도 가지게 되었다.

밀린 일이 없는 주말에는 가방을 메고 버스를 탔다. 오랜 습관이었다. 목적지는 중요하지 않았다. 내가 애쓰지 않아도 저절로 움직이는 버스 좌석에 앉아 흘러가는 풍경들을 보고 있으면 마음이 편안해졌다. 대학생일 때는 숙소 구하기가 쉽지 않았다. 여자 혼자라고 하면 거절당하기 일쑤였다. 어쩔 수 없이 막차를 타고 다시 돌아와야 할 때도 있었다. 그러다가 노하우가 생겼다. 이름 있는 명승지 주변의 가게나 동네 식당에 들어가서 잠잘 곳이 있는지 물어보면 어디선가 젊은 여자애 하나 데려다 재워주겠다는 할머니가 나타났다. 성의껏 숙박비를 내려고 해도 끝내 받지 않는 분이 대부분이었다. 이상하게도 처음 보는 시골 할머니에게는 말문이 트였다. 늦도록 이런저런 이야기를 하다 하룻밤 자고 일어나면 정이 들어서 나중에 꼭 다시 올게요, 해놓고는 다시 가지 않았다. 직장인이 되고 나서는 호텔이나 펜션에 묵었다. 연휴에 연차까지 붙여서 며칠의 여유가 나면 비행기를 타고 다른 나라를 기웃거려보기도 했다. 다음 휴일에는 꼭 엄마와 언니를 보러 가야지 했다가도 막상 휴일이 되면 다른 먼 곳으로 가는 버스에 올라타버리곤 했다.

그즈음 한 남자와 헤어졌다. 대형 서점의 영업 파트에서 일했던 그 남자는 밝고 환하게 잘 웃어서 좋았다. 모든 것이 무난했다. 다른 사람에 비해 관계가 오래 지속되었던 이유는 그 무난한 성격 때문에 불타오를 일도, 그래서 식어버릴 일도 없어서였다. 시간이 지나 그 남자를 떠올렸을 때 생각나는 것은 웃을 때 깊게 파였던 왼쪽 보조개와 겨우 이름 석 자 정도였다. 웃을 때는 상훈 오빠와 비슷한 얼굴이었다. 그러나 정작 상훈 오빠가 웃는 것을 본 적이 있었나 생각해보면 가물가물했다.

그 남자 말고도 사귀다 만 사람은 두 명 정도가 더 있었다. 모두 몇 개월 만에 헤어졌다. 연애를 하는 건지 아닌지 애매해질 때쯤 딱히 이별이랄 것도 없이 멀어졌다. 내 쪽에서 거절하거나 결별을 요구한 적은 없었다. 어떤 연애도 상훈 오빠만큼 애틋하지 않았고, 형준 선배처럼 편안하지 않았다. 좋은 식당에서 밥을 먹고 바다가 보이는 비싼 호텔에서 잠을 잘 때는 그런 것을 한 번도 해보지 못하고 다음에, 다음에, 했던 사람이 생각나서 쓸쓸했다. 한 번의 연애로 결혼까지 간 옛 직장 동료는 자꾸 연애에 실패하는 나의 문제점은 상대에 대한 문턱이 너무 낮은 것이라고 진단했다.

—아무나 상관없다는 태도를 버려야 해. 이 세상 어디에도 아무나는 없어. 세상 누구도 너 외롭지 말라고 존재하는 사람은 없단 말이지.

때때로 몹시 격렬하게 언니가 보고 싶었다. 그 따뜻한 표정, 아무것도 해줄 수 없으면서 무엇이라도 해줄 것처럼 안아주던 내 일곱 살 언니의 몸이 그리웠다. 옛날의 똑똑하고 예뻤던 언니가 아니라 지금 그대로의 일곱 살 언니로도 충분했다. 그러나 동시에 아팠다. 생각만 해도 마음이 아팠고, 두고 올 때도 아플 것이 뻔해서 만나러 가기가 싫었다. 언니로부터 멀어지고 싶은 마음과 예전처럼 꼭 붙어 지내고 싶은 마음이 왔다 갔다 했다. 술에 취해 전화를 하면 언니는 친정에 떼놓고 온 딸처럼 순하고 들뜬 목소리로 집에 언제 오는지 물었다. 그런 날은 유배당한 죄인처럼 멀리 있는 언니와 엄마가 그립고 서러워서 울었다.

주말에 언니를 보러 가기로 약속해두었던 삼월의 금요일이었다. 회사 근처 식당에서 점심을 먹다가 국회에서 대통령 탄핵소추안을 가결시켰다는 뉴스를 봤다. 설마 하던 일이었다. 헌법재판소가 판결을 내릴 때까지 대통령의 직무가 정지되었다. 대통령의 권력을 중지시키는 그런 민주적이고 합법적인 절차가 우리나라 헌법에 보장되어 있었다는 사실을 처음 알았다. 그 대통령을 열렬히 지지하지는 않았지만 적어도 그는 쿠데타와 공안 탄압과 군부독재의 잔당들과는 대척 지점에 서 있던 사람이었다. 그가 대통령에 당선된 것은 기적 같은 일이었다. 그 기적을 피 한 방울 흘리지 않고 무력화시킨 것이었다. 무참했다. 지금껏 어렵게 쌓아온 민주화의 염원, 언니의 희생조차 짓밟힌 기분이었다.

화가 나서 잠이 오지 않았다. 텔레비전 토론 채널을 이리저리 돌려가며 봤다. 밤새 인터넷 방송을 듣고 실시간 댓글을 달고 얼굴을 모르는 많은 사람과 공분하고 토론을 했다. 언니를 보러 가겠다는 약속을 미루고 거리로 나갔다. 온 나라가 들썩였다. 분노한 사람들이 길거리로 쏟아져 나와 한데 어울렸다. 남자와 여자, 노인과 어린이, 학생과 직장인이 섞여 국민이 뽑은 대통령을 제자리에 돌려놓으라고 외쳤다. 한편에서는 토론을 하고 노래를 부르고 촛불을 밝혔다. 서로에게서 감동을 받고 희망을 찾았다. 역사의 발전이나 민중의 각성을 믿지 않는 나조차도 그 거리에 있을 수밖에 없었다. 내가 빠지면 목소리가 줄어들까 봐 걱정이 되었다. 오늘은 얼마나 모이려나 조마조마하며 나가보면 광장과 골목마다 사람들은 어제보다 더 많이 모여 있었다.

언니가 망가진 채 병원 침상에 누워 있던 때, 그해 유월 성당 앞 거리에서 보았던 사람들이 다시 모여들었다. 그들은 세상 구석구석에서 표 나지 않게 살다가 참을 수 없는 임계점에 이르면 민중이라는 덩어리가 되어 나타났다. 한목소리를 내는 세력이 되었다. 유별난 각오나 신념이 있어서가 아니었다.

그때 깨달았다. 언니가 민중에 대한 사랑 때문에, 민중을 대신해 그들의 자유와 해방을 찾아주기 위해 거리로 나갔던 것이 아니라는 것을. 자기 자신의 존엄을 지키기 위해 언니는 그 위험한 거리에 섰던 것이다. 자존심이 상해서, 화가 나서, 무어라도 해야 해서였다. 미친개에게 조지가 맞고 있을 때 나를 일으켜 세운 것은 조지에 대한 사랑이 아니라 참을 수 없는 분노였다는 것을 그 거리에서 깨달았다. 미친개가 나를 무시했기 때문이었다. 봐라, 이렇게 내 직성이 풀릴 때까지 때리고 공격해도 너희들은 공포에 절어 있을 뿐 아무것도 못하는 바보들이 아니냐. 미친개는 나를 모욕했다.

그 덩어리 속에서 알게 되었다. 춥지 않다는 것을. 멀리에서 바라보았을 때는 한여름에도 추워 보였는데 막상 그 속에 섞여 있으니 안심이 되고 마음이 따뜻해졌다.

대통령 탄핵은 기각되었고 탄핵을 주도한 몇몇 거물급 정치인들이 낙마했다. 그렇다고 역사가 발전했다고 말할 수는 없었다. 그 사건 덕분에 영원히 사람들의 가슴속에 살아 있던 독재자의 그림자가 부활했다. 존재감 없던 각하의 딸이 보수세력의 몰락 속에서 홀로 살아남아 전면에 나섰다. 또 다른 격랑의 불씨가 살아난 것이었다. 하나의 사건이 하나의 결과만 가져온다면 세상은 얼마나 알기 쉬울까.

세번째 직장의 규모는 예전보다 작았지만 기획팀 팀장을 맡았다. 나이와 경력에 비해 파격적인 조건을 제안받았다. 파격적인 조건에 부합하는 실적을 내고 싶었지만 번번이 일이 잘 풀리지 않았다.

겨울에 팀원들과 워크숍을 빙자해 교외로 나갔다. 나를 포함해 여자가 다섯 명, 남자가 세 명이어서 승합차 한 대를 빌렸다. 회의를 겸한 점심을 먹고 몇 시간 거리의 수몰 지역을 보러 갔다. 원래의 계획은 그 지역이 댐 건설로 수몰되기 전에 옮겨 지은 고택 몇 군데를 방문하고 돌아오는 것이었다. 가는 길은 좋았다. 익숙한 음악이 흐르는 차 안에서 쨍한 겨울 햇살이 떨어지는 창밖의 풍경을 보며 구불구불한 시골길을 달렸다. 몇몇은 나른함에 겨워 잠이 들었고, 다른 사람들은 각자의 생각 속으로 가라앉았다.

전망대에 도착해 차에서 내리자마자 문제가 생겼다. 산골의 바람이 사나웠다. 갑작스레 달려든 칼바람 때문에 숨이 막혔다. 여직원들은 비명을 지르며 고개를 숙였다. 머리카락이 마구 헝클어졌고 걸음을 떼기도 힘겨웠다. 모두들 두 손으로 머리를 감싸 안은 채 힘겹게 수몰 지역을 관망했다.

오랜 가뭄으로 수위가 낮아져, 물속에 잠겼던 마을 가로수들의 밑동이 훤히 드러나 있었다. 나무도 산 생명인데, 다른 생명 없는 것들과 같이 물 아래에 남겨졌으니 수장된 것이었다. 땅에 뿌리가 박힌 채 물에 잠겨 시커멓게 마른 나무들은 마음을 심란하게 했다. 어째서인지 중환자실 병상에 누워 있던 언니의 모습이 떠올랐다. 언젠가 언니의 몸이 물에 잠긴 나무 같다는 생각을 하지 않았던가. 그때는 수장된 나무를 본 적도 없을 때였다. 옛 마을의 길과 집들이 일부 드러난 곳도 있었다. 담뱃가게 간판이 선명하게 보였다. 곰방대를 든 동네 어르신이나 어느 집에서 기르던 개라도 지나갈 것만 같은 풍경이었다. 사람이 살던 마을이 그렇게 통째로 물속에 잠겨 있었다는 사실이 놀라우면서도 을씨년스러웠다. 삶이 떠난 장소, 시간이 흐르지 않는 장소였다. 그러나 사라져 없어지지도 않고 때때로 죽은 몸을 드러냈다. 적멸에 들지 못하는 소멸. 울적했다.

수몰 지역에서 건져 올린 고택에 가자면 바람을 정면으로 받으면서 오르막을 걸어야 했다. 누군가 고택 방문을 취소하고 가까운 온천에 들렀다 가자고 제안했다. 온천이라는 단어가 주는 따뜻한 이미지가 금방 사람들의 마음을 움직였다. 남자들은 목욕을 하고 여자들은 그 온천에서 유명하다는 음료를 먹기로 하고 다시 승합차에 올랐다. 그날은 모든 선택이 막다른 길로 이어졌다. 이번에는 어둠이 문제였다.

겨울 산촌의 해는 우리의 예상보다 훨씬 짧았다. 게다가 밤은 우리가 경험한 그 어떤 밤보다 견고했다. 거의 완벽한 어둠 속에서 아슬아슬한 산길이 끝없이 이어졌다. 한 구비 돌면 또 구비길, 또 한 구비 돌면 급한 경사로가 나타났다. 운전대를 잡은 남자 직원은 다녀본 적 없는 길이라 더욱 긴장한 상태였다. 승합차를 운전할 수 있는 사람은 그 직원뿐이었다. 몇 번은 위험하다 싶은 순간도 있었다. 돌아갈 일이 걱정이었다. 예상보다 오래 걸려서 온천에 도착했다. 다시 결정을 해야 했다. 도중에도 차를 돌려야 하는 거 아니냐는 말이 나왔었다. 그러나 돌아가는 것이 나은지 계속 가는 것이 나은지 자신 있게 말할 수 있는 사람은 없었다. 배도 고팠다. 무엇보다 운전을 해야 할 사람이 피로를 호소하며 손사래를 쳤다.

어쩔 수 없이 그곳에서 일박을 하기로 했다. 작은 온천 호텔에는 그날 남은 방이 단체용 온돌방 하나뿐이었다. 남녀 구분도 없이 모두 한방에 들어갔다. 온천물도 온돌방도 지나치게 뜨거웠다. 지역 특산물로 만들었다는 특색 없는 호텔 정식을 먹고 방으로 돌아오자 남자 직원들과 여직원 한 명이 카드판을 벌였다. 나머지 여자 직원들은 텔레비전 앞에 모여 앉았다. 나는 몇 마디 말을 맞추어주다 일찍 구석 자리에 이불을 펴고 누웠다.

산촌의 밤은 길기도 했다. 빈 맥주 캔의 숫자도, 카드놀이의 판돈도 빠른 속도로 늘어났다. 누구는 몇십만 원을 땄다 하고 누구는 그 세 배의 돈을 잃었다고 툴툴댔다. 텔레비전을 보던 직원들도 카드판 주변에 모여 참견을 하며 잡담을 이어갔다. 한두 명이 내 옆자리에 이불을 깔고 누웠다. 잠이 오지 않았다. 빨리 잠들면 좋겠다고 생각하며 누워 있자니 의식이 더욱 또렷해지는 것 같았다. 뜨거운 방, 소음, 간식거리들이 풍기는 냄새, 참았다 쉬는 숨, 흐르지 않고 고여 있는 시간…… 그러던 어느 순간, 잠깐 잠이 든 모양이었다. 그 꿈은 그렇게 내 선잠 속으로 찾아왔다.

꿈속 세상은 아름다웠다. 청명한 밤이었고, 둥그런 달이 노랗게 떠 있었다. 나는 기쁘기도 하고 슬프기도 한 마음의 어떤 여자아이였다. 하얀 원피스를 입고 역시 하얀 원피스를 입은 언니와 손을 잡고 깔깔거리며 놀고 있었는데, 현실에서는 입어본 적이 없었던 공주풍의 그 원피스가 전혀 어색하지 않았다. 어디에선가 불쑥 엄마가 나타났고 언니는 사라졌다. 내가 언니를 찾자 엄마는 한심하다는 듯, 집에 있겠지, 네 언니는 발이 없으니 순간순간 있고 싶은 데 있잖니, 했다.

그러자 나는 참을 수 없이 슬퍼졌다. 엉엉 울며 맨발이 되어 집을 향해 뛰어갔다. 꿈속에서 우리 집은 현실의 내가 살아본 적 없는 목조주택이었다. 세 개의 나무 계단 위로 멋진 테라스와 로코코풍 장식이 있는 현관문이 보였다. 나는 첫번째 계단에 주저앉아 하염없이 울었다. 잠을 자는 나는 궁금하기도 하고 슬프기도 해서 미칠 것 같았다. 가슴이 세차게 뛰었고, 숨이 막혔다. 그러다 어느 순간부터 꿈속의 내가 하는 생각을 잠을 자는 나도 공유하게 되었다. 언니는 죽었다. 죽은 채로 우리 집에 같이 살며, 죽은 채로 산 사람처럼 나와 함께 놀다가 다른 사람이 다가오면 순간순간 사라져 집으로 들어가 숨어버린다. 나는 언니가 죽은 것을 알면서도 언니와 노는 것이 재밌어서 미친년처럼 깔딱깔딱 웃다가, 언니가 죽었다는 것을 깨달을 때마다 죽을 듯이 슬퍼했다.

꿈속의 내가 꺼억꺼억 울고 있을 때 언니가 다시 나타났다. 언니의 가슴에 머리를 파묻고 울고 있는데, 언니의 몸이 털 달린 짐승으로 바뀌었다. 언니는 갑자기 개가 되었다. 개가 되기 직전, 언니는 나에게 울지 마, 네가 나를 죽였잖아, 하지만 괜찮아, 하고 말했다. 나는 개가 된 언니의 보드라운 몸에 기대어 힘을 뺐다. 언니는 나를 안고 풀쩍 뛰어올랐다. 우리 둘은 미풍에 날리는 새의 깃털처럼 자꾸자꾸 위로 올라갔다. 부웅 떠오른 우리는 노랗고 동그란 달의 곁을 지나 크고 따뜻하고 검은 하늘 속으로 올라갔다. 꽃잎보다 부드러운 바람이 볼에 와닿았다. 황홀했다. 그때 아래쪽 마을에서 소리가 들렸다. 소리가 점점 커지더니 그 파동이 온몸으로 느껴질 정도로 울려 퍼졌다. 통곡인가? 언니가 실려 와 있던 병원에서 그날 새벽에 울려 퍼졌던 그 소리였다.

번쩍, 눈을 떴다. 눈을 떴지만 너무 깜깜해서 아무것도 보이지 않았다. 누구인지 두어 명이 세차게 코를 골며 자고 있었다. 방은 지나치게 뜨거웠고 땀과 눈물에 범벅이 된 나는 물에 빠졌다 나온 것처럼 흠뻑 젖어 있었다.

깨고 나서도 기분이 처질 만큼 슬픈 꿈을 꾼 적이 몇 번 있었다. 갑자기 옥자가 나타나 죽을 때가 되었다고, 그렇지만 다시 살아날 거니까 걱정하지 말라고 하더니 제 발로 구급차 간이침대에 올라가 눈을 감고 눕는 꿈을 꾸었다. 다시 태어난 너에게는 나에 대한 기억이 없을 것 아니냐고 다그치자 옥자는 졸려 죽겠다는 듯 그건 어쩔 수 없다고 했다. 일어나자마자 옥자에게 전화를 했더니 죽는 꿈은 출세할 꿈이라며 소리 내어 웃었다. 한번은, 꿈속의 내가 자고 있는데 아버지가 다가와서 방에 들어가서 자라고 말하는 꿈을 꾸었다. 다른 것들은 다 자기의 색을 가지고 있었는데 아버지만 혼자 흑백으로 등장했다. 그저 나타났을 뿐이었는데 잠에서 깨어난 다음 슬펐다. 꿈에서 들었던 아버지의 목소리를 기억해보려 했지만 불가능했다.

하지만 그 온천 호텔에서 꾼 꿈이 단연코 가장 슬펐다. 그 꿈 이야기를 들은 한 친구는 결국 개꿈이잖아, 하며 낄낄거리더니 어딘지 섬뜩한 구석이 있긴 하다며 표정을 바꾸었다.

—네 언니, 정말로 네가 죽인 건 아니지?

아니라고, 나는 곧바로 대답하지 못했다.

세번째 직장에서 뚜렷한 실적도 내지 못하고 몇 년 어영부영하다 사표를 냈다. 책을 좋아했고 많이 읽었으니 책 만드는 일도 잘할 수 있을 줄 알았다. 실제로는 책 만드는 일을 하다 보니 책도 보기 싫어졌다고 하는 편이 맞았다. 좋은 책이 잘 팔리면 좋겠지만 현실은 잘 팔리는 책만이 좋은 책이었다. 사실 나는 좀 너덜너덜해진 상태였다. 의욕적으로 기획안을 만들어도 기대했던 반응이 돌아오지 않았다. 무언가 부족하고, 조금씩 미끄러지는 느낌을 애써 외면해왔지만 나도 알고 있었다. 내 기획은 그다지 창의적이지 않을뿐더러 그렇다고 다른 중요한 가치에 부합하지도 않았다. 돈을 벌겠다는 생각만 있었지 일 자체에 큰 의미를 두지 않았으니까, 흔히 그렇듯 뒤처지기 시작했던 것이다. 좋아서 이 업종에 덤벼든 사람들, 의욕이 넘치는 젊은 상상력을 나는 따라갈 수 없었다. 평소 싫어하던 임원으로부터 경고 비슷한 질책을 받았고 그걸 핑계로 사표를 썼다.

공백 없이 두 번의 이직에 성공한 경험이 있었기에 일자리는 찾을 수 있을 거라고 생각했다. 고민은 다른 데 있었다. 매일 반복되는 일상과 조직 생활에 신물이 났다. 십 년이 넘게 돈벌이에만 매달려 살았다. 생계가 늘 나를 밀어붙였다. 나만 그런 것은 아니었다. 다들 태연히 살아내고 있는데 나만 유별난 것인지 가끔 미치도록 출근이 하기 싫었다. 그즈음엔 더욱 그랬다. 언제까지 이렇게 살아야 하는지 생각해보면 끝이 보이지 않았다.

적의가 활활 타오르는 순간들이 있었다. 나중에 그 순간을 되짚어보면 순식간에 나를 지배했던 그 감정에 경악했다. 출근길 만원 버스에서 내가 잡은 손잡이를 파고들던 낯선 손들. 안정적인 자리를 빼앗기지 않으려고 버티면서 이미 내가 차지한 자리를 탐내는 모르는 사람의 손을 세게 때려주고 싶었다. 지하철에서 다리를 벌리거나 꼬고 앉아 있는 남자들을 걷어차고 싶었던 적도 있었다. 회의 시간에 엉뚱한 소리로 집중력을 떨어트리던 동료를 어떤 식으로든 내일은 만날 수 없으면 좋겠다고 생각했고, 근무 시간에 인터넷 쇼핑을 하고 회사 택배로 개인적인 용무를 처리하는 직원이 애인과 헤어져서 실의에 빠지길 기도했다. 그들이 불행해지기를 바라는 마음은 진짜였다. 일 못하는 사람이 제일 싫었고, 말 많은 사람도 제일 싫었다. 누군가를 괴롭히거나 응징하고 싶었고, 실제로 그렇게 한 적도 있었다. 상대방의 내면, 상황, 살아온 시간에 대해 아무것도 몰랐고, 그래도 상관없었다. 증오와 폭력에 대한 열망은 명확했고 순간순간 바로 일어났다.

그처럼 사나운 공격성은 어디에서 튀어나왔을까. 그것은 본래부터 내가 가지고 있던 것임에 틀림없었다. 아무도 어떤 책도 나에게 가르쳐주지 않았다. 나는 두려웠다, 언니를 참혹하게 망가뜨린 사람들과 내가 본질적으로는 별반 다르지 않은 사람인 것 같아서. 생각 없이 살다 보면 그림자에 잡아먹힌다고, 언니는 나에게 말했었다.

몇 달이라도 쉬고 싶었지만 그럴 수 없었다. 창의력이나 열정이 필요치 않은 일이라면 괜찮지 않을까 궁리하며 구인 사이트를 뒤졌다. 누가 해도 상관없는 일, 최소한의 성실성만 있으면 되는 일, 영혼이 없어도 되는 일이라면 백지 같은 마음으로 다시 시작할 수도 있을 것 같았다. 그러나 결국 눈에 들어온 것은 또다시 출판사의 경력직 채용 공고였다. 많은 자본과 비즈니스 마인드로 무장한 신생 출판사였다. 보수 정치권에서 돈이 들어온다는 소문이 있었고, 동종 업계에서는 최고 수준의 연봉을 준다는 소문도 있었다. 그때 마치 나를 기습하기 위해 요긴한 길목에서 잠복하고 있었다는 듯, 서혜영이 나타났다. 간신히 떠나왔다고 착각했던 모든 시간들을 거느리고서.

서류 심사가 통과되었다는 연락을 받고 면접을 보러 간 자리에서 서혜영을 만났다. 면접관 자리에서 흥미로운 얼굴로 나를 빤히 바라보고 있는 사람이 서혜영이라는 것을 알아보았을 때 나는 바로 일어나서 도망치듯 그곳을 나왔다. 내가 낸 이력서와 자기소개서를 서혜영이 보았겠다는 생각은 나중에 했다.

그 만남은 많은 것들을 소환해냈다. 사랑에 빠진 스무 살의 얼굴, 시작해보지 못한 첫사랑, 낙원여관의 냄새, 상복을 입은 엄마들, 공중전화 부스, 진눈깨비가 내리던 날 도시를 떠나간 나의 나머지 팔과 다리, 발이 없는 언니와 놀던 꿈. 내가 잘못한 것은 없었다. 굳이 내 잘못이라면 이기적이고 멍청한 사람들이 싫어서 겉돌았다는 것뿐이었다. 서혜영은 어쩌면 나의 취직을 도와주고 편의를 봐줄 수 있을지도 몰랐다. 짧은 순간 스치듯 봤지만 서혜영의 태도는 우호적이었다. 내가 먼저 기대한 것도 아닌데 굳이 창피할 이유가 없었다. 서혜영으로부터 대학 등록금을 받았을 때, 내가 울었던 이유는 거절할 수 없었기 때문이었다. 그때는 부끄럽지 않았다. 거절할 수 없는 처지가 억울했을 뿐, 억울해서 화가 났을 뿐. 그런데 이번에는 도움을 받은 것도 아닌데 한없이 부끄러웠다. 내가 적어낸 촘촘한 이력들이 아주 하찮게 느껴졌다. 딴에는 이만하면 나쁘지 않다고 자위하고 있었는데 처음부터 출발점이 달랐던 서혜영 앞에서 졸았던 것일까. 옛 친구에게 평가를 받아야 하는 현실에서 느끼는 자격지심에 옹졸함과 질투 등이 뒤섞인 감정이었을까. 내 부끄러움의 정체를 알 수 없었다.

되도록 멀리 가고 싶었다. 형준 선배처럼 여차하면 돌아오지 않을 수 있는 데라면 더 좋겠다고 생각했다. 하지만 그런 곳을 알지 못했다. 어디로 가야 할지 모르면서 뛰쳐나가기부터 했던 열아홉 살로 나는 되돌아가 있었다. 즉흥적으로 여행사에 가서 여권과 중국 비자를 신청했다. 며칠이 걸린다고 했다. 긴 여정을 짰다. 북경 왕복 비행기표와 방문할 도시의 호텔을 여행사에서 예약해주는 프로그램이 있었다. 도시에서 도시로의 이동은 가이드북을 참고로 현지에서 해결해야 했다. 엄마와 언니를 생각하면 직장을 구하지도 않고 한가롭게 여행을 떠나는 것이 미안했다. 엄마에게는 직장에 사표를 낸 것도, 중국으로 여행을 간다는 말도 하지 않았다.

부엌과 침실 사이를 책장으로 가린 원룸에서 밀린 잠을 잤다. 하나의 스토리로 연결되지 않는 여러 개의 토막 꿈 사이를 돌아다니며 하루가 넘게 잤다. 그리고 일어나 여행 가방을 쌌다. 중국 여행 안내서를 보면서 기차표를 사고 호텔에 체크인하는 방법을 익혔다. 여행 안내 책자에는 중국은 공안이라는 경찰 조직이 강력하게 통제하는 나라라서 전 세계에서 여자 혼자 여행하기에 가장 안전한 나라 중 하나라고 나와 있었다.

그래도 출발하기까지 며칠 정도 시간이 남았다. 동네 산책을 하고, 원룸 건물 일층에 있는 작은 가게에서 국수를 사 먹었다. 남들이 일하는 시간에 한가롭게 어슬렁거리고 있자니 이따금 불안했다. 빈둥거리고 있으니 자랑스러웠던 실적도 꼴도 보기 싫었던 사람의 얼굴도 가물가물했다. 면접관 자리에 앉아 있었던 것이 정말 서혜영이었는지도 헷갈렸다.

중국으로 여행을 갈 수 있는 날이 오리라고는 상상도 하지 못했다. 몇 해 전까지만 해도 선택된 몇몇 사람들만 합법적으로 방문할 수 있는 나라였다. 소련이 낡은 양말 공장처럼 홀연히 문을 닫고 여러 개의 나라들로 쪼개진 이후에도 중국은 건재했다. 6·25전쟁 때 북한을 도와 우리나라를 침범했고, 통일할 수 있는 절호의 기회를 망쳐놓았던 적대국. 공산당의 나라.

—북한 괴뢰정부 공산당 놈들에게는 미친개처럼 몽둥이가 약이라고, 이 어린 연사는 목청 높여 외, 쳐, 봅니다!

초등학교 때 전교생들 앞에서 웅변을 했던 한 아이의 외침이 생각났다. 전국웅변대회에서 큰 상을 받은 기념으로, 말하자면 앵콜 공연을 한 것이었다. 해는 뜨겁고 열중쉬어 자세로 서 있기도 힘들었는데 연단에 선 아이가 몽둥이가 약이라고 외치자 아이들은 키득거리며 박수를 쳤다.

북경공항은 크고 화려했다. 군복 스타일의 근무복을 입은 공항 직원들을 보고는 바싹 긴장이 되었다. 하지만 딱딱한 차림새와는 달리 그들은 외국인에게 굉장히 친절했다. 공항에서 도심으로 가는 길에 맞닥뜨린 풍경은 흑백사진으로 본 적이 있는 우리나라의 옛 모습과 비슷했다. 비행기를 타고 공간 이동을 한 것이 아니라 타임캡슐을 타고 시간 이동을 한 것 같았다. 그런 느낌은 여행을 하는 동안 수시로 찾아왔다. 강가에 널려 있는 빨래들, 싸리 울타리 주변을 산책하는 닭과 오리, 버스에서 담배를 피우는 남자들, 시장에서 생닭을 사 들고 가는 노인의 거친 손, 개방된 장소에서 아이에게 젖을 물리고 있는 젊은 엄마. 그곳에는 과거의 어느 시간대가 흐르고 있었다.

공산당 일당 체제를 유지하면서 자본주의 시장경제를 받아들인 사회주의 국가 중국의 인상은 여러모로 기괴했다. 외관이 크고 화려한 신축 빌딩에 재래식 화장실이 있는가 하면, 예쁘게 화장을 하고 머리를 치장한 젊은 여자가 뾰족구두에 목욕 가운을 입고 출근을 했다. 백 위안짜리 지폐를 낼 때마다 위폐가 아닌지 의심을 받았고, 물건을 살 때마다 불량이나 가짜가 아닌지 그 자리에서 바로 확인해야 했다. 택시나 기념품 가게에서 외국인이 사기를 당하는 일은 굉장히 흔했다. 미국과 서방에 대한 비난과 성토가 매일 뉴스를 장식했지만 서점마다 영어 학습교재가 가득 진열되어 있었고 국영방송에서는 영어회화 강좌를 아침저녁으로 내보냈다. 비누와 샴푸 광고가 방송 광고의 대부분을 차지했다. 지구 전체 인구의 육분의 일을 차지하는 중국인들이 매일 머리를 감고 샤워를 하면 지구는 사흘 만에 멸망하고 말 거라는 생각이 들었다. 꼬박 서른 시간을 달리는 기차 안에서 알게 된 한 중국인은 친구의 친구는 나의 친구라며 호탕하게 웃다가도 중국에서는 꼭 되는 일도 없고 절대 안 되는 일도 없다며 음흉한 표정을 지었다.

많은 인구와 넓은 국토를 가진 중화인민공화국은 국제사회에서 미국에게 큰소리를 칠 수 있는 유일한 나라였다. 중국이 아주 큰 나라이고 국제사회에서 대접받는 나라라는 사실은 중국인의 가슴에 새겨진 훈장 같았다. 내가 만난 대부분의 중국인들은 중국이 대국이라는 말을 한두 번 이상은 했다. 외국인에게 그 말을 할 때 그들의 표정에서 자부심을 읽기는 쉬웠다. 그러나 그 자부심의 출처는 의심스러웠다. '중국은 대국'이라고 말하는 사람 가운데 자기가 사는 지역에서 한 번이라도 벗어나본 사람은 흔치 않았다. 나라가 크다는 사실은 그 나라 국민의 삶과 별 무관해 보였다. 주입된 자부심. 그것은 우리나라 사람들이 빠르게 이루어낸 경제성장에 대해 느끼는 자긍과도 닮아 있었다. 기적이라 불릴 정도로 빠르게 경제가 성장했다지만 나를 비롯해 내 주변에는 부자가 없었다. 그런데도 대국의 인민들은 작은 나라 한국을 선망했고 내가 코리안이라고 하면 의심 없이 부자라고 생각했다.

대련의 한 허름한 식당에서 일을 하던 여학생은 나에게 거래를 제안했다. 여행을 하는 동안 중국의 상인들에게 속지 않도록 자기가 동행해주겠다는 것이었다. 대신 자기를 한국에 데려다 달라고 했다. 한참 만에 거래의 조건을 알아들은 나는 그저 어이가 없었다. 농담이라 생각하고 웃기만 했는데 내가 계산을 마치고 식당을 나오려 하자 그 여학생이 다급히 다가

와서 자신의 연락처가 적힌 쪽지를 건넸다. 쪽지에는 나를 친구로 생각한다는 영어 문장이 적혀 있었다. 그 여학생을 마주칠까 봐 그 거리에 다시는 가지 않았다.

상해에서 남경으로 가는 기차 안에서 백발의 노부인이 내 맞은편 자리에 앉았다. 노부인은 마치 어린아이처럼 손등으로 흐르는 눈물을 닦아내면서 창밖의 백발노인에게 하염없이 눈물 닦던 손을 흔들었다. 마오쩌둥 재킷을 입은 창밖의 백발노인은 웃고 있었다. 그러나 기차가 떠나고 나면 주저앉아 울 것처럼 보였다. 사연을 몰랐지만 나도 눈물이 날 것 같았다.

계림의 버스 정류장에서 만난 한 노인은 나더러 한국인인지 물어보더니 갑자기 한난들, 한난들, 하고 이상한 말을 하며 제자리걸음을 했다. 뒤늦게 그 말이 '하나 둘, 하나 둘' 하는 구령이라는 것을 알아챘다. 노인과 나는 서로의 언어를 몰랐다. 그런데도 우리는 버스가 오기 전까지 긴 이야기를 나누었다. 노인은 전쟁 포로였던 시절에 그 구령에 맞추어 행군을 했다고 말했다. 그는 한국전쟁 때 북한의 편에 서서 중공군으로 참전했다. 노인의 키는 나보다 작았다. 그 작은 몸에 세 개의 총알 자국이 있었다. 왼쪽 옆구리, 무릎 아래, 그리고 귀밑이었다. 노인은 바지와 윗옷을 걷어 올려 맨살을 보여주었다. 소년의 몸에 날아든 총알들은 노인이 된 몸에 옹이처럼 선명하게 남아 있었다. 옆구리 아래 자국은 물결 모양이었다. 작은 소용돌이가 하나의 점을 향해 수렴하고 있었다. 총알이 왼쪽 귀밑을 지나갔을 때 그는 어린 소년이었는데 그때 자기가 죽은 줄 알았다고 했다. 여기와 여기를 맞았을 때는요? 나는 노인의 옆구리와 무릎을 가리키며 물었다. 노인은 장난스러운 표정을 지으며 총알은 자기를 죽일 수 없다고 했다. 오직 세월만이 자기의 목숨을 앗아갈 수 있다고.

한국전에 뒤늦게 참전한 중공군은 변변한 무기도 없이 오로지 모래알처럼 많은 수의 병사를 끊임없이 내려보냄으로써 연합군의 후방을 압박했다고 배웠다. 인해전술이라고 했다. 사람의 바다. 그것을 전술이라고 부를 수 있을까? 소름이 돋았다. 별생각 없이 암기했던 그 단어가 정말 잔혹한 말이었다는 것을 몇십 년이 지나서야 알게 되었다.

처음부터 그럴 계획은 아니었는데 중국이라는 나라에 대한 흥미와 기대가 가시고 난 이후부터는 줄곧 내 육체를 괴롭히는 데 전력을 다했다. 기이하거나 아름다운 자연의 풍경은 쉽게 잊혔다. 거대해서 다 둘러볼 수도 없는 옛 궁들과 각종 엽기적인 전설이 전해오는 방대한 공원들은 일찌감치 질려버려서 건너뛰었다. 독한 중국술에 쉽게 취했고 아침마다 두통에 시달렸다. 조식 시간에 맞춰 일어나지 못했고 시끄러운 소리를 내는 캐리어를 끌고 다니다가 다음 목적지에 도착했다. 쿤밍에서 기차를 타고 따리에 도착했을 때 몸살이 났다. 여행사에 연락해 나머지 일정을 포기하고 따리 고성에 주저앉았다.

고성 안의 전통 가옥을 개조한 호텔은 중정형의 이층집이었다. 창이 작은 객실 내부는 낮에도 어두컴컴했다. 대신 회랑과 마당의 뜰에는 고원의 맑고 강한 햇빛이 온종일 내리쬐었다. 내 말을 제대로 알아들었는지 모를 약사가 건네준 약을 먹고 야외 테이블에서 으슬으슬한 몸을 말렸다. 서양식 카페에서 일본식 카레나 샌드위치를 사 먹고 한식당을 찾아가서 된장찌개를 먹었다. 처음으로 내가 익숙한 것들 속에서 편안함을 느끼는 사람이라는 것을 깨달았다. 왜 이토록 낯선 공간에서 낯선 냄새의 술에 취해 돌아다니고 있는지 알 수 없었다. 주위를 둘러보았다. 여행 따위 더는 하고 싶지 않았다. 쉬고 싶었다, 다정한 사람들 속에서.

언니에게 전화를 했다.

—내 동생. 강지영. 생일 축하해.

언니가 내 이름을 불렀다. 전날이 내 생일이었다는 것을 몰랐다. 나이를 먹느라 몸살이 난 건가, 뒤늦게 생각했다. 공산당이 지배하는 나라의 천오백 년 전 번성했던 고대국가풍 거리에서 나는 나도 모르는 사이에 서른일곱 살이 되어 있었다. 아버지가 살아본 나이를 지난 지 오래였다. 언니와 엄마를 떠난 지도 몇십 년은 된 것 같았다. 열아홉의 겨울, 우는 엄마를 남겨놓고, 우리가 함께 잠들고 깼던 작은 셋방에서 뛰쳐나갔던 그 새벽 이후, 나는 지금껏 혼자 떠돌고 있었다. 어떻게 되어도 상관없다는 태도로 내 삶을 방관하며 흘려보냈다.

언니가 쓰러지기 전에는 평범하게 살아가는 사람들을 보면서 나도 그렇게밖에 살 수 없을까 봐 두려웠었다. 사람들이 싫었는데 조금 더 나이를 먹고 나서는 내가 그 사람들과 다를 바 없는 것이 싫었다. 그리고 마침내 삼십대 후반에 이른 나는 아무것도 되어 있지 않았고 앞으로도 무엇이 될 가능성이 보이지 않았다. 부끄러움의 정체는 그것이었다. 나는 내가 부끄러웠다.

언니 있는 데로 갈까? 하고 물었더니, 언니는 그럼 그렇게 하라고 대답했다. 무덤덤한 척했지만 목소리에 환한 웃음이 묻어 있었다. 언니는 좋은 일에 기쁜 내색을 하지 않으려 했다. 상대에게 부담을 주지 않으려는 배려였다. 언니에게는 자신만의 고유한 버릇과 지향이 있었다. 그런 점을 발견할 때면 기분이 좋았다. 그것은 언니가 학습한 것만 재생하는 앵무새 같은 존재가 아니라는 증거였다.

사흘 정도가 지나자 몸살기가 가라앉았다. 곧바로 움직이기는 힘들 것 같아서 며칠의 여유를 두고 귀국 스케줄을 잡았다. 남은 날 동안은 매일 늦게 일어나서 택시를 타고 얼하이 호수에 갔다. 엄마와 언니가 살고 있는 도시의 바다처럼 호수는 맑고 넓고 고요했다. 호수 주변에서 아름다운 일몰을 보고 고성으로 돌아와 저녁을 먹고 잠을 잤다. 그리고 나 자신에 대해 생각했다.

언니가 쓰러진 후, 내가 가려던 길은 막혀버렸고 내가 갈 수 있는 길은 선택의 여지가 없는 외길이었다고 생각했다. 정말 그럴까? 나를 밖으로 내몬 것은 나 말고는 아무도, 아무것도 없었다. 실제로는 고집스레 '선택한' 길을 걸어오지 않았는가. 언니와 엄마, 나의 선량한 가족과 떨어지기 위해, 우리에게 닥친 불행의 그림자로부터 나 혼자 벗어나기 위해. 내 삶으로부터 멀어지기 위해.

나는 내가 얽매여 있는 것들로부터 벗어나 자유롭게 살고 싶어 하는 줄 알았다. 아니었다. 내면의 자유와 외떨어져 혼자 사는 것을 혼동했을 뿐이었다. 엄마와 언니를 떠났고 사람들을 외면하고 살았어도 자유롭지 않았다. 나는 익숙한 것을 좋아했다. 식당이나 술집도 가던 곳만 갔다. 나라는 인간은 모험을 할 바엔 조금 불편하더라도 현상을 유지하는 쪽이었는데 왜 그렇게 부지런히 여행 가방을 쌌을까. 자유를 갈망해서가 아니라 '지금 여기'가 싫어서였다. 나는 오히려 다른 사람들보다 의존적인 성향을 가지고 있었다. 나는 엄마와 언니에게, 조지와 상훈 오빠에게, 형준 선배에게, 그리고 서혜영에게조차 기대고 싶어 했다. 그렇다면 이 오랜 자발적 고립은 도대체 누구를 위한 것이었을까. 나는 평생을 내가 원하지 않는 방향으로만 걸어온 셈이었다. 내가 예전부터 지금까지 진짜 원했던 것은 엄마와 언니와 내가 우리 집에서 함께 사는 것이었다.

처음 만났던 날, 날라리 중학생 서혜영은 나를 정확하게 알아보았다. 언니는 다 죽어가는데 동생이라는 년이 아주 지랄을 하고 돌아다닌다고 했었다. 조지보다 내가 백배는 모자란 년이라고 했다. 그리고 물었다.

—알아?

그것이 갑자기 나타난 서혜영 앞에서 꼬랑지를 접고 도망쳤던 이유였다. 나는 아직도 그렇게 지랄을 하고 돌아다니는 못난이였던 것이다.

아무것도 모르는 꼬맹이였던 나는 엄마와 언니의 대화를 듣고 있다가 가끔 그게 무슨 말이야? 하고 물었다. 그럴 때 언니는 나에게 말했다.

—시간이 지나면 너도 알게 될 거야.

그 말은 시간이 흘러서 내가 더 커야 이해할 수 있을 거라는 말이었다. 그러나 어떤 시간은 지나가지 않았다. 나는 어른이라고 할 수 있을 만큼 충분히 컸는데도 나의 어느 한 부분은 여전히 지하 셋방에 남아 있었다. 예뻤던 언니의 얼굴과 함께. 시간이 지나도 이해할 수 없는 암호로 거기에 있었다.

나는 내 주위에서 벌어지는 시대착오적인 일들을 이해할 수 없었다. 인권과 자유를 최고의 가치라 여기는 자유민주주의 국가에서 왜 언니는 그렇게 어처구니없이 파괴되었는지, 왜 언니를 파괴한 사람을 처벌할 수 없는지, 왜 그 모든 일들이 벌어지고 있는데도 다른 사람들은 평화로운 일상을 살 수 있는지. 더욱 불가해한 사실은 멀쩡한 대낮에 개인적인 원한도 없는 사람들이 언니를 잔인하게 때린 채 길거리에 방치하고도 잡혀가 벌을 받지 않는 그런 유의 사건은 역사에서 아주 예외적이고 드물게 일어나는 일이 아니라는 것이었다. 언니는 그렇게 되었지만 그 사건을 계기로 사회가 조금 나아졌다고 한다면 언니가 비록 일곱 살의 지능으로 돌아왔어도 당당하게 살았을 것이다. 그러나 언니의 사고가 나에게 열어준 세상에서 내가 알게 된 것은 언니의 사건 이전에도 그보다 끔찍한 일들이 많이 일어났었고, 그 이후에도 그와 유사한 일들이 계속해서 일어났다는 사실이었다. 다수의 방관과 묵인과 동의 아래.

지나간 것들이 다시 돌아왔다. 미친개가 조지를 두들겨 팼고, 그것을 국어 선생이 가만히 보고만 있었고, 선생들이 나와 우리 가족을 모욕했고, 두 겹의 세계에 적응하지 못해 교실 바닥에 구토를 했고, 이름을 모르는 아이가 참혹하게 자기의 생목숨을 끊었던 그 시절은 분명 지나갔다. 그러나 그 후로도 종종 불현듯 나는 다시 그때의 감정으로 되돌아가곤 했다. 이 세상은 가망이 없었다. 열심히 달려도 바깥으로 나왔나 싶으면 어느새 안으로 들어와 있었다. 안팎이 이어져 있는 뫼비우스의 면을 따라 헐떡이며 도망을 다녔다. 그리고 청춘의 시간 내내 왜 달라지지 않는 것인지 한탄했다.

역사는 청산되고 흘러가는 것이 아니라 번번이 되돌아와서 먼지처럼 쌓였다. 닦아내도 또 쌓였다. 세상은 달라지지 않고 사람들은 나아지지 않는다. 그렇더라도, 다시 더러워지고 먼지가 쌓이더라도 각성하고 봉기하고 청산해온 것도 인간의 역사라는 것은 생각하지 못했다. 그나마 내 의지에 따라 달라지고 나아질 여지가 있는 것은 나 자신밖에 없었지만 나는 창밖의 세상을 저주하는 데 골몰했다.

시간은 또한 한 겹이 아니라는 것을 알았더라면 나는 조금 빨리 사춘기에서 벗어날 수 있었을 것이다. 인권과 자유를 위해 싸우는 시간, 그리고 기득권을 지키기 위해서라면 어떤 소중한 가치도 뒤집어엎을 수 있는 퇴행의 시간은 공존하고 있었다. 하나가 끝나고 하나가 시작되는 것이 아니라 완전히 다른 두 세상이 서로 겨루고 있었다. 그래서 이상을 지키기 위해서는 그것을 뒤집어엎으려는 시간과 싸워야 했다. 다시, 새롭게. 성찰하고 경계했어야 했다. 포기하고 외면할 일이 아니라, 내가 가야 할 방향이 어디인지를 판단했어야 했다.

우리의 투쟁이 미미할지라도 의미가 있다고 했던 언니의 말을 좀 더 일찍 믿었어야 했다. 그랬다면, 역사가 시간과 마찬가지로 거꾸로 흐르지 않기 때문이 아니라, 역사는 시간과는 다르게 거꾸로 후퇴하기도 하고 같은 자리를 뱅뱅 돌기도 하지만 미미해 보이는 저항일지라도 해야만 하는 것이 자존감을 가진 인간의 본능이라고, 언니의 주장을 조금 보충해줄 수도 있었을 것이다.

일곱 살이건 일흔 살이건 언니가 살아 돌아온 것은 기적이고 축복이라는 것을 조금 더 일찍 받아들였더라면 좋았을 것이다. 그랬다면 언니를 보살피고 보호하는 일이 천벌이 아니라 내 삶의 의미가 될 수도 있고, 언니의 동생으로 세상에 태어났을 때 나는 이미 아무것도 아닌 존재가 아니라 무언가가 된 존재였다는 것을 더 빨리 깨달았을 것이다.

일주일 정도 그곳에 머물고 나는 곧장 북경으로 가서 귀국길에 올랐다. 나는 애인을 잃은 여자처럼 비행기에서 소리 죽여 울었다. 눈물이 마르기도 전에 비행기가 대한민국에 착륙했다. 오십 년간 적대국이었던 중화인민공화국의 수도에서 인천공항까지는 두 시간이 채 걸리지 않았고 북경과 서울의 시차는 한 시간이었다. 비행기가 활주로에 쿵, 하고 내려앉았을 때 시간이 훌쩍 건너뛰는 것 같았다.

나라사랑 책방

엄마와 언니가 이사를 온 지도 십 년이 지났지만 동네에 이렇다 할 변화는 없었다. 일 년에 두서너 번, 그것도 사나흘이나 있을까 말까 했지만 어쩐지 고향 같은 느낌이 들기도 했다. 갔다 오자고 마음먹기는 힘들었어도 막상 버스에서 내리면 발걸음이 빨라졌다.

엄마와 언니가 사는 집은 삼층짜리 연립주택의 일층이었다. 소박한 화단 건너편에 놀이터와 주민 체육공원이 있었다. 공원 주변의 느티나무들은 모두 둘레가 한아름이 넘었다. 언니의 걸음으로 천천히 걸어도 십 분 정도면 바다에 닿을 수 있었다. 모래사장이 있는 해변은 아니지만 아름다운 석양을 볼 수 있어서 여름날 저녁이면 사람들이 제법 모여들었다. 해안선을 따라 데크가 있어서 산책하기 좋았고 군데군데 쉴 수 있는 의자가 놓여 있었다. 버스를 타고 병원으로 가는 길에도 건물들 뒤로 간간이 짙푸른 바다가 보였다.

자세히 살펴보면 소소한 변화들이 눈에 들어왔다. 주변에 있는 고만고만한 옛집들 중 한두 채가 반듯한 양옥으로 바뀌었고 늘 비어 있는 큰길가 버스 정류장의 디자인은 올 때마다 달라져 있었다. 몇 년 전 태풍에 날려 보낸 동생 할머니 점방의 간판이 있던 자리에도 낡은 가겟집과는 어울리지 않는 새 간판이 붙어 있었다.

동생 할머니의 점방은 엄마가 살고 있는 연립 골목의 어귀에 있었다. 가정집 툇마루에 물건을 늘어놓은 정도의 작은 가게였다. 물건도 별로 없고 손님도 많이 들지 않았지만 급해서 뛰어가면 있을 건 다 있었다. 사람 일이란 건 참 알 수 없다고, 동생 할머니의 점방을 지날 때면 새삼 생각했다. 병원에서 동생 할머니를 만났을 때는 물론이고 그 후 오랫동안도 우리 가족이 여기 와서 살게 되리라고는 상상하지 못했다. 나는 아직도 동생 할머니를 대하기가 어색했지만 언니에게는 동생 할머니가 엄마와 진희 언니 다음으로 친한 친구였다.

언니는 예전보다 건강해 보였다. 거지꼴을 하고 덜덜거리는 캐리어를 밀며 집에 들어섰을 때 언니는 한쪽 팔을 활짝 펴고 나를 반겼다. 꼴이 왜 그 모양이야, 엄마는 얼굴을 찌푸리고 물었다. 엄마는 볼 때마다 깜짝 놀랄 만큼 늙어 있었다. 칠순을 넘긴 엄마는 움직일 때마다 끙끙 신음 소리를 냈다.

—지겨워서 사표 내고 여행 좀 다녀왔어요. 오래 했잖아, 좀 쉬려고.

집 안 곳곳에 언니가 그린 그림이 붙어 있었다. 엄마는 아직도 언니와 기억놀이를 하는지 옛날 사진들이 거실 한쪽 벽을 채우고 있었다. 초등학교 졸업식 사진들이 눈에 띄었다. 언니와 나, 엄마와 나, 그리고 내가 혼자 서 있기도 한 그날의 모든 사진에는 눈을 감은 내가 상장과 트로피와 꽃다발을 두 팔 가득 안고 있었다. 언니는 그 사진들에서 자기가 나오는 부분을 교묘하게 다른 사진으로 가려놓았다. 다시 보니, 그때만 해도 엄마는 젊었고, 우아한 귀부인 같았다. 나는 시골에서 갓 상경한 아이처럼 어리벙벙해 보였다.

아버지의 영정은 장식장 제일 위 칸에 있었다. 이제 아버지는 엄마의 아들이라 하기에도 어려 보였다. 방에 들어가서 자라고, 아버지가 나타나 말을 거는 꿈을 꾼 이후 그 현실감 없는 사진을 보면 뭉클했다. 엄마는 장을 보러 나갔고 나는 언니를 붙들고 늘어졌다. 그동안 나 보고 싶었어? 물었더니 언니는 수줍어했다. 안 보고 싶었나 보지, 흥, 토라진 척했더니 금세 당황했다.

—내 동생, 강지영. 바빠. 불쌍해. 언니가 나중에 돈 벌어서 용돈 줄게.

대학 때는 학교가 멀리 있다는 핑계를 대고, 취직을 한 뒤에는 일이 바쁘다는 핑계를 대고 집에 오지 않았다. 어쩌다 통화를 해도 퉁명스러운 대답밖에 들려주지 않았다. 모든 것에 진력이 나고서야 돌아온 나를 언니는 어제 만난 듯 한결같이 대했다.

—나 태어났을 때 이야기해줘. 어땠어?

—너? 아기였어. 아주 조그만 아기.

—코스모스는? 어떻게 됐어?

—아이참, 코스모스는 버렸지. 진분홍색. 예뻤어.

—엄마는? 엄마는 뭐 하고 있었어?

—엄마는 울었어. 아기가 딸이라고 울었어.

가끔 몰랐던 이야기도 튀어나왔다.

엄마가 차려준 밥상은 처음 먹어본 듯 달고 맛있었다. 밤에 자려고 셋이 나란히 누웠을 때 엄마에게 오늘은 너무 행복하다고, 옛날로 돌아간 것 같다고 말했다. 엄마가 부엌에서 요리를 하고, 칙칙 소리를 내며 압력밥솥의 추가 요란을 떠는 동안 감자조림 냄새가 솔솔 방으로 들어오고, 그런 날을 무척 그리워했다고.

—무슨 소리야. 너 감자조림 좋아해서 올 때마다 해줘도 잘 안 먹더니만. 나는 네 입맛이 변한 줄 알았다.

그랬나? 엄마의 기억과 내 기억은 여전히 잘 들어맞지 않았다. 나는 항상 내 식성 따위 챙길 여유가 엄마에게는 없을 거라고 생각했다. 손님도 아닌데 나 때문에 뭔가 일거리만 늘어날까 봐 지레 미안하고 불편했다. 그래서 일부러 밥때를 피해서 들어갈 때도 있었다.

—나 여기서 같이 살까?

—응, 그러자.

언니가 대답했다. 못마땅한 건지 잠이 든 건지 엄마는 말없이 숨소리만 냈다. 엄마의 속마음은 세상에서 가장 알기 어려웠다.

평화로웠다. 청소하고 빨래하고 엄마와 함께 식사 준비를 했다. 언니와 산책을 하고 병원에 갔다 오고 공원 주변 느티나무 아래에 자리를 펴고 나란히 누워 있기도 했다. 청춘이라고 하기 어려운 나이에 진입했고, 직장도 애인도 없고 아픈 언니와 늙은 엄마를 부양해야 하고 후회만 가득한 과거를 가지고 있지만 그 어느 때보다 평온하고 행복했다. 우리가 한 몸처럼 붙어살았던 지난날로 돌아간 기분이었다. 그리고 예전에도 그랬듯 이번에도 나는 나만의 평화와 행복에 겨워 엄마가 무슨 생각을 하는지 알지 못했다.

엄마는 예전과 다름없이 청결하고 부지런했다. 어쩌면 그렇게 모든 일을 깔끔하게 해치울 수 있는지 매일 감탄했다. 청소도 빨래도 엄마의 손이 가닿으면 각이 살고 빛이 났다. 똑같이 하는 것 같아도 내가 하면 어설펐다. 엄마의 몸에는 살이라곤 남아 있지 않았다. 거무스름한 얼룩이 퍼진 얇은 살가죽 아래, 뼈의 얼개가 드러나 있었다. 팔이나 다리나 굵기가 비슷했다. 내가 조금만 힘을 주면 들어 올릴 수도 있을 것처럼 왜소했다. 그런데도 힘이 어디에 숨어 있었는지 언니의 휠체어를 번쩍번쩍 들어 옮겼다.

엄마와 언니가 싸우는 날도 있었다.

—나 좀 가만 내버려둬.

언니가 슬픈 목소리로 말했다.

—내버려두면 어쩔 건데? 네가 혼자 할 수 있어? 제발 좀 그렇게 해라. 그렇게만 되면 엄마는 이제 네 아버지 따라갈란다.

엄마의 넋두리도 슬펐다.

엄마는 언니보다 자주 병원에 다녔고 많은 약을 먹었다. 안과, 내과, 정형외과, 피부과, 신경과를 두루 다니면서 약을 받아 왔다. 엄마는 틈이 생기면 이불도 없이 베개만 베고 누웠다. 딱딱한 데 눕지 말고 이불 깔고 편히 누우라고 몇 번 말했지만 자는 거 아니라고만 했다. 코를 골며 자다가도 작은 소리에 놀라 깨는 사람이었는데, 이제는 바로 곁에 다가가도 인기척을 느끼지 못할 때가 자주 있었다. 조용하게 언니와 함께 생을 마칠 수 있으면 좋겠다는 말을 달고 살았다.

—덜 살지도 더 살지도 말고 너하고 나하고 한날한시에 갈 수만 있다면 얼마나 좋을까. 빚을 못 갚아 탈이지. 우리 진희하고 민홍이도 그렇고, 협회 형님들도 그렇고.

그런 말을 왜 하는지 모르겠고 듣기도 싫었지만 나중에 한 번 이야기해야지 하고 넘겼다.

아침부터 유난스럽게 외출 준비를 하는 엄마를 보면서도 병원에 가려니 생각했다. 언니에게도 싫다는 원피스를 억지로 입히고 치장을 했다. 나는 태평스럽게 하루 종일 뒹굴다 심심해져서 저녁 식사 준비를 거창하게 하고 기다려도 엄마와 언니가 돌아오지 않았다. 혼자 저녁을 먹고 엄마와 언니의 밥상을 다시 차렸다. 9시 뉴스가 끝나도 엄마는 휴대폰 전원을 끈 채 연락이 없었다. 서서히 기분이 나빠지기 시작했다.

엄마가 즐겨 보는 드라마도 끝났다. 서랍에서 옛날에 쓰던 전화번호부를 찾아내서 엄마가 연락하고 지내는 사람들의 집에 전화를 했다. 돌아오는 길에 다른 곳으로 샜나 싶어 동생 할머니 집에도 가보고 바다에도 몇 번이나 나갔다 왔다. 해안 데크의 조명도 꺼진 후, 돌아오면서 본 동생 할머니의 집은 깜깜했다. 불을 켜지 않아서 깜깜한 것보다 훨씬 더 깜깜했다. 막막했다. 더 이상은 할 일이 없었다. 다시 집으로 돌아와 식어가는 밥상을 보고 있자니 무섭도록 깊은 정적이 느껴졌다. 정적이 시간을 멈춰 세우고 공간을 채웠다. 겁이 났다. 무언가 아슬아슬하게 쌓아두었던 것이 와르르 무너지려 하고 있었다. 그렇게 무력하게 기다리는 시간은 언니가 죽기를 기다리며 빈 입원실에서 자다 깨다를 반복했던 시간을 떠올리게 했다. 불길했다.

옷장을 뒤졌다. 속옷 서랍과 찬장, 여행용 가방, 작은 손지갑 안까지 샅샅이 찾았다. 이럴 때 어울리는 단서는 아무것도 나오지 않았다. 그러다 장식장에서 아버지의 사진이 없어진 것을 알았다. 추모공원에 갔나? 그렇더라도 이렇게까지 늦어질 까닭이 없었다.

—이럴 수는 없는 거 아니야?

사진이 있었던 텅 빈 자리를 바라보며 나도 모르게 소리쳤다.

—나만 빼놓고 어딜 간 거야!

나는 미친 사람처럼 혼잣말을 하고 그 말을 혼자 들었다. 진희 언니에게 전화를 했다. 손이 떨려서 두 손으로 전화기를 잡아야 했다.

—엄마가 요즘 좀 이상했거든요.

경고나 예고가 될 만한 것이 없었나 생각해보니 엄마가 했던 모든 말이 암시 같았다. 바보같이 왜 흘려들었을까. 확신을 주고 위로가 될 말을 왜 해주지 못했을까. 나는 진희 언니에게 내가 잘못한 것 같다는 말만 반복했다. 무슨 말을 어디서부터 해야 할지 몰랐다. 눈물이 쏟아졌다. 진정하고 기다려보자는 진희 언니의 말이 무거운 선고처럼 느껴졌다. 가까이 지내던 유가족협회 식구를 비롯해 몇 군데 아는 곳에 전화를 넣었지만 돌아온 대답은 같았다. 온 집안의 불을 다 켜놓고 온 신경을 바깥의 소리에 집중한 채, 언니가 좋아하는 구석 자리에 무릎을 세우고 앉아서 울었다.

생애 첫 기억을 떠올렸다. 결국 나는 홀로 남겨지도록 예정되어 있는 길을 따라왔을 뿐인가. 그것은 어쩌면 진짜 기억이 아닐지도 몰랐다. 꿈이나 계시 같은 게 아니었을까. 먼 길을 헤매고 겨우 나의 자리에 다시 돌아왔다고 생각했는데 언니와 엄마는 없었다. 다시는 돌이킬 수 없을 것 같았다. 몸이 떨렸다. 혼자 있기 싫었다. 그들과 함께이고 싶었다. 엄마와 언니가 그때처럼 내가 박차고 나갔던 나의 자리로 다시 한번 나를 불러 앉혀주기를, 나는 기도했다.

그때 가까운 곳으로 차가 들어오고 차 문이 여닫히는 둔탁한 소리가 들렸다. 뛰어나가 보니 택시 한 대가 머리를 돌려 골목을 빠져나가고 있었다. 엄마가 거기에 서 있었다. 휠체어에 앉은 언니는 그 짧은 사이에 잠이 든 건지 얼굴을 앞으로 수그린 채 힘이 없었다.

엄마는 피곤하다는 말만 반복하며 시치미를 뗐다. 꼬치꼬치 캐물어도 사람 구경도 하고, 아버지 모셔놓은 절에도 다녀왔노라고 했다. 핸드폰 배터리가 나가서 시간이 이렇게 된 줄 몰랐지 뭐야. 말도 안 되는 말로 둘러댔다. 내가 해놓은 반찬들을 보더니 칭찬을 늘어놓으며 언니를 깨워 밥을 먹고 목욕을 했다. 그사이에 나는 엄마가 들고 나갔다 온 숄더백을 뒤졌다. 언니와 외출할 때는 챙겨야 할 것이 많아서 큰 가방을 들어야 했다. 아버지의 사진이 있었다. 그리고 흰 봉투도 있었다. 그 봉투를 보자 아까부터 내가 찾아내려 한 것이 이런 것이었다는 느낌이 왔다.

유서였다. 몸이 예전 같지 않아서 언니를 언제까지 보살필 수 있을지 모르겠고 요사이 꿈에 자주 아버지가 나타나는 것이 예사롭지가 않다고 적혀 있었다. 언니를 두고 갈 수 없어 독한 마음을 먹게 되었다고도 적혀 있었다. 나에게 무거운 짐을 남겨두고 간다는 둥 이러다가 덜컥 준비도 없이 가고 나면 자식 둘을 다 죽이는 꼴이 될 것이라는 둥 온갖 궁상맞고 슬픈 사연들이 적혀 있었다.

나는 그것을 끝까지 읽지도 않고 잘게 찢었다. 찬장에서 복숭아 통조림 하나를 꺼내 그릇에 붓고 헹군 다음 찢어진 종잇조각을 깡통에 집어넣고 태웠다. 그리고 아버지의 사진을 제자리에 놓고 이불을 뒤집어쓰고 누웠다. 목욕을 하고 나오자 언니는 이내 코를 골며 곯아떨어졌다. 자리에 눕기 전에 엄마는 '화났어?' 하고 물었다. 나는 세상에서 제일 화난 목소리로 대답했다.

—아픈 사람을 데리고 어딜 그렇게 쏘다녔냐고! 미쳤어?

그 일은 한동안 나를 얼얼하게 했다. 나는 내가 떠나고 엄마와 언니가 남는 경우만 상상했었다. 그들이 떠나고 내가 남을 수 있다는 생각은 해본 적이 없었다. 분한 마음이 솟구칠 때마다 계속 화를 냈다.

—내가 돈도 안 벌어 오고 다 굶겨 죽일까 봐? 벌레도 못 잡는 사람이 뭘 어떻게 하겠다고 그런 생각을 한 거야. 아니, 청승맞게 아버지 사진은 왜 들고 나간 거야, 대체.

대답도 없는 엄마에게 신경질을 내고 있으면 옆에서 언니가 눈치를 보다가, 엄마가 뭘 잘못했는데 그래? 엄마는 늙었잖아, 네가 참아, 하고 참견을 했다.

—연금도 있고, 언니 앞으로 나오는 지원금도 있고, 오빠도 생활비 다달이 보내주고 우리 둘 사는 거 문제없다. 너는 네 앞날만 생각해.

—내 앞날 뭐, 지금껏 하루도 빠짐없이 내 앞날만 생각하고 살아왔는데 더 뭘 어떻게 하라는 건데? 그렇게 살 만하면 나도 좀 붙어살아도 되겠네. 나더러 나가라고 시위한 거야?

—어휴, 그래그래, 너도 붙어살아. 엄마, 지영이 밥 좀 줘요.

언니가 한심하다는 듯 한숨을 쉬었다.

우리는 한 몸에 붙은 팔다리와 다를 바가 없었으니까 내가 언니 때문에 불행해한다는 것을 엄마는 알고 있었다. 서로를 속속들이 아는 우리는 숨길 수 없었다. 아프다고 이야기하지 않아도 아픈 줄 알았다. 나는 스스로 선택한 일조차도 모두 언니의 그 사건 때문이라고 생각했고, 엄마도 그것을 알고 있었다. 언니가 살아나려 애쓰고 있을 때, 엄마가 다시 살아온 딸을 아끼고 사랑하면서 살고 있을 때, 나는 그 모든 것들이 죽은 것이라고, 흘러갔어야 할 시간이 흘러가지 않고 있는 것이라고 외치며 앓는 소리를 해왔다. 하지만 엄마가 몰랐던 것도 있었다.

나는 늘 다시 돌아왔다. 그들, 엄마와 언니가 나를 붙들어서가 아니었다. 내가 아쉬워서 돌아온 것이었다. 엄마와 언니가 있는 곳이 아니면 갈 곳도, 가고 싶은 곳도 없었다. 내가 기억하는 생애 첫날부터 지금까지 쭉 그랬다. 나는 엄마와 언니에게 의지해서 살아왔다. 그러니 짐이 된 것은 나였다. 내가 엄마와 언니에게 짐이었다. 어두운 얼굴로 세상의 변두리를 맴도는 내가 짐이었고, 언니를 남기고 죽으면 내가 고통을 떠안게 될까 봐 엄마는 무서운 결정을 내려야 했다. 내가 없었다면 엄마는 마지막 순간까지 언니에게 헌신할 사람이었는데 나 때문에 다른 결단이 필요했던 것이다.

우리는 서로에게 짐이었기에 아무도 죽지 않고 살았다. 살아갈 더 이상의 의미가 없다고 생각했을 때도 내가 없으면 살아갈 힘이 없는 엄마와 언니라는 짐 때문에 힘을 냈다. 엄마는 언니 때문에 죽지 못하고 살아야 했다. 언니도, 아마 엄마와 내가 없었다면 그렇게 힘겹게 죽음의 문턱을 넘어 다시 돌아오지 못했을 것이었다. 며칠 동안 분풀이를 한 다음 나는 엄마와 휴전하기로 했다. 다시는 서로에게 사고 치지 않고 사는 데까지 힘껏 살아보기로.

내가 하도 닦달을 해서인지 엄마가 한번은 픽 웃으며 말했다. 그러게 그 사진을 뭐 하러 챙겨 나갔을까 몰라. 안 그래도 짐이 많은데 무거워서 중간에 어디다 버릴까도 생각했다며.

혼자 원룸에 가서 짐을 정리했다. 몇십 년을 산 그 도시에서 떠나던 날, 불러내서 저녁을 먹을 사람도 없었고 두고 올

미련도 없었다. 가져갈 것과 버릴 것, 이사업체에 의뢰할 물건들을 정리하자니 가끔 옛 물건들에서 오래된 기억들이 딸려 왔다. 그리고 오래전 지하 셋방에 남겨두었던 나의 한 조각을 이제는 거두어 와야겠다고 생각했다. 지나간 것이 지나가도록.

그리고 연립주택의 집주인을 만나 매매 계약을 하고 내 이름으로 등기를 했다. 십 년 넘게 월세를 받으면서 도배 장판 한번 해준 적이 없었던 집주인은 싼값에 집을 내주었다. 내 이름으로 된 생애 첫 집이었다.

따로 모아두었던 돈을 털어서 동생 할머니 집 바로 옆집을 장기 임대했다. 그리고 그 작은 바닷가 소도시에 어울리는 작은 서점을 열었다. 서점만으로는 생활비를 벌 수 없을 게 뻔해서 온갖 아이디어를 짜냈다. 중고등학생 과외, 논술 지도, 일반인을 대상으로 하는 자서전 쓰기 강좌 같은 것들이었다. 학생이 많지 않은 동네라 모두 시원치 않았다. 어디라도 직장을 구하러 나가야 하나 고민하고 있을 때 뜻밖의 운이 찾아왔다.

우리가 살고 있는 바닷가 마을을 배경으로 한 텔레비전 드라마가 인기를 끄는 바람에 우리 동네가 갑자기 일몰 명소가 되었다. 덩달아 우리 서점도 유명해졌다. 지역 기념품 매대를 마련하고 사진이 예쁜 여행 관련 책들을 메인에 배치했다. 기념사진을 찍을 수 있는 알록달록한 의자도 가게 앞에 놓았다.

우리 서점은 여행도서 전문 서점이라는 입소문을 탔다. 내가 의도한 것은 아니었다.

대부분의 손님은 여행객이었는데 근처 마을에 사는 중학생 여자아이 하나가 가끔 가게에 왔다. 까만 피부에 작은 체구를 가진 그 아이는 내가 친한 척 인사를 해도 고집스레 입을 닫고 말을 하지 않았다. 작은 바닷가 마을에서 작은 책방을 하며 살고 있는 나를 보고 그 아이가 무슨 생각을 할지 궁금했다. 그 아이는 천천히 여행서들을 둘러보다가 한 권씩 골라 들고 총총히 바닷가로 나가곤 했다. 파리, 런던, 뉴욕, 대도시를 돌다가 언젠가부터 불가리아, 태국, 크로아티아 같은 나라들로 옮겨 갔다.

언젠가 그 아이가 나에게 처음부터 이런 서점을 하는 것이 꿈이었냐고 물어본다면 나는 그렇다고 대답해줄 작정이었다. 내 꿈은 언니의 동생이 되는 것이었고, 그 꿈이 처음부터 이미 이루어졌다는 것을 모르고 아주 오랜 시간 떠돌아다녔다고 하면 아이는 내가 이상한 아줌마라고 생각할 것이 뻔했다. 주어진 삶을 잘 감당하는 것도 어렵고 가치 있는 일이야. 멋지게 들릴 만한 대답을 몇 개 준비해놓고 연습도 했다. 그러나 내내 말도 없고 대꾸도 없던 그 아이의 첫 질문은 서점 이름이 왜 나라사랑인가요, 였다.

—온통 다른 나라 책밖에 없는데 이상하잖아요.

내 대답은 애초에 바라지도 않았다는 듯 아이는 궁시렁대며 베트남을 들고 가버렸다. 당황한 나는 반대쪽 벽면 가득 국내 여행책들이 있다는 항변을 미처 하지 못했다.

언니의 얼굴은 날이 갈수록 옛날의 엄마 얼굴과 비슷해졌다. 언니는 다시는 예뻤던 스무 살의 얼굴을 찾지 못했지만 세월이 갈수록 착한 얼굴이 되었다. 아프지만 않으면 언니는 늘 웃는 얼굴이었다. 찡그리고 있다가도 누가 가까이 오면 곧바로 웃었다. 아파도 웃으라고, 웃어야 나가던 복도 다시 돌아온다고 엄마가 항상 강조하기도 했지만 타인을 향해 우선 웃어주는 것은 언니가 본래 가지고 있던 기본 태도였다.

매일 보는 얼굴이어서 그런지 어디 하나 모난 데라곤 없는 언니의 얼굴이 무척 예쁘게 보일 때도 있었다. 어릴 때의 내 사진을 보면서 보일 듯 말 듯 미소를 지을 때의 표정은 사랑하는 사람만이 알아볼 수 있는 따뜻한 얼굴이었다. 그런 표정을 지을 때 실제로 언니가 무슨 생각을 하고 있는지 궁금해서 귀여워? 하고 물어보면, 응석을 부리는 동생에게 여느 언니가 그렇게 하듯 나를 향해 다가오라는 손짓을 했다. 언니는 아무나 무엇이나 품에 끌어안는 걸 좋아했다. 언니에게 몸을 맡기고 안겨 있으면 다시 어려져서 엄마에게 안겨 있는 기분이 들었다. 지금의 엄마는 야위어서 품속으로 파고들어도 그 맛이 나지 않았다.

거울을 보면 나도 어른의 얼굴을 하고 있었다. 눈가와 목에

잔주름이 생긴 것을 발견했을 때는 적잖이 놀랐다. 나이가 들면 꼭 그 나이만큼 몸 어딘가에 흔적이 새겨진다는 사실이 신기했다. 나도 엄마처럼 내 뼈와 근육을 움직이기만 해도 아파서 끙끙댈 날이 결국은 올 것이었다.

그런데 도대체 몇 살부터 어른이라고 할 수 있을까. 서른이 지나자 서른하나, 서른둘은 금방 지나갔다. 마흔이 지나면 또 마흔하나, 마흔둘은 금방 지나갈 것이다. 늙고 싶어 안달을 했으나 가만히 있어도 늙는다는 것을 알게 된 이후부터는 늙고 싶다는 생각을 하지 않게 되었다. 지난날들의 나를 돌이켜 보면 언제나 유치했다. 만약 더 이상 어리지 않은 시점부터 어른이라 친다면, 나는 아직도 어른이 되었다고 자신할 수 없었다. 돌이켜 보았더니 그때 내가 어른이었구나 할 날이 과연 내 생애에 있을까?

그 사건이 있었던 날, 무슨 일이 벌어지고 있었는지 아무것도 몰랐던 나는 컴컴한 지하 셋방 입구에서 열심히 공부를 해 훌륭한 사람이 되고 돈을 많이 벌어서 좋은 집으로 이사를 가겠다고 결심했다. 오랫동안 잊고 살아왔지만 나는 그때 가장 어른스러웠다는 생각이 들었다.

마흔다섯의 나이에 언니는 예전에 다녔던 대학교에서 명예 졸업장을 받았다. 진희 언니가 한번 추진해보겠다고 했을 때 엄마는 괜한 짓을 하지 말라고 손사래를 쳤다. 그런데 언니가 받고 싶다고 했다. 언니는 기억하지 못하는 줄 알았던 일을 뒤늦게 스스로 기억해내곤 했다. 대학 시절에 대해서는 그날의 사건을 제외하고는 거의 모두 기억했다. 분명한 목소리로 또박또박 말했다. 졸업식을 하고 싶다고. 언니가 좋다면 할 수 없었다. 그러나 그 일이 성사되었을 때 엄마는 아는 사람 모두에게 전화를 했다.

졸업식이 있기 며칠 전, 엄마와 나는 언니를 동생 할머니에게 맡겨놓고 쇼핑을 하러 갔다. 동생 할머니는 언니와 곧잘 농담도 주고받고 티격태격하며 잘 놀아주었다. 시외버스를 타고 인근의 큰 도시에 있는 백화점으로 가는 동안 엄마와 나는 언니와 그 할머니 간에 벌어지는 웃지 못할 다툼들에 관해 이야기했다. 그러다 어느 순간 우리는 동시에 침묵에 빠졌다. 이렇게 즐거웠던 때가 언제였던가 싶었다. 늘 크게 웃고 나면 뒤이어 이렇게 웃어도 되는 건가 하는 불안과 죄책감이 따라왔었다. 웃음이 채 가시기도 전에 곧잘 사고가 생겼기 때문이었다. 그럴 때마다 우리는 무엇을 잘못했나 생각했고 좋은 일이 생겨서 좋아했던 것이 죄인가 싶었다. 그런데 어느새 우리는 일곱 살로 돌아온 언니를 보살피는 일을 늘 슬프고 괴롭기만 한 건 아니라고 받아들이게 되었다. 동생 할머니는 언니와 노는 것이 유일한 낙이라고 했다.

그 백화점에서 선물처럼 조지를 만났다.

—강지야. 혹시 강지영 아닌가요?

조지가 나를 먼저 알아보았다. 서로를 알아보고 나서 우리는 놀라 소리를 지르며 손뼉을 쳤다. 이십여 년 만이었다. 조지는 여전히 예뻤고 세련되어 보였다. 하긴 그때 우리는 고작 중학생이었으니까. 내가 기억하던 중학생 조지보다 날씬했다. 조지는 그 백화점에서 고가의 수입 가방 매장을 운영하고 있었다. 중학교 때 사고를 친 이후 외할머니 집으로 보내졌고, 검정고시를 봐서 그곳 시골의 고등학교에 입학했다고 했다.

—후훗, 고등학교도 실은 졸업 못했어. 우리 남편에게는 비밀로 해줘.

조지는 무람없이 웃었다. 다 늙어서 고등학교 졸업이 무슨 대수야. 생각도 안 난다야. 맞아, 우리 많이 늙었어. 엄마가 아니었다면 우리는 중학교 때처럼 몇 시간이고 떠들었을지도 몰랐다. 나중에 연락하라고 조지가 명함을 주었다.

조지는 도매시장에서 물건을 받아 대학가에서 액세서리 좌판 장사를 시작했다고 했다. 그곳에서 같이 좌판을 하던 남편을 만났고 운이 좋아 사업이 잘 풀렸다고 했다. 아이도 둘이나 있었다. 꼭 다시 연락하라고 몇 번씩 다짐을 받았다. 잘 살고 있는 것 같아 좋았다. 조지는 언니의 안부를 물었다. 나는 상훈 오빠에 대해서 묻지 못했다. 다음번에 만나면 물어봐야겠다고 돌아오는 버스 안에서 생각했다.

저녁까지 먹고 들어가자고 졸라봤지만 엄마는 절대 안 된다고 했다. 주인공인 언니가 입을 정장을 사러 나선 길이었지만 가족 모두의 새 옷을 한 벌씩 골라 들고 집으로 왔다. 엄마는 수시로 동생 할머니에게 전화를 걸어 안부를 물었다.

—걱정하지 말랑께로. 우리는 암시랑토 않은디 애기 엄마는 너무 거시기혀.

동생 할머니는 팔도의 사투리를 자유자재로 구사했다. 할머니, 나 아기 아니다, 언니의 항의하는 목소리가 들렸다.

버스에서 한참 동안 창밖을 바라보며 말이 없던 엄마가 내 손을 잡았다. 병원으로 가던 그날과 같이.

—살아 있으니 좋구나.

엄마가 혼잣말을 중얼거렸다. 이번에는 엄마의 그 혼잣말이 분명히 들렸다. 그러고 보니 그날 엄마가 중얼거린 말도 '살아만 있어라, 살아만 있어라'였나. 이십 년 전의 말을 이제야 알아들었다. 살아 있으니 좋구나. 엄마의 그 말은 언니가 살아 있어서 좋다는 말인지, 당신 자신이나 내가 살아 있어서 좋다는 말인지 불분명했다. 나는 이제 뜻이 불분명한 말을 들어도 신경 쓰지 않았다. 내가 하는 말도, 심지어 내가 하는 생각조차 대부분은 분명하지 않았고 이치에도 맞지 않았다.

긴 여정이었다. 우리는 졸업식 하루 전에 우리가 살았던 그 도시에 도착했다. 마중 나온 진희 언니의 차를 타고 대학교에서 운영하는 게스트호텔로 갔다. 호텔 식당에서 진희 언니 식구들과 밥을 먹었다. 진희 언니의 큰아들은 중학교 1학년이었고 작은아들은 초등학교 6학년이었다. 언니는 민홍 오빠가 살쪘다고 계속 눈치를 주었다. 빨리 살 빼, 진희는 뚱뚱한 남자 싫댔어. 우리끼리 호텔 방에 돌아온 이후에도 언니는 민홍 오빠가 진희 언니에게 버림받을까 봐 걱정을 태산같이 하더니 일찌감치 잠이 들었다.

이십여 년 만에 학교에 간 언니는 잘 아는 동네에 놀러 온 사람처럼 즐거워했다. 엄마와 나는 아직 그곳이 불편했다. 울어서 기념사진을 망칠 수 없었기에 일부러 땅만 보고 걸었다. 모르는 많은 후배들이 언니를 마중 나왔다. 조카뻘 정도는 될 만한 나이의 후배들이었다. 눈시울을 붉히는 한 여학생이 눈에 띄었다. 단발의 검은 머리를 하고 붉은 후드티를 입은 그 여학생은 옥자를 생각나게 했다. 언니의 이야기를 들었더라도 그 세대에게는 아주 먼 옛날이야기일 텐데 그것을 생생한 고통으로 받아들이는 그 여학생의 감수성이 애처로웠다. 졸업식장 입구에서 과 대표가 언니에게 꽃다발을 증정했다. 언니는 마중 나온 후배 모두를 안아주려고 했지만 다행히 시간이 부족했다.

언니에게 졸업장을 수여하는 순서가 되자 사회자는 민주화를 외치며 학생들이 거리로 나가야 했던 암울한 시절에 대해 이야기를 시작했다. 불의에 저항하고 지성인의 양심을 지킨 그 정신은 비록 학업을 마치지 못했다 하더라도 우리 대학의 졸업장을 받기에 손색이 없다며 언니를 소개했다. 학교에서 마련한 순서대로 기념촬영을 하고 으리으리한 식당에서 기념 만찬을 하고 그동안 몰라보게 변모한 캠퍼스 투어를 하고 나서야 우리는 풀려났다.

돌아오는 버스에서 장난삼아 언니에게 물었다.

—강영옥 씨, 이제 대학교 졸업장도 받았는데 뭐가 되고 싶은가요?

—음음, 나는 그냥 지영이 언니가 되고 싶은데.

눈물이 핑 돌았다. 들키지 않으려고 나는 언니를 몰아붙였다.

—시시해, 무슨 꿈이 그래? 그건 이미 된 거잖아.

—그래도, 내 꿈은 지영이 언니가 되는 거야, 용돈도 주고 잘 보살펴줄 거야.

마음이 착잡해서인지 피곤해서인지 엄마는 건너편 자리에 혼자 앉아서 아까부터 눈을 감고 있었다.

언니의 졸업장은 장식장의 아버지 사진 옆에 세워졌다. 졸업식이 끝나고, 한동안 집으로 손님들이 찾아왔다. 언니의 대학 후배들이 순번을 정해서 오기로 했다고 했다. 고속버스를 타고 다시 시외버스를 타야 하는 먼 길이었다. 엄마는 그럴 것 없다고 펄쩍 뛰었지만 그들의 방문은 두 계절이 넘도록 이어졌다. 여름방학 즈음부터 약속한 시간에 아무도 오지 않는 일이 생기더니 가을이 오기 전에 방문이 끊어졌다. 진희 언니가 열어놓은 언니의 홈페이지는 언니의 졸업식 기사 이후 새 소식이 없었다.

나라사랑이라는 책방의 이름은 언니가 정했다. 언니가 다녔던 대학교 앞에 같은 이름의 서점이 있었다. 그곳의 서가에는 많은 사람들이 읽다가 도로 꽂아놓는 바람에 헌책이 되다시피 한 책들이 진열되어 있었고, 좁은 책방에는 있는 책보다 없는 책이 많았다. 하지만 그 책방의 주인은 원하는 이가 있으면 어떤 책이라도 구해주었다. 나라에서 금지한 책이라고 해도.

대학생들은 그곳에서 금서를 구해 읽고, 밤에 그곳에 모여 토론과 학습을 했다. 화장실로 통하는 서점의 안쪽 통로에는 긴급한 소식과 약속을 남겨놓는 게시판이 있었다. 그 게시판에 '오늘 밤 나사에서'로 시작되는 메모가 걸려 있으면 언니의 마음은 설레었다고 했다. 진희 언니를 따라 처음 토론 모임에 갔을 때, 언니는 한 남자에게 반했다. 목소리가 좋고 아는 것이 많고 연설을 잘하는 남자였다. 언니는 속상했다고 했다. 그렇게 못생긴 남자를 좋아하게 될 줄은 몰랐다고. 속상했지만 시간이 지날수록 그가 더욱 좋아졌다고. 그는 재미있는 농담도 곧잘 했고, 높다란 나무 위에 순식간에 올라가는 재주가 있었고, 학과의 모든 사람들을 챙겨주는 따뜻한 사람이었다. 언니는 그 남자에게 조금씩 빠져들었던 순간들을 다 기억하고 있었다.

대학교 앞 서점은 문을 닫았고 언니의 첫사랑은 친구의 남편이 되었다. 우리는 언니의 첫사랑을 기념하는 의미에서 그 서점의 이름을 가져다 쓰기로 했다.

나는 그때 언니가 얼마나 예뻤는지 이야기해주지 못했다. 그 얼굴이 떠오르면 아무리 시간이 많이 지나갔어도 마음이 아팠다.

연말에는 보수정권이 회귀했다. 나라를 기업처럼 운영하겠다고 공언하고 나선 대통령 당선자는 기업하던 사람이라 그런지 선거 이전부터 여러 가지 굵직한 비리 스캔들이 불거졌다. 그러나 사람들은 그를 향해 표를 몰아주었다.

하나의 사건이 하나의 결과만 낳는다면 세상은 얼마나 알기 쉬울까. 그러나 모든 사건은 여러 가지 파장을 만들어낸다. 시간을 따라 그것이 어떤 겹으로 펼쳐질지 예측하기는 어렵고, 어쩌면 그것은 불가능하다. 게다가 세상은 원인도 방향도 알 수 없는 비극으로 가득 차 있다. 태풍과 지진, 전쟁과 테러, 증오와 광기가 만들어내는 억울하고 우연한 죽음들. 비극에 맞서 있는 우리는 어리석고 연약하다. 우리가 할 수 있는 일은 비탄에 빠진 사람 곁에 사람이 있기를, 손을 잡고 어깨를 겯고 같이 걸어줄 사람이 있기를 기도하는 일밖에 없다.

다음 해에 엄마가 심장 수술을 받았다. 엄마가 죽을 수도 있다는 의사의 설명을 듣고 언니와 나는 엄청 많이 울었다.

다행히 엄마는 잘 견뎌주었다. 엄마가 쓰러진 이후 나는 명실상부한 우리 집의 대장이 되었다.

엄마가 병원에 있을 동안 우리 동네 도서관이 폐쇄되었다. 처음 도서관 폐쇄 계획이 흘러나왔을 때 설마 그런 일이 있을까 했다. 도서관을 더 지으면 지었지 있던 도서관마저 닫는다는 소리는 못 들어봤기 때문이었다. 하지만 사실이었다. 시에서는 대신에 시내에 더 크고 번듯한 도서관을 짓는다고 했다. 시내에는 이미 규모가 꽤 큰 교육청 도서관이 있었다. 이용자 편의보다는 업적이 될 큰 건물이 필요해서인 것이 분명했다.

동네의 젊은 엄마들과 조를 짜서 시청에 민원을 넣고 피켓을 만들어 교대로 시청 앞과 도서관 앞에서 일인 시위를 했다. 나는 기꺼이 우리 서점을 모임과 회의 장소로 내놓았다. 속이 상했다. 우리 동네 도서관을 크게 지어달라는 것이 아니었다. 그저 놔둬달라고, 더 큰 도서관을 어디에다 짓든 몸이 불편한 어르신들과 문화 공간이 부족한 우리 동네 아이들이 이용하는 도서관을 닫아버리지 말라는 요구이고 부탁이었다. 그래도 도서관은 폐쇄되었다. 대신 그 자리에 새로운 복지 시설이 들어온다고는 했지만 어떻게 될지는 불투명했다. 다시 돌아온 내게 지난 소식을 알려준 것은 고등학생이 된 그 소녀였다. 서점 이름이 왜 나라사랑이냐고 물었던.

삶은 무겁고 인생은 버겁다. 어떤 찬란한 꿈을 이루었다 해도 삶이 이어지는 한 고난 또한 계속해서 파도처럼 밀려올 것이다. 때로는 잔잔하게 때로는 집채 같은 크기로. 엄마가 어느 정도 회복되기까지는 몇 개월이 걸렸고 그동안 서점은 폐허가 되다시피 했다. 그래도 도서관 이전 문제 때문에 알게 된 몇 사람들이 틈틈이 가게를 돌봐주었다. 그리고 독서 모임을 운영할 만큼 인맥이 는 것도 투쟁의 소소한 결실이었다.

막막해질 때마다 생각했다. 그래도 그때보다는 낫다, 그래도 우리는 아무도 죽지 않았다, 하고. 절망의 경험이 희망의 이유가 되었다. 시간은 자국을 남긴다. 그리하여 우리의 투쟁은, 투쟁과 다를 바 없는 우리의 삶은, 작고 미약할지라도 의미를 가진다. 그렇게 말했던 아름다운 사람을, 나는 기억한다.

눈빛의 속도로 사십 년 동안 달린

말로(가수)

우선 고백하건대, 나는 강정아를 잘 알지 못한다(고 생각한다). 소설의 발문은 작가의 면면을 오랫동안 봐와서 인간됨과 성정을 잘 알거나 특징이나 장점을 말할 수 있는 이가 쓰는 것이 좋을 텐데, 그런 점에서 나는 완전 실격이다.

내 주변 지인들 중에서 아는 사람은 다 알거니와, 특히 소란스러웠던 몇몇 사건들이나 아주 최근의 몇 순간들만 내 기억에 작은 흠집 같은 것을 남길 뿐이고, 그나마 시간이 조금이라도 흐를라치면 과연 그런 일이 있었는지 어땠는지도 좀처럼 생각나지 않아서, 내 디지털 메모장이나 종이 수첩에는 필사적인 노력으로 건진 조각 기억들이 앞뒤 없이 불완전한 문장으로 널려 있다. 이런 말도 안 되게 엉성한 내 기억의 몇 장면들 속에 강정아가 있다.

어린 시절(중학생 때였다), 같은 학교에 다니던 강정아의 가무잡잡하고 동그란 얼굴 한가운데서 빛나던 눈빛이 그 첫 번째다. 길들지 않은 야생 사슴의 그것처럼 조용한 그 눈빛은 가끔씩 너무 깊어 보여 속내를 잘 알 수 없었다. 크지 않지만 주장을 쉽게 굽히지도 않는, 클라리넷처럼 낮고 단호한 목소리는 자주 짧게 끊기곤 했다.

문학을 좋아하긴 했지만 상상력이 빈곤했던 나는 좋은 책에 대한 정보를 얻어 스스로 찾아 읽고 다른 이들과 의견을 나누는 데 서툴렀다. 하지만 나와 대화를 트는 아이들은 대부분 글을 읽고 쓰기를 좋아했다. 그들은 눈빛이 살아 있었고, 내 호기심 어린 시선을 잘 피하지 않았다. 눈빛들은 자주, 작지만 여리지 않은 어떤 세계의 틈에서 나온 광선처럼 내게 와서 박혔는데, 좀처럼 흔들리지 않는 강정아의 눈빛도 그렇게 내게 곧잘 직진해 왔었다.

무리에 섞여 수다 떠는 것을 좋아하지 않았던 나는 친구가 많지 않았는데, 어떤 계기였는지 기억나지는 않지만 강정아는 나를 친구로 삼아주었다. 많은 얘기를 나누지 않았어도, 그 눈빛과 목소리만으로 나는 강정아가 문학소녀라고 짐작했다. 크게 화내지도 않고, 슬퍼하지도 않는 목소리는 때때로 장난기가 섞여 있으면서도 필요 없는 말을 걸어오지 않는 것이 좋았다. 짧은 대화와 뒤이은 침묵에 익숙해졌고 나는 강정아에 대해 아무것도 모르면서 그를 안다고 생각했다.

그 후 기억의 오랜 공백을 훌쩍 뛰어넘어, 나의 집에 불쑥 연락하여 찾아온 때가 두번째다. 강정아는 중국에서 잠시 살다 왔노라고 했다. 눈빛과 목소리는 여전했지만, 세월을 따라 좀 부드러워져서 서로 주변과 일상의 이야기를 풀어내며 어른들이 할 법한 얘기도 제법 나눴던 것 같다. 그의 목걸이가 참 이뻐 보였다. 작은 보라색 알이 여러 겹 줄지어 아기자기하게 박혀 있었는데, 그걸 선뜻 풀어 이쁘면 네가 가져도 돼, 하고 주기에 좀 놀랐다. 사소한 물욕을 벗지 못한 내 모습과 나름 소중해 보이는 물건을 주저 없이 주는 그의 호탕함이 엇갈릴 때, 순간 나는 그의 삶을 궁금해했다. 그는 인생 중반의 스토리를 요약하여 짧게 들려주었으나, 불량한 청자에게는 감열지 영수증에 찍혀 이미 휘발되어버린 기호들처럼 얼마 못 가 기억 속에서 지워졌다.

하지만 강정아는 꾸준히 잊을 만하면 연락을 했고, 그것도 언제나 먼저 소식을 전했다. 그는 곳곳에 있었고 여기저기로 나를 만나러 왔다. 제주도 어느 마을, '빌레트의 부엌'이라는 근사한 이름의 민박집에서 주인장 강정아는 밤이면 종종 여행객들과 맛나게 술잔을 기울였고(나도 그중의 한 사람이었다), 통영에서는 술도가를 열더니 그마저 명물로 소문이 나, 그 집 앞을 그냥 지나치는 사람이 없을 지경이라는 소문이 한 다리 건너 내 귀에도 들어왔다.

술과 글은 제법 잘 어울리는 조합이다. 그 둘 사이를 오가며 흘러가는 유음 같은 한적함을 아는 일부 인물들에게는 특히 더 그러하다. 술에 취해 정신을 잃고 객기나 부리는 부류도 있겠으나, 어떤 이들은 한잔 혼술을 받아두고 책 속에서 말동무를 찾는다.

곳곳에서 별별 일을 하는 그를 풍문으로만, 짐작으로만 듣고 보다가 턱! 하니 나온 그의 첫 소설을 읽었을 때, 마음이 벌게졌다. 이렇기에 가끔씩 스치듯 만나는 것으로는 부족했었구나. 그가 겪어온 시간의 몸통 가운데를 쑥 잘라내 쓴 이 작품을 보면서 나는 (그가 문학소녀였다는) 소싯적 짐작이 틀리지 않았구나, 비로소 안심한다. 한편으로는, 눈빛 형형한 그가 술잔을 앞에 두고 찬찬히 책 읽는 모습도 상상해보다가 혼자서 삶을 꾸려나가는 그 바쁜 와중에 어디 글 쓸 시간이 있었을까 하고 또 신기해한다.

자세히 본 적 없었던 그의 편력이 아름다운 통영 앞바다의 파도처럼 잔잔히 밀려왔다. 실제와 허구가 두 개의 동심원을 그리는 파도처럼 때로는 중첩되고 때로는 간섭하면서 빨려들 것 같은 이야기를 만들어놓고 있었다. 너무 어렸던 내가 어리둥절하며 보고 겪었던 어슴푸레한 한국 현대사가 굵은 테두리 안에서 철벅거리고 있었고, 나 혹은 너였을 수 있는 '강지'의 혼란과 성찰의 여정이 테두리 안의 테두리를 이루며 넘실대고 있었다. '강지'와는 달리 나는 아무것도 모르며 모른다는 사실도 모른 채, 선택하고 결정하지도 않았을 뿐만 아니라

죄책감이나 깨달음도 없이 지냈다는 자각이 곧 뒤따랐다. 참 이렇게나 고마운 친구라니. 죽기 전에 한 번은 깨우치고 가라고, 이 재미지고도 도깨비처럼 홀릴 것 같은 글을 써서 내게 읽을 기회를 주다니.

생활도 야무지고, 글도 야무지고, 기억력도 야무진데다 심지어 친구를 두는 데도 야무진 강정아는 그렇게 자기 자신이 '대장'이 되었다. 그가 만드는 그 맛나다는 술을 아직 맛본 적은 없지만, 나는 왠지 그를 이제 좀 더 잘 알 것 같다(고 생각한다). 가을바람 선선히 불고 좋은 날이 잡히면 꼭 긴 밤을 새워 그의 얘기를 새로이 들어야겠다. 『책방 나라사랑』을 위한 출판용 잉크는 적어도 쉽게 휘발되지는 않을 것이기에 안심하며, 그의 책이 이제 이전의 그처럼 곳곳에 있게 되기를 빈다.

세계의 틈새를 비집고 나온 광선처럼 직진하던 그의 눈빛이 전과 같다면, 사십 년 동안 달려온 그는 또 다른 이야기들을 품고 있을 터, 속히 그 이야기들도 만나게 되기를 바란다.

마침내 이런 날이 와버렸다.

이 소설의 모티브가 된 사건은 1989년 부산에서 일어났다. 우리 언니도 참여했던 시위 현장에서 언니의 선배가 당했던 그 사건을 접했을 때 나는 고등학교 2학년이었다. 그 시절 나는 몹시 우울했고 자주 절망에 빠졌다. 개인적으로 우울할 수밖에 없는 몇 가지 사정이 있기도 했지만 돌이켜보면 그것을 더욱 큰 절망으로 키운 것은 사회적 분위기였다. 그때는 학교에서 선생이 학생을 때리고 욕하는 일이 흔했고, 길에서 어른이 아이를 혹은 남편이 부인을 폭행해도 간섭하지 않는 것이 예의였다. 경찰이 고문으로 사건을 해결하고, 허가받은 시설에서 부랑자나 깡패를 잡아가서 갱생시키면 특진과 훈장이

주어졌다. 길에서 경찰이 요구하면 신분증을 제시하고 가방을 열어 보여주어야 했다. 내가 살아갈 세상은 무섭고 부조리했다.

대학에 입학한 1991년 봄, 광주에서 과잉 폭력 진압으로 대학 신입생이 사망하는 사건이 발생했다. 그에 대한 항의 시위가 전국으로 퍼졌고 곧이어 또 다른 희생자가 나왔다. 분신과 투신이 이어졌다. 대학 정문 시계탑 앞에 세워진 열사의 영정이 계속 늘어났다. 그러다 이르게 시작된 장마가 끝났을 무렵 학생 운동은 빠르게 사그라졌다. 석 달 가까웠던 대학의 첫 여름방학 동안 나는 학교 근처에는 얼씬도 하지 않았다. 그리고 2학기가 시작된 날, 학교 앞 지하철역에서 내려 바삐 걷다가 잘못 내렸나 싶어 다시 지하철역으로 돌아갔다. 데모가 없는 대학교 앞 거리는 고작 석 달 만에 쇼핑과 유흥의 명소로 바뀌어 있었다.

시간이 흐른 뒤 마지막 불꽃 같았던 1991년의 잇따른 죽음과 엄청난 희생에 비해 허무하게 무너진 학생운동의 한계에 대해 사람들은 여러 가지 해석을 내놓았다. 팔십년대 학번 선배들은 학생운동이 대중을 끌어들여 끝내는 작은 승리를 가져왔던 1987년의 유월 항쟁을 전설처럼 회상하곤 했다. 그리고 후일담 소설이라고 불리는 일군의 작품들이 나왔다. 당시의 나는 그런 담론들이 아니꼬웠다. 우리가 아직 살고 있는 시간을 이미 지나간 어떤 것으로 간주하는 것 같아 마음이 상했다. 나는 여전히 부조리한 세상에서 '언니들'의 영정과 부상까지 짊어지고 살아가야 하는 동생의 이야기를 해보고 싶었다. 애초에 쓴 이야기는 '언덕 위의 하얀 집'에 살았던 사람들을 기억하는 화자가 이야기를 풀어가는 형식의 단편이었다. 1994년이나 1995년쯤이었을 것이다.

그런데 이렇게 되어버렸다. 삼십 년이 지나는 동안 단편은 중편이 되었다가 다시 장편이 되었다. 나는 늦어도 삼십대에는 문단에 혜성처럼 등장해서 해처럼 강렬하게 타다가 별처럼 반짝일 줄 알았고, 혜성처럼 등장할 때의 첫 작품은 당연히 이 소설이 될 것이라고 생각했다. 그러나 삶은 생각과 달리 흘렀다. 사는 일이 만만하지 않았다고 눙치고 싶지만 어쩌면 그만큼 절박하지 않아서였을 수도 있겠다. 이제야말로 써보자 작정하고 몰두했을 때에는 얄팍한 내 재능과 감각이 다 날아가고 없었다. 한 삼사 년, 쓰고 응모하고 떨어지는 일을 반복했다. 얼마 전에는 동생이 나에게 언니보다 우리 딸이 먼저 작가가 될 것 같다고 말했다. 부끄럽지만 이 책은 나도 순순히 늙기만 한 것은 아니라는 증거다.

언제 다시 이런 기회가 있을지 몰라서 여러 사람의 이름을 기록해두고 싶다. 기억의 잔해를 뒤져 발문을 써준 말로와 계속해서 글을 쓰라고 채근하고 응원해준 윤현주, 전제길, 최고의 찬사로 북돋워준 김형석과 제주도 소로소로 사람들. 소중한 나의 친구 김연진, 아픈 손가락 같은 윤수미. 내가 작가가 될 것을 아직도 믿고 기다리는 우리 강씨들, 강광복, 강정미, 강정선 그리고 엄마 김창남, 형부 박준성. 나보다 먼저 작가가 될지도 모르는 이지현. 『오늘의 문예비평』의 남송우, 황국명, 구모룡 교수님은 아득한 어린 시절 나의 가능성을 살펴주셨다. 정형철 교수님은 이름난 작가가 되지 못하더라도 글쓰기를 포기하지 말라고, 글쓰기를 중단하면 타락하게 된다고 아껴둔 비밀처럼 말씀하셨는데 아마도 그분은 기억하지 못할 것이다. 나는 평생 그 말을 되뇌며 살았다. 나의 형님, 그가 베풀어준 위로와 용기와 사랑을 애써도 다 돌려주지 못할 것이다. 마음에 새겨진 몇몇 이들의 얼굴이 떠오른다. 안녕하시기를.

어떤 일은 지나고 나서 되돌아보고서야 그 일이 시작된 지점을 알게 된다. 이 책이 세상에 나오게 된 사연의 첫머리에 장석 시인과 김미정 영화감독이 있다. 그들이 아니었다면 이 이야기는 묻혔을 것이고 나는 더 이상 글을 쓰지 않았을지도 모른다.

책의 출간을 약속받고 퇴고하는 데 이 년이 걸렸다. 지난 이 년 동안 다시 예전처럼 초조한 마음으로 쓰고 응모하고 낙방하기를 계속했다. 이제는 혜성 같은 등장이나 해처럼 저 혼자 활활 타는 꿈을 꾸지는 않지만 불을 쬐러 오는 이들이 있다면 환하게 덥혀줄 모닥불 정도는 되고 싶다. 타락의 길로 갈 수도 있었던 한 영혼을 붙들어준 강출판사 정홍수 님과 이명주 님께 크게 고마운 이유다.

소설에 나오는 강영옥과 강지영. 그들을 생각하면 매번 아프다. 그들은 모든 시대에 있었고 이 세상이 낙원이 되지 않는 한 앞으로도 계속 나타날 것이다. 내 글이 시대의 희생자이자 주인인 그들, 바로 당신에게 감사와 위로를 전해주면 좋겠다.

책방, 나라사랑

1판 1쇄 발행 | 2024년 7월 26일

지은이 | 강정아
펴낸이 | 정홍수
편집 | 김현숙 이명주
펴낸곳 | (주)도서출판 강
출판등록 | 2000년 8월 9일(제2000-185호)

주소 | 서울시 마포구 동교로17안길 21 (우 04002)
전화 | 02-325-9566
팩시밀리 | 02-325-8486
전자우편 | gangpub@hanmail.net

값 14,000원
ISBN 978-89-8218-347-8 03810